O ritmo das nossas vidas

AXIE OH

O ritmo das nossas vidas

Tradução: Raquel Nakasone

Diretor-presidente:
Jorge Yunes
Gerente editorial:
Luiza Del Monaco
Editoras:
Gabriela Ghetti, Malu Poleti
Assistentes editoriais:
Júlia Tourinho, Mariana Silvestre
Suporte editorial:
Nádila Sousa
Estagiária editorial:
Emily Macedo
Coordenadora de arte:
Juliana Ida
Assistente de arte:
Daniel Mascelani
Gerente de marketing:
Claudia Sá
Analistas de marketing:
Flávio Lima
Estagiária de marketing:
Carolina Falvo, Mariana Iazzetti
Direitos autorais:
Leila Andrade

XOXO
Copyright © 2021 by Axie Oh
Publicado em acordo com *HarperCollins Children's Books*, uma divisão da HarperCollins Publishers.
© Companhia Editora Nacional, 2022

Todos os direitos reservados. Nenhuma parte desta obra pode ser reproduzida ou transmitida por qualquer forma ou meio eletrônico, inclusive fotocópia, gravação ou sistema de armazenagem e recuperação de informação sem o prévio e expresso consentimento da editora.

1ª edição — São Paulo

Preparação de texto:
Mareska Cruz
Revisão:
Lavínia Rocha, Ana Luiza Candido
Diagramação:
Isadora Theodoro Rodrigues
Ilustração e projeto de capa:
Zipcy
Adaptação de capa:
Vitor Castrillo

DADOS INTERNACIONAIS DE CATALOGAÇÃO NA PUBLICAÇÃO (CIP) DE ACORDO COM ISBD

O36r	Oh, Axie
	O ritmo das nossas vidas /Axie Oh ; traduzido por Raquel Nakasone. - São Paulo, SP : Editora Nacional, 2022.
	256 p. : 15,8 cm x 23 cm
	Tradução de: Xoxo
	ISBN: 978-65-5881-119-0
	1. Literatura americana. 2. Romance. 3. K-pop. 4. Música. I. Nakasone, Raquel. II. Título.
2022-988	CDD 868.99323
	CDU 821.134.2(82)-31

Elaborado por Vagner Rodolfo da Silva - CRB-8/9410
Índice para catálogo sistemático:
1. Literatura americana : Romance 868.99323
2. Literatura americana : Romance 821.134.2(82)-31

NACIONAL

Rua Gomes de Carvalho, 1306 - 11º andar - Vila Olímpia
São Paulo - SP - 04547-005 - Brasil - Tel.: (11) 2799-7799
editoranacional.com.br - atendimento@grupoibep.com.br

Para a minha inteligente, carinhosa e talentosa irmã, Camille.

Um

O Karaokê do Jay fica no meio de um centro comercial em um bairro coreano, entre uma casa de chá e o salão de beleza da Sookie.

A porta do salão se abre quando eu passo.

— Yah, Jenny-yah! — Sookie Kim, a dona do salão, está parada na entrada com uma sacola de plástico e uma chapinha na mão. — Não vai me cumprimentar?

— Oi, sra. Kim — digo, esticando o pescoço para olhar por cima de seu ombro. Lá dentro, três mulheres de meia-idade estão sentadas debaixo de secadores de cabelo assistindo a um k-drama em uma TV na parede. — Olá, sra. Lim, sra. Chang, sra. Sutjiawan.

— Oi, Jenny — elas me respondem em coro, acenando rapidamente antes de voltar a atenção para o casal na tela, prestes a dar um beijo digno de novela coreana. O homem inclina a cabeça para a frente, a mulher também, e seus lábios se tocam enquanto a câmera os acompanha com uma música dramática ao fundo.

Quando os créditos começam a rolar, as senhoras se recostam em suas cadeiras, suspirando sonhadoramente. Bem, duas delas fazem isso.

— Só isso?! — A sra. Sutjiawan atira sua pantufa na TV.

— Aqui. — Ignorando as mulheres, a sra. Kim me entrega a sacola do supermercado coreano contendo comida cuidadosamente embrulhada. — Divida com a sua mãe.

— Obrigada. — Ajeito a bolsa no ombro e faço uma reverência de leve enquanto aceito o presente.

A sra. Kim estala a língua.

— Sua mãe trabalha demais! Ela devia ficar mais em casa, cuidando da filha.

Tenho quase certeza de que minha mãe trabalha a mesma quantidade de horas no escritório quanto a sra. Kim em seu próprio negócio, mas meu senso de autopreservação é forte o suficiente para não me deixar fazer esse comentário. Em vez disso, me esforço para emanar aquela energia de jovem respeitável e sorrio educadamente. Parece funcionar, porque a sra. Kim suaviza a expressão.

— Sua mãe deve ter tanto orgulho de você, Jenny. Você é uma boa aluna e é tão talentosa no violoncelo! Eu vivo falando pra minha Eunice que as boas faculdades de música só aceitam as melhores, mas você acha que ela me escuta?

— Sookie-ssi! — uma das senhoras chama.

— Estou indo! — ela grita, entrando no salão. Eu sigo para a porta ao lado.

Desde que Eunice e eu começamos a participar dos mesmos concursos de música clássica no sétimo ano, a sra. Kim fica nos comparando. Ela está sempre me elogiando, e tremo só de pensar no que Eunice recebe do outro lado. Não a vi mais nos concursos. Ela não estava no do sábado passado, cujo resultado está fazendo um buraco no bolso da minha jaqueta. Se a sra. Kim lesse o que os jurados disseram sobre mim, ela não me elogiaria tanto assim.

Os sinos na porta do Karaokê do Jay tilintam, anunciando a minha chegada.

— Já vou! — tio Jay diz, detrás da cortina que separa o bar da cozinha.

Contorno o balcão, largo a bolsa ali e abro o frigobar para guardar a marmita da sra. Kim entre garrafas de *soju*.

Sete anos atrás, meu pai e tio Jay compraram este lugar para realizar um sonho de infância: gerenciar um karaokê juntos.

Tio Jay não é meu parente de sangue, mas ele e meu pai eram como irmãos. Quando meu pai morreu, tio Jay perguntou à minha mãe se eu podia trabalhar com ele depois da escola. No início, ela foi contra, pensando que o trabalho de meio-período não me permitiria ter tempo para a escola e os ensaios da orquestra, mas mudou de ideia após tio Jay falar que eu podia fazer a lição de casa nos períodos de menos movimento do karaokê. Além do mais, eu praticamente cresci aqui. Lembro do meu pai atrás do bar, rindo com tio Jay enquanto misturava um novo coquetel inventado — sem se esquecer de preparar um drinque sem álcool só para mim.

Por anos, o bar foi um local proibido para mim — minha mãe temia que ele me trouxesse lembranças —, mas até agora tem sido divertido, e as lembranças despertadas são boas.

Borrifo produto de limpeza no balcão e passo um pano nele, então sigo para as mesas altas do bar. Não há nenhum cliente no salão, mas dou uma olhada no corredor e vejo que algumas salas privativas estão ocupadas.

— Ei, Jenny, achei mesmo que era você. — Tio Jay surge com dois pratos de papel cheios de comida fumegante. — A especialidade do dia é taco de *bulgogi*. Está com fome?

— Morrendo. — Sento-me em um banco e tio Jay coloca o prato na minha frente, dois tacos com *bulgogi* marinado no molho especial dele, alface, tomate, queijo e *kimchi*.

Enquanto como com vontade, ele liga a TV acima do bar e vai percorrendo os filmes disponíveis na Netflix.

Esse é o nosso ritual. O bar só fica cheio mais tarde, então passamos o começo da noite comendo e vendo filmes. Mais especificamente, filmes de bandidos asiáticos.

— Pronto — tio Jay diz, escolhendo um clássico, *The Man from Nowhere*, também conhecido como *Ajeossi*. É um longa de ação sobre um ex-policial amargurado que enfrenta uma jornada para trazer a jovem vizinha sequestrada de volta para casa. É parecido com *Busca implacável*, mas é melhor. Porque tem o Won Bin. E o Won Bin deixa tudo melhor.

Tio Jay ativa as legendas e ficamos comendo e assistindo ao filme, comentando como é que Won Bin pode ser um *ajeossi*, ou seja, um homem de meia-idade, aos *trinta e três anos*. Quando os clientes chegam, tio Jay abaixa o volume e encaminha cada grupo para uma sala. Fico de olho no monitor que mostra se alguém apertou o botão para ser atendido. Eu cuido dos pedidos e das comidas, e tio Jay cuida das bebidas.

Lá pelas nove horas, metade das salas está cheia e o filme terminou; agora, as caixas de som tocam k-pop. Tio Jay sempre transmite compilações do YouTube reunindo os melhores videoclipes do mês na TV do bar. Fico olhando um grupo de garotas em roupas coloridas e combinadas fazendo uma coreografia complexa, sincronizada com uma música eletro-pop cativante.

Ao contrário de algumas pessoas da minha escola, eu nunca fui muito fã de k-pop. Nem de pop nenhum, na verdade. A playlist da minha vida incluiria Bach, Haydn e Yo-Yo Ma.

— Você não tinha uma competição importante essa semana? — Tio Jay inspeciona um copo atrás do balcão, e então o seca com um pano.

Meu estômago se contorce.

— Foi sábado. — Dou um sorriso amarelo. — O resultado chegou hoje de manhã.

— Ah, é? — Ele franze as sobrancelhas. — E como foi?

— Ganhei.

— O quê? Sério? Parabéns, garota! — Ele ergue o punho no ar. — Minha sobrinha é uma campeã — ele fala para o casal sentado no bar, fazendo-os desviar a atenção de seus tacos.

— É... — Corro o dedo pelas iniciais circundadas por um coração entalhadas na superfície do balcão.

— Qual o problema? — Ele deixa o copo e o pano de lado. — Tem algo te incomodando.

— Os jurados me mandaram alguns comentários. — Pego o papel do bolso e o entrego a ele. Está claro que ele foi amassado, depois esticado, depois dobrado em quatro. — Era pra isso me ajudar na próxima competição.

Enquanto tio Jay lê, repito mentalmente as palavras que já decorei:

Embora Jenny seja uma violoncelista talentosa, fluente em todos os elementos técnicos da música, falta-lhe a faísca que poderia transformá-la de perfeitamente treinada em extraordinária.

No ano que vem, centenas de violoncelistas como eu vão se inscrever nas melhores faculdades de música do país. Para conseguir uma vaga, eu não posso ser só perfeita. Preciso ser extraordinária.

Tio Jay me devolve o papel, que enfio no fundo do bolso.

— Talentosa e tecnicamente qualificada. É isso aí.

— Você pulou a parte em que eles falam que sou um robô sem alma. Ele dá risada.

— Eu definitivamente pulei *essa* parte. — Mas ele empatiza um pouco comigo, porque acrescenta: — Estou vendo que você está frustrada. Mas é só uma crítica. Você recebe críticas o tempo todo.

— Não é que é só uma crítica — digo, tentando encontrar palavras para a minha frustração. — É que eu não posso fazer nada pra melhorar. A emoção na música é expressa pela intensidade e pela energia. Eu sou ótima nessas duas coisas.

Tio Jay me olha de soslaio.

— Eles disseram que eu não tenho faísca!

Ele suspira e se apoia no bar.

— Acho que você só não encontrou sua faísca ainda, algo que acenda a chama que você tem aí dentro e que te faça correr atrás do que você quer. Por exemplo, seu pai e eu decidimos abrir esse karaokê mesmo depois de ouvir muita gente dizendo que era um desperdício de dinheiro. Até sua mãe falou isso, apesar de eu não culpá-la, porque sei que ela teve uma infância bem humilde. A gente sabia que seria difícil e que talvez não desse certo, mas quisemos tentar mesmo assim porque era o nosso sonho.

— Mas... — eu digo devagar — o que isso tem a ver comigo querendo impressionar as faculdades de música?

— Olha, deixa eu tentar te explicar na sua língua. Sabe aquele filme que a gente assistiu mais cedo? *Ajeossi*? O personagem do Won Bin fala mais ou menos isso: "As pessoas que vivem o amanhã deveriam ter medo das pessoas que vivem o hoje". Sabe por quê?

— Não — falo arrastado. — Mas você vai me dizer.

— Porque as pessoas que vivem o amanhã não se arriscam. Elas têm medo das consequências. Já as pessoas que vivem o hoje não têm nada a perder, então elas lutam com unhas e dentes. Estou dizendo que talvez você devesse parar de se preocupar tanto com o seu futuro... Vá viver um pouco. Tenha novas experiências, faça novos amigos. Prometo que você vai conseguir a vida que você quer se apenas viver o presente.

O sino da porta tilinta e os clientes se dirigem ao bar.

— Bem-vindos! — tio Jay grita. Fico ali remoendo meus pensamentos enquanto ele contorna o balcão para cumprimentá-los.

Penso em mandar uma mensagem para a minha mãe, mas sei o que ela vai dizer: que eu deveria praticar mais e quem sabe agendar aulas extras com Eunbi. E que eu não deveria ouvir o tio Jay. Tio Jay é todo viva-o-momento e lute-pelos-seus-sonhos, enquanto minha mãe é muito mais pragmática. Segundo ela, posso ter uma carreira de sucesso como violoncelista se eu trabalhar duro e me dedicar bastante.

Qualquer coisa fora disso é pura distração.

O problema é que não é como se eu não estivesse me dedicando — a sra. Kim e possivelmente Eunice sabem bem —, e mesmo assim recebi *essa* crítica.

Talvez tio Jay tenha razão.

O ritmo das nossas vidas

— Não se preocupe, garota — ele diz, voltando para o balcão. — Você vai dar um jeito. Por que não vai pra casa mais cedo e descansa um pouco? Bomi vai chegar logo. — Bomi é a universitária mal-humorada da UCLA que trabalha aqui durante a noite. — Só dê uma passada na sala oito antes de ir. O tempo acabou, mas eles ainda não saíram.

Suspiro.

— Tá bem.

Pulo da banqueta do bar e sigo arrastando os pés pelo corredor. Confrontar clientes é uma das tarefas que menos gosto de fazer. Por que eles simplesmente não respeitam as regras?

Na maioria dos karaokês dos Estados Unidos, os clientes são cobrados só no final da noite, geralmente por hora, e eles é que devem monitorar o tempo e a quantia que estão gastando. Mas o karaokê de tio Jay é como os da Coreia, em que os clientes são cobrados antecipadamente por um determinado tempo, que aparece em contagem regressiva em uma tela dentro da sala. Assim, as pessoas não correm o risco de gastar mais do que podem. Se elas quiserem ficar mais, é só adicionar mais tempo. Minha mãe sempre diz que tio Jay não tem muito jeito para os negócios.

A sala oito está fechada, e não ouço nenhum som escapando de lá de dentro. O que faz sentido, se o tempo deles acabou. Bato uma vez e abro a porta.

Esta é a sala VIP, a maior do lugar, podendo comportar até vinte pessoas.

Fico surpresa ao ver que há apenas uma pessoa ali. É um garoto da minha idade, sentado no canto com as costas na parede e os olhos fechados.

Procuro rastros de outras pessoas, mas a longa mesa está vazia, sem sinais de comida e bebida. Se ele alugou a sala para si mesmo, deve ser rico. Suas roupas parecem caras. Ele ostenta uma camisa de seda colada nos ombros e calças pretas que cobrem suas longas pernas. Seu braço esquerdo está engessado, mas um Rolex reluz em seu pulso direito. Será que aquilo são tatuagens nos braços?

Que adolescente tem tatuagens nos braços?

Olho para o seu rosto e tomo um susto ao ver que agora seus olhos estão abertos. Espero-o falar alguma coisa, mas ele fica quieto. Dou uma tossida para limpar a garganta.

— Seu tempo acabou. Se quiser ficar mais, são cinquenta dólares a hora. Se não, você precisa sair.

Sou mais grossa do que deveria. Culpa dos jurados por terem me deixado de mau humor.

O silêncio que se segue parece se intensificar diante das luzes estroboscópicas emanando do globo do teto.

Será que ele não fala inglês? Talvez ele seja *coreano*. Nenhum garoto estadunidense é tão estiloso assim.

Tento de novo, desta vez em coreano:

— *Sigan Jinasseoyo. Nagaseyo.* — Literalmente, significa "O tempo acabou, vá embora". Só que usei um sufixo respeitoso, então, tecnicamente, estou sendo educada.

— Eu entendi da primeira vez — ele fala em inglês, com uma voz suave e baixa. Ele tem um leve sotaque, uma espécie de onda quente em torno das palavras.

Fico inexplicavelmente corada.

— Então por que não disse nada?

— Estava decidindo se deveria ficar ofendido ou não.

Aponto para o caderno encapado no centro da mesa que contém a lista de todas as músicas disponíveis no karaokê.

— As regras estão escritas na capa do livro de músicas. Se você não comprar mais tempo depois de quinze minutos, precisa sair imediatamente.

Ele dá de ombros.

— Estou sem dinheiro.

Olho para seus mocassins da Gucci.

— Duvido.

— Os sapatos não são meus.

Franzo o cenho.

— Então você roubou?

Ele faz uma pausa, então fala devagar:

— Pode-se dizer que sim.

Será que ele está mentindo? Não sei por quê, mas não acredito. Não o vi chegando. Há quanto tempo ele está aqui sozinho? Quem faz uma coisa dessas se não estiver querendo se esconder? Talvez eu só esteja pensando isso porque acabei de assistir *Ajeossi*.

Dou um passo para a frente. Ele parece imitar meus movimentos, se afastando da parede.

— Você... — baixo a voz — está precisando de ajuda? — Nas séries policiais, adolescentes nunca entram em gangues porque querem.

Ele dá de ombros.

— Nesse momento, cinquenta dólares seriam bem-vindos.

Balanço a cabeça.

— Estou te perguntando se você está em apuros. Tipo... envolvido com alguma gangue.

Ele parece surpreso por um tempo, arregalando um pouco os olhos. Então minhas palavras parecem se encaixar e ele abaixa o olhar.

— Ah, então você adivinhou.

Aceno a cabeça fervorosamente.

— Você deve ter dezesseis, dezessete... — digo. — Existem leis que protegem menores de idade nos Estados Unidos. — Talvez ele esteja recebendo ameaças, ou a segurança de algum parente ou amigo esteja em risco. — Se estiver precisando de ajuda, é só pedir.

Ele espera um instante, então fala baixinho:

— Se eu te pedisse pra me salvar, você me salvaria?

Meu coração se parte um pouco.

— Posso tentar.

Ele levanta a cabeça para me olhar nos olhos e fico sem ar. É quase injusto que alguém seja tão... bonito. A pele dele é perfeita. Seus olhos são escuros; seus cabelos, macios; e seus lábios, carnudos e vermelhos feito cerejas.

Ele abaixa a cabeça novamente e seus ombros começam a tremer. Será que ele está... chorando? Me aproximo e vejo que na verdade ele está...

Rindo. Ele até bate a mão boa no joelho.

Que babaca! E eu aqui *preocupada* com ele.

Vou embora batendo os pés.

Tio Jay está no salão adicionando horas em uma das salas. Ele me olha e suspira.

— O garoto não vai sair, não é? Não esquenta, vou cuidar disso.

Ele vai saindo do bar, mas levanto a mão.

— Espera. — As palavras que ele disse mais cedo voltam. *Vá viver um pouco.* — Deixa comigo.

Dois

Quando entro na sala, o garoto ainda está sentado no canto. Talvez eu devesse ficar irritada por ele ter decidido ignorar o que eu disse, mas não importa.

— Vamos fazer o seguinte — digo. — Adicionei vinte minutos na sua sala.

Ele levanta uma sobrancelha.

— Que generosa.

— Não é um presente. Te desafio em um duelo de karaokê.

Ele fica me olhando com uma expressão vazia.

— Vou te mostrar. — Sento-me na frente dele, pego o controle do karaokê e pressiono o botão "Pontuação". — Agora a máquina vai dar uma nota pra nossa performance assim que a música acabar — explico. — Se você ganhar, te dou mais uma hora. De graça. Se eu ganhar, você sai.

Estou um pouco surpresa comigo mesma por estar fazendo isso. Nunca em um milhão de anos eu me imaginaria desafiando um estranho — um garoto da minha idade que provavelmente é a pessoa mais atraente que já vi na vida real — para um duelo de karaokê. Mas, depois do comentário dos jurados, estou determinada a fazer *algo*.

Talvez tio Jay esteja certo. Talvez sair da minha zona de conforto e me arriscar faça a diferença.

Mordo o lábio e fico esperando enquanto o garoto considera a oferta. Na verdade, ele só tem a ganhar. Sem pagar, ele *teria* que sair de qualquer jeito. Então ou ele faz o que já ia ter que fazer, ou ele ganha uma hora de conforto e segurança.

Então ele finalmente bate a mão boa no livro de músicas.

— Está bem. Vou jogar o seu jogo. Mas você vai perder. Na verdade, eu até que não canto mal.

Pelo sorrisinho em seu rosto, vejo que ele já está planejando mais uma hora de ocupação da sala. Mal sabe ele que, apesar de não ter a melhor voz, as máquinas de karaokê avaliam o tom, e o meu é perfeito.

Ele empurra o livro na mesa.

— Não preciso disso. — Pego o controle, procuro pelo nome da artista e escolho a música. "I Will Survive", de Gloria Gaynor, começa a tocar.

Fico de pé com o microfone na mão, e logo estou cantando a plenos pulmões. Escolhi essa música principalmente por causa do ritmo acelerado — não me sobra tempo para pensar nem duvidar de mim mesma quando estou ocupada tentando respirar. E não é nada mal que a letra diga coisas como "Saia pela porta" e "Você não é mais bem-vindo".

Ao terminar, me jogo no sofá. Minha nota surge na tela: 95.

O garoto bate a mão na mesa lentamente.

— Isso foi... excepcional.

Estou sem fôlego e minhas bochechas estão vermelhas.

— Só temos oito minutos. Rápido, escolha uma música.

Olho para ele, que está me encarando.

— Pode escolher.

— Tem certeza? — Pego o livro e vou até as últimas páginas, que contêm as músicas mais recentes. — Você vai se arrepender disso.

Não há muitas músicas estadunidenses, mas as coreanas preenchem duas páginas. Leio os nomes dos artistas em voz alta.

— xoxo? Que nome é esse? — Dou risada.

Ele faz uma careta.

— Sete minutos.

São tantas as possibilidades. Quase me alegro com tanto poder.

— Prefere uma música em inglês ou coreano?

— Tanto faz.

— Digo, estamos em um *noraebang*, você pode muito bem cantar uma música coreana. Eu só não conheço muitas.

— Sério? Nem, tipo, o hino?

Estou prestes a dar uma resposta ácida, mas hesito, porque me lembro de algo.

— Conheço uma...

— Qual é o nome?

— Não sei o nome. — Murmuro a melodia, mas faz muito tempo que não a ouço. — Desculpa. — Balanço a cabeça, me sentindo boba por ter tentado.

— "Gohae".

Pisco, surpresa.

— O quê?

— "Confissão" é o nome da música. É bem famosa.

Olho para ele. Não acredito que ele a *reconheceu* com apenas um trecho da melodia.

— Era uma das músicas favoritas do meu pai.

— O mesmo aqui.

Franzo o cenho.

— Era a sua música favorita?

— Do meu pai.

Um silêncio cai entre nós quando percebemos que ambos estamos falando de nossos pais como se eles já não estivessem mais aqui.

Ele pega o controle e muda o idioma de inglês para *hangul*, o alfabeto coreano. Então insere os números com dedos rápidos e seguros.

Quando a melodia começa a tocar, sinto tudo dentro de mim paralisar. *É a música.* Reconheço os acordes e o som característico do teclado. Daí o garoto começa a cantar, e esqueço até de respirar.

Nunca prestei atenção na letra antes, mas agora ela me envolve feito seda.

Ela fala sobre ousar amar alguém, embora o mundo se oponha.

Sua voz está longe de ser perfeita, meio rouca e não muito afinada, mas há intensidade e vulnerabilidade em cada frase, cada palavra.

Uma lembrança de cinco anos atrás me domina. Eu estava sentada de pernas cruzadas na ponta da cama do hospital, jogando cartas com meu pai, sentada no cobertor, e essa música estava tocando ao fundo. A gente riu tanto que nossos olhos estavam cheios de lágrimas, e lembro que pensei: "Estou tão feliz. Quero que isso nunca acabe. Quero que dure para sempre".

Mas nada nunca dura para sempre.

Na tela, surge uma nota: 86.

A contagem regressiva zera. O garoto se levanta, ajeitando o gesso. Instintivamente, me levanto também.

— Obrigado — ele fala, hesitante. Então faz uma reverência. Eu o imito, o que deveria ser estranho, mas, por algum motivo, não é.

Quero lhe dizer que ele deveria ter ganhado, que qualquer jurado teria dado a maior nota para ele. Afinal, o verdadeiro músico não faz só uma performance, mas faz você sentir algo. Pela forma como meu coração dói e pela lembrança que a música despertou, fica evidente que ele tem aquela faísca. Quero lhe perguntar onde ele a encontrou e como posso encontrá-la também.

Mas não falo nada. Ele sai da sala em silêncio, e a porta se fecha.

Três

Encontro Bomi no salão, tirando o moletom da UCLA.
— Ei, Jenny — ela diz quando me vê. — Está indo pra casa? — Ela enfia o moletom e o resto de suas coisas atrás do bar. — Evite a Olympic e a Normandie. Está rolando um festival coreano e essas ruas estão bloqueadas.

Tio Jay afasta a cortina da cozinha, segurando uma bandeja contendo um prato de arroz frito com *kimchi* e ovo.

Bomi fala sem olhar para ele, trocando sua bolsa pela minha.
— Chefe — ela começa, me entregando a bolsa por cima do balcão —, posso sair mais cedo no domingo? Preciso estudar pra prova final de economia.
— Claro, sem problemas. Sou um chefe muito flexível. — Ele olha para mim. — Não esqueça as sobras na geladeira.
— É *banchan*, não sobras — corrijo-o.
— Cara, queria que alguém me desse um monte de acompanhamentos também — Bomi se lamenta. — Em vez disso, tenho que fazer *lámen* em uma panela de arroz.

Tio Jay e eu a encaramos.
— Por que não usa o fogão? — pergunto.

Bomi dá de ombros.
— Prefiro não sair do quarto, se eu puder evitar.

Tio Jay lhe entrega a bandeja.
— Fico feliz por ter nos honrado com a sua presença ao vir pro trabalho.

Balanço a cabeça, sorrindo, e me abaixo para pegar o *banchan* da sra. Kim na geladeira. Então fico parada segurando o pote embrulhado em uma sacola de plástico na altura do peito. Esta é provavelmente a melhor hora para ir embora, mas me demoro atrás do bar. Bomi muda a playlist para indie rock — seu gênero favorito de k-pop — antes de seguir pelo corredor com o prato de arroz frito. Em uma das mesas do salão, quatro universitários brindam com seus copos de shot, celebrando o fim de semana.

Sinto meu peito se apertar. Talvez tio Jay e Bomi precisem de ajuda. Não *preciso* ir embora agora. Tenho que acordar cedo para a aula de violoncelo amanhã, mas acho que posso ficar mais um pouco.

— Jenny, ainda está aqui? — Tio Jay surge ao meu lado, desta vez com uma melancia cortada ao meio, sem polpa e preenchida com pedaços da fruta, *soju* e refrigerante de limão. — Vai perder o ônibus se não for logo. — Ele sai do balcão e grita por cima do ombro: — Mande mensagem quando chegar!

Fui dispensada. Suspiro, ajusto a alça da bolsa no ombro e sigo para a porta, empurrando-a. O ar frio inunda meu rosto.

São quase dez horas e está tão claro quanto se fosse dia, com todas as luzes néon das placas dos comércios do quarteirão acesas. O salão de Sookie está fechado, mas, na casa de chá, uma vendedora com marias-chiquinhas masca chiclete e confere as mensagens do celular. A churrascaria coreana da esquina está lotada, com grupos de universitários e empresários conversando e preparando carne em churrasqueiras a carvão.

Vejo que o ônibus está parado no ponto enquanto os passageiros desembarcam, e saio correndo para o fim da fila. Depois de pagar, me esgueiro pelo corredor, equilibrando o *banchan* da sra. Kim com uma mão e me segurando na alça do ônibus com a outra. Me preparo para a arrancada do veículo, e a bolsa bate na pessoa sentada na minha frente.

— Desculpe!

O cara olha para cima.

É ele. O garoto do karaokê.

— O que está fazendo aqui? — solto. Mas a resposta é bastante óbvia: ele está indo para algum lugar de ônibus. — Digo, você me falou que não tinha dinheiro.

Ele mostra uma passagem de viagem única.

— E você? Saiu mais cedo do trabalho? — Ele faz uma pausa e um sorrisinho se forma em seus lábios perfeitos. — Ou você me seguiu?

Engasgo.

— Eu não...

— Vai sentar? — Uma mulher cutuca meu ombro, apontando para o assento atrás dele.

— Ah, não. — Abro espaço para que ela passe e fico ali pairando sobre eles meio sem jeito. Me viro para o outro lado do ônibus, com as bochechas coradas de constrangimento.

O ônibus diminui a velocidade ao se aproximar da West 8th Street para deixar subir um grupo de universitários e uma avó coreana, facilmente identificável por seu cabelo curto e grisalho com permanente. Os estudantes devem ter acabado de sair de algum bar, porque falam alto e fedem a frango e cerveja. Não há lugares vagos, então eles se espalham pelo corredor, conversando em grupinhos e se segurando nas alças. Estão tão preocupados uns com os outros que não percebem a senhora se espremendo entre eles.

O ônibus arranca de novo. Uma expressão de pânico surge no rosto da senhora enquanto ela tenta mais uma vez passar pelos estudantes. Ela olha para cima, mas a alça é alta demais. As rodas do veículo acertam um buraco e ela perde o equilíbrio.

— Cuidado... — Avanço para ela.

Mas o garoto do karaokê a segura pelo braço.

— *Halmeoni* — ele fala em coreano. Os lábios dela tremem ao vê-lo.
— A senhora está bem? — Ela faz que sim. Ele a conduz para o assento na janela em que estava sentado. — Por favor, sente-se — ele diz, apontando para o banco. Ela se acomoda dando batidinhas no braço dele e elogiando-o em coreano.

Desvio o olhar. Meu coração está acelerado. Ela podia ter caído. Se ele não tivesse percebido a tempo e cedido seu lugar, se não tivesse o reflexo de segurá-la, ela teria caído.

A alça à minha direita faz barulho quando alguém a segura.

Fico olhando para a janela enquanto o ônibus faz um desvio por conta de uma rua bloqueada por barracas.

Ao meu lado, o garoto do karaokê se inclina para a frente, espiando a janela.

— O que está rolando?

Estou me sentindo mais aberta depois do salvamento da *halmeoni*.

— O festival coreano anual de Los Angeles. Parece que fecharam algumas ruas. — Ele franze as sobrancelhas e percebo que, se ele não é daqui, não deve conhecer a região. — Pra onde você está indo?

— Não tenho certeza.

Também franzo o cenho.

— Como assim?

— Estou no meio de uma fuga.

Espero ele começar a gargalhar, mas sua expressão é séria e um pouco triste.

— De bandidos? — falo em um tom neutro.

Sinto uma espécie de satisfação quando ele sorri.

— De... — Seu sorriso se dissipa um pouco. — *Chaegim-kam*. Como se diz em inglês?

— Responsabilidades.

Para a comunidade coreana, essa palavra pode significar várias coisas, desde tirar o lixo até se comportar de forma a não envergonhar a família. Fico observando seu reflexo na janela, me perguntando qual é a responsabilidade a que ele se refere.

Lembro-me de quando o vi mais cedo, quando entrei na sala do karaokê. Àquela altura, ele devia estar ali sozinho por uma ou duas horas. Agora, ele está dentro de um ônibus sem saber para onde ir. Parte de mim — uma parte grande — está curiosa para saber do que ele está fugindo e por que ele achou que precisava fazer isso. Mas outra parte se recorda da sensação de pensar que o único jeito de escapar das emoções é... fugindo.

— Se serve de consolo — digo —, acho que é importante tirar um tempo pra você, mesmo que isso signifique deixar algumas responsabilidades de lado. Não dá pra ajudar os outros se você não se ajudar primeiro.

É esquisito dar um conselho para alguém da minha idade, mas essas são palavras que eu também preciso ouvir. Por sorte, ele não parece se irritar, e fica refletindo sobre o que eu disse, com a boca curvada de uma forma contemplativa. Seus olhos procuram os meus, e há uma intensidade em seu olhar que provoca coisas estranhas em meu coração.

— Pra mim não é fácil acreditar em algo assim — ele diz. Estamos tão próximos que posso ver a cor de seus olhos: um tom complexo e acolhedor de castanho. — Mas quero acreditar.

Alguém tromba nele por trás e ele faz uma careta, praguejando baixinho. Ele se aproxima mais, ajustando o gesso. O cara que topou com ele — um dos universitários — está fazendo palhaçada com os amigos.

— Ei — falo, irritada tanto com esse incidente quanto com o que aconteceu com a senhorinha. — Não está vendo que o braço dele está quebrado? Dê um pouco mais de espaço pra ele.

O ônibus está chegando ao ponto da Olympic. As portas atrás de nós se abrem e alguns passageiros descem. O estudante, claramente embriagado, fica confuso, sem entender por que estou falando com ele. Então ele solta:

— Este é um país livre.

— Certo — devolvo. — E você é livre pra ser um ser humano gentil ou um babaca.

Um silêncio perplexo se segue. Então o rosto dele começa a ser tomado por um tom peculiar de vermelho. Ah, merda.

O garoto e eu fazemos contato visual. Ele pega a minha mão. Não preciso pensar duas vezes. Eu a agarro e pulamos do ônibus juntos, enquanto as portas se fecham.

Quatro

Descemos no meio do festival. A rua exibe uma faixa que diz "Festival coreano de LA", e logo abaixo em letras menores: "Celebrando a diversidade cultural de Los Angeles há 50 anos". De ambos os lados da rua há diversos carrinhos de comida tradicional coreana: *tteok-bokki* fervendo em tonéis de *gochujang* e *eomuk* em espetos enfiados em caldo de anchova, e muitas outras receitas de culinária de fusão, como vieiras grelhadas com muçarela e cheddar e cachorro-quente empanado.

Olho para baixo e percebo que o garoto do karaokê e eu ainda estamos de mãos dadas, então solto a minha depressa.

— Desculpa — digo, virando o rosto para esconder as bochechas vermelhas. — Por ter feito a gente ser expulso do ônibus. — Bem, tecnicamente nós é que descemos. Mas dá no mesmo.

Estou me sentindo mal. Ele podia não saber para onde ir, mas tenho certeza de que não estava pensando em parar aqui, a apenas alguns quarteirões de distância do Karaokê do Jay.

— Este lugar é tão bom quanto qualquer outro — ele diz, olhando para a faixa.

— Você quer... dar uma volta? — Faço um gesto vago para o festival. — Já que estamos aqui.

Ele olha para mim, e sinto aquela sensação estranha de novo no meu peito.

— Eu adoraria.

Começamos a caminhar pela rua repleta de carrinhos de comida. Sei que eu poderia simplesmente ir para casa. Mais cedo lá no karaokê, com o resultado do concurso se agitando no meu bolso, tive vontade de fazer *algo*, e meio que agi por impulso. Mas desafiá-lo para um duelo de karaokê não foi exatamente uma escolha pragmática. Eu deveria ser prática e ir para casa para estudar e me preparar para a aula de amanhã.

Só que... eu não *quero* ir para casa.

Faz muito tempo que não me divirto, e não vejo problema em ceder a essa tentação pelo menos por uma noite.

— Aliás, meu nome é Jenny.

— O meu é... — Ele hesita. — Jaewoo.

Estou prestes a provocá-lo por aparentemente ter esquecido o próprio nome quando vislumbro alguém que reconheço vagamente, mas então ela entra em uma barraca e desaparece.

— Jenny também é seu nome coreano? — Jaewoo pergunta.

— Meu nome coreano é Jooyoung.

— Jooyoung — ele pronuncia as sílabas devagar. — Joo. Young. Jooyoung-ah.

— É, mas ninguém me chama assim. — Estou me sentindo um pouco receptiva, então aceito um leque de plástico que alguém me oferece e passo a me abanar.

Este festival parece ser composto por estandes anunciando diferentes tipos de negócios e uma tonelada de carrinhos de comida. Passamos por um vendendo *dakkochi*. Um homem com luvas gigantes vira espetos sobre uma grelha enquanto cobre o frango com um molho espesso usando um pincel. Então ele passa um maçarico na carne para deixá-la crocante e carbonizada. Duas garotas se aproximam.

Em uma impressionante demonstração de ambidestria, o homem pega uma nota de vinte dólares que uma das garotas lhe oferece e dá o troco com uma das mãos, e com a outra transfere um espeto para um prato e o passa para a amiga.

— Parece que estou de volta em Seul — Jaewoo diz, sem expressão.

Dou risada e digo:

— Eu nunca fui pra Coreia.

— Sério? — Ele me olha. — Você não tem parentes lá?

— Minha avó materna, mas não a conheço. Ela e minha mãe têm uma relação complicada.

Sinceramente, nunca pensei muito sobre o relacionamento delas, ou que eu não tenho vínculo nenhum com a minha avó. Meus avós paternos são tipo superavós, sempre me mandando presentes nos feriados e dinheiro no Ano Novo. Um dos motivos de minha mãe querer que eu me inscreva nas faculdades de Nova York é para ficar mais perto deles, que moram em Nova Jersey.

Se Jaewoo acha estranho eu nunca ter ido à Coreia para conhecer minha avó, ele não demonstra.

— Então você mora na Coreia? — pergunto.

— Isso. Sou de Busan, mas frequento uma escola em Seul. — Ele faz uma pausa. — Uma escola de artes.

— Sabia! — grito, e ele sorri. — *"Até que não canto mal."* Por favor.

Conforme caminhamos, noto que Jaewoo fica olhando para os carrinhos de comida. Chamo sua atenção e aponto para uma pequena área coberta onde uma senhora está servindo comida de rua para clientes sentados em banquinhos baixos.

— O que acha de um segundo jantar?

Seus olhos se iluminam e covinhas aparecem em suas bochechas.

— Você leu minha mente.

Seguimos para lá. Ele segura a lona da tenda para que eu entre.

— *Eoseo oseyo!* — A dona do carrinho nos cumprimenta, gesticulando para os banquinhos na frente do balcão. — O que vão querer?

Jaewoo olha para mim, já que sou eu que vou pagar.

— Peça o que quiser — digo. — Eu gosto de tudo.

Enquanto ele faz o pedido, tiro os acompanhamentos que a sra. Kim me deu da sacola, dispostos em cinco recipientes de plástico. Coloco-os no balcão e abro os potes.

— Você trouxe um banquete — Jaewoo diz, observando meus movimentos.

Tiro a última tampa: *kimchi* de cebolinha e alho.

— Nunca subestime uma *ajumma* simpática.

— Ah, eu sei. Minha mãe é mãe solo e, quando eu era pequeno, as mulheres da vizinhança estavam sempre enchendo o saco e dando conselhos não solicitados, mas deixavam comida pra gente quase todos os dias.

Dou risada.

— Coreanos são mesmo todos iguais, só muda o endereço.

Nós também somos parecidos, ao menos por termos sido criados por mães solo. Não é algo tão incomum assim, mas, por algum motivo, faz eu me sentir mais próxima dele.

Pego alguns palitinhos de madeira em um porta-copos. Separo um par e o ofereço a Jaewoo.

— Você tem sorte por ter quebrado o braço esquerdo, e não o direito. Quer dizer, se você for destro.

— Eu sou. Mas não tenho certeza se posso me considerar sortudo.

Aff. Pelo visto, fui insensível.

— Foi mal... — começo a dizer.

— Se eu tivesse quebrado o braço direito, você teria que me dar comida na boca. — Ele estende os palitinhos para pegar uma fatia de carne assada do pote de *jangjorim*.

Fico observando-o. Será que ele *disse* mesmo o que acho que ouvi? Olho para os outros clientes, mas a única pessoa prestando atenção em nós é uma garota sentada com uma amiga do lado esquerdo dele, fora de seu campo de visão. Ela está de olho nele desde que chegamos, provavelmente porque ele é bem bonito.

— Aqui está a comida!

A senhora coloca três pratos no balcão. Jaewoo pediu pratos clássicos da comida coreana de rua: *tteok-bokki*, *eomuk* e *kimchi pajeon* — panquecas de *kimchi* com cebolinha. Com todos os pratos e potes de *banchan*, não há espaço na mesa. Temos que jogar Tetris para fazer as coisas caberem ali.

Nossos palitinhos se esbarram conforme vamos nos servindo. A certa altura, a senhora oferece a Jaewoo uma tigelinha de sopa e ele estica o braço para pegá-la. Quando ele se levanta, seu ombro bate no meu.

— Desculpe — ele diz.

— Sem problemas — falo, sentindo um formigamento no ponto onde ele me tocou. Assim como antes, olho para os outros clientes à nossa volta e percebo que a maioria das mesas é composta por casais, que ficam flertando enquanto comem e bebem.

Jaewoo empurra o prato de *tteok-bokki* na minha direção, e vejo que ele deixou o último pedaço para mim. Qualquer pessoa pensaria que a gente também está em um encontro romântico.

A garota que estava nos observando se aproxima por trás dele, junto com a amiga.

Olho para Jaewoo, me perguntando se devo avisá-lo. Devem dar em cima dele o tempo todo. O que será que essas garotas pensam que *eu* sou? E se estivéssemos mesmo em um encontro? Será que elas vão dar em cima dele na minha frente? Por algum motivo, sinto uma súbita vontade de fazer cara feia.

— Ei — a primeira garota diz —, você me parece tão familiar... Já te vi em algum lugar?

Jaewoo segura a tigelinha no ar.

Por um momento, ninguém fala nada. Então olho para cima e vejo que ela está *me* encarando.

— Você estava na competição estadual da semana passada, não é? — ela pergunta. — Eu te vi tocar. Foi incrível.

Fico olhando para ela sem saber o que dizer. Já recebi elogios antes, geralmente depois de alguma apresentação, mas ninguém nunca veio falar comigo assim do nada, como se eu fosse uma celebridade. Jaewoo abaixa os palitinhos. Ele coloca o cotovelo bom no balcão e apoia a bochecha na mão, prestando atenção no que vou dizer.

Agito a mão, dispensando seu comentário.

— Obrigada.

— É sério. Minha mãe, que era violoncelista da Filarmônica de Los Angeles, disse que você é muito talentosa.

— Não sei o que dizer... — começo, mas paro de falar quando vejo quem é a segunda garota. — Eunice.

Eunice Kim, a filha de Sookie. Ela olha para o balcão, e tenho um pressentimento louco de que ela vai brigar comigo por estar dividindo a comida de sua mãe com um garoto.

— Oi, Jenny. Que surpresa te ver por aí numa sexta à noite. — Ela sorri. É bem sutil, mas ela parece um pouco chateada. — Você está sempre tão ocupada. Pensei que não tivesse tempo pra sair.

— Ah — digo —, coisas acabaram acontecendo. — Nossa, por que eu tenho que deixar o clima tão esquisito? É só que não nos falamos muito nos últimos cinco anos e, antes disso, éramos praticamente inseparáveis.

— Enfim, temos que ir. — A amiga de Eunice a cutuca com o braço. — Bom apetite!

Eunice me lança um último olhar.

— Tchau, Jenny.

E elas saem da barraca.

Um silêncio desconfortável se segue, e eu me apresso para explicar:

— Ela era minha amiga quando éramos mais novas. Mas daí comecei a levar o violoncelo mais a sério e...

Não sei por que estou contando isso para ele. É tipo um golpe: uma garota vem me dizer que sou ótima na frente dele, só para outra vir logo em seguida revelando que na verdade sou uma péssima amiga.

Jaewoo ajeita a postura.

— Aconteceu algo assim comigo. Quando me mudei de Busan pra Seul, alguns dos meus amigos acharam que eu era um traidor.

— Nossa. — Não conheço muitas cidades além de Seul, mas acho que o equivalente seria alguém sair de sua cidadezinha para ir morar em Nova York.

— Então você toca violoncelo.

— É.

— É seu sonho? Ser violoncelista?

— Mais ou menos. Meu pai tocava violoncelo. Ele não era profissional nem nada, mas, quando tive que escolher um instrumento, como manda o rito de passagem de todos os estadunidenses asiáticos...

Jaewoo dá risada.

— O violoncelo do meu pai estava ali, e eu acabei gostando. Também é legal ter essa conexão com ele.

Eu nunca falei tanto sobre o meu pai com ninguém antes. Espero sentir aquela tristeza familiar, mas só sinto acolhimento. Cinco anos não é tempo demais nem de menos, é só *tempo*.

Olho para Jaewoo. O que é que ele tem que me faz querer me abrir? Será porque eu sei que não vamos nos ver de novo ou por um motivo totalmente diferente — porque, com ele, posso ser eu mesma?

— Isso é legal — ele fala. Quando ele sorri, meu coração se derrete um pouco.

— Mas e você? — pergunto, torcendo para que a luz fraca da barraca esconda minhas bochechas vermelhas. — Tem algum sonho?

Uma expressão indecifrável passa pelo seu rosto e some em um segundo.

— Não durmo o suficiente pra sonhar.

— Uau — falo devagar. — Que resposta.

Ele dá uma piscadela.

Um grupo entra do outro lado da barraca. Olho no celular e vejo que já são quinze para a meia-noite. Jaewoo entrega os pratos vazios para a dona do carrinho e eu começo a guardar o que sobrou. Quando nos levantamos, acabo olhando diretamente para um cara na minha frente.

É o babaca do ônibus. Ele está cercado por seus amigos universitários, se empurrando para conseguir um lugar no balcão.

— Qual é a chance de ele nos reconhecer? — pergunto para Jaewoo, que me percebeu olhando o cara.

Nesse momento, ele aponta para nós, como se fôssemos criminosos em um filme de ação.

— Eu diria que as chances são altas.

Cinco

Não sei quem se move primeiro ou como ambos chegamos à mesma conclusão, mas saímos correndo de repente.

Nenhum de nós olha para trás enquanto disparamos por onde viemos, passando pelos carrinhos de comida, fazendo uma curva fechada à direita em um prédio de escritórios e descendo um lance de escadas.

Então paramos para recuperar o fôlego. O subsolo do edifício é uma galeria. A maioria dos estabelecimentos está fechada — um salão de manicure, um restaurante de marmitas japonesas e algumas outras lojas —, mas alguns ainda estão abertos, incluindo um spa 24 horas e um fliperama.

— Ali! — Aponto para uma cabine fotográfica. É uma daquelas máquinas em que você pode tirar fotos com fundos e adesivos fofos, que são impressas ali mesmo por alguns dólares.

Jaewoo me puxa para dentro e eu fecho a cortina. Ficamos nos encarando no escuro, iluminados pela luz fluorescente da tela.

— Por que saímos correndo? — ele pergunta.

— Eu... sei lá.

Ele pisca. Eu pisco. Então começamos a dar risada. Por *que* saímos correndo? Não tínhamos motivo nenhum. Não é como se aqueles universitários fossem nos dar uma surra — estávamos em um local público, cercados de adultos. Ainda assim, foi empolgante. Meu coração ainda está acelerado de adrenalina. Ou talvez seja porque, enfiados nesse espaço apertado, estou praticamente no colo dele.

Cabines fotográficas sempre foram assim tão pequenas? Ele está pressionado contra a parede oposta, com suas longas pernas esticadas no

O ritmo das nossas vidas

banco, na diagonal, tomando toda a cabine. Estou com uma perna debaixo de mim e a outra dobrada sobre a dele, segurando a borda do assento com uma mão e me apoiando contra a parede do fundo com a outra.

— Quanto você tem de altura? — solto.

— Um metro e oitenta e dois.

Certo. Esqueci que quase todos os outros países tirando os Estados Unidos usam o sistema métrico.

Ele franze as sobrancelhas.

— Cinco pés e onze polegadas?

— Você calculou isso de cabeça?

Ele dá de ombros.

— Quanto você tem de altura?

— Cinco e seis. Não sei quantos centímetros são.

Ele acena a cabeça de leve. A tela fica repetindo o anúncio da cabine fotográfica, mostrando rostos sorridentes em grupos de dois e três e algumas pessoas sozinhas.

Ele ajusta a tipoia do gesso, apertando a alça.

— Como quebrou o braço? — pergunto.

— Sofri um acidente.

— Já quebrou algum osso antes?

— Uma vez, quando eu era pequeno. — Ele para de mexer na tipoia e olha para mim. — E você?

— Nunca. — Como violoncelista, quebrar o braço teria me parecido o fim do mundo. — Doeu?

— Não tanto quanto da primeira vez.

Tenho que morder o lábio para me impedir de fazer mais perguntas. Ele não tem se mostrado exatamente aberto sobre os eventos de sua vida. Ainda assim, eu quero saber por quê. Por que desta vez não doeu tanto quanto da primeira vez? Foi um osso diferente? Ou ele só sabia o que esperar, já que já tinha passado por isso antes?

Quero saber mais. Que tipo de acidente foi? Será por isso que ele estava fugindo?

Ao contrário da sala do karaokê e do festival, agora estamos tão próximos que posso ver os detalhes de seu rosto. Sua pele é quase perfeita demais — ele está usando maquiagem? Seus olhos lindamente desenhados são acentuados por sombras escuras. Seus lábios são vermelhos, bem vermelhos.

Ou ele está de batom, ou foi beijado por alguém que estava de batom. Não sei qual das opções prefiro.

Mentira, não quero que ele tenha beijado ninguém.

Me aproximo, colocando a mão em seu ombro. Ele se move para me acomodar, e sua mão boa desliza pelas minhas costas. Seu rosto está tão próximo do meu que sinto seu hálito em meus lábios.

Então ouvimos alguém batendo na porta da cabine com força.

— Olá? Tem alguém aí? A gente quer tirar uma foto.

Eu praticamente dou um salto para o outro lado da cabine, o que não é uma façanha nada impressionante, considerando seu tamanho.

— Estudantes — digo, sem fôlego. Suas vozes são finas demais para serem os universitários. Levo a mão à cortina.

— Espere...

Viro para ele.

Jaewoo está olhando para a tela.

— Vamos tirar uma foto?

Me sento devagar.

— Claro. — Sem pensar direito, aperto alguns botões e logo quatro flashes disparam um em seguida do outro. Nas duas primeiras, devo ter saído como um animal surpreendido por faróis, mas consigo sorrir nas duas últimas. Depois, surgem opções para adicionar bordas decorativas e desenhos, mas eu apenas pressiono o botão de imprimir.

Do lado de fora da cabine, somos recebidos por olhares censuradores de um grupo de estudantes do sexto ano.

— Vocês quebraram a máquina — um deles fala para mim.

Verifico a impressora e vejo que ele tem razão — o pequeno visor indica que houve um erro. No entanto, pelo menos uma das duas cópias da foto saiu.

Os estudantes seguem para o fliperama, e eu levo meu prêmio para Jaewoo.

— A máquina só imprimiu uma.

— Vou tirar uma foto — ele diz, pegando o celular da jaqueta.

No instante em que ele liga o aparelho, começam a chegar notificações de mensagens recebidas.

Ele parece perturbado, comprimindo os lábios de leve. Então vira o celular e vejo que a câmera frontal está destruída.

— Me esqueci disso. Deve ter acontecido quando quebrei o braço.

— Quer que eu tire uma foto e te mande? — ofereço.

— É, pode ser.

Ele guarda o celular no bolso e pega o meu para anotar seu número.

Quando o pego de volta, vejo que ele adicionou +82 — o código da Coreia do Sul.

Seguimos para as escadas rolantes e saímos na rua principal.

Ele dá uma batidinha no bolso da jaqueta, onde seu celular continua vibrando.

— Eles vão chegar logo, agora que podem me rastrear. Provavelmente já estão circulando a área, me esperando.

Isso parece... sinistro.

— Você não pode desligar o celular de novo?

— Acho que chegou a hora de voltar.

— Você está bem? — pergunto.

Ele abre um sorriso doce.

— Agora sim.

Meu coração se agita.

— E você? — Ele olha para a rua quase deserta, com o fim do festival. — Já passou da meia-noite.

— Meu tio acabou de mandar mensagem — minto. — Ele está vindo me pegar.

Na realidade, posso caminhar algumas quadras e voltar para o karaokê, que só fecha às três, ou posso chamar um carro.

Então uma van com janelas escuras vem descendo a rua. Jaewoo segura meu pulso suavemente e me leva para uma área sombreada sob o toldo de um edifício.

— Espere aqui. Não quero que eles te vejam.

— Jaewoo, estou preocupada.

Minha voz vacila, e ele me olha nos olhos.

— Não é o que você está pensando. Te mando mensagem assim que puder. — Então ele acrescenta, com um sorriso que nunca vou esquecer: — Obrigado, Jenny. Me diverti muito com você hoje.

Ele se vira e sai caminhando para fora das sombras. A van, que estava se aproximando devagar, acelera e para no meio-fio. A porta de trás se abre e vislumbro um garoto lá dentro antes de ela se fechar atrás de Jaewoo.

Quando a van vai embora, saio de baixo do toldo. Fico observando até perdê-la de vista, quando ela é engolida pelas luzes da cidade.

Seis

A foto da cabine é uma série de quatro pequenas fotografias impressas verticalmente, uma embaixo da outra, na ordem em que foram tiradas. Na primeira, estou franzindo as sobrancelhas para a câmera enquanto Jaewoo, com as costas voltadas para o canto da cabine, está de olhos fechados, piscando. Na segunda, ele está de olhos abertos com um sorrisinho no rosto. Eu ainda estou de sobrancelhas franzidas.

A terceira ficou boa. Ambos saímos sorrindo e olhando para a câmera. Lembro-me de ter me esforçado para sair bem, determinada a impedir que meu sorriso vacilasse e meus olhos piscassem. Fico aliviada ao ver que consegui fazer as duas coisas — pareço normal. Bonita até.

Quanto a Jaewoo, ele não está mais encostado na parede, mas sentado com o corpo um pouco para a frente. Sua cabeça está inclinada e seus olhos não estão mais voltados para a câmera, mas para mim. Ele está prestes a dar risada.

Sinto meu coração literalmente dar um solavanco no meu peito.

Pego meu celular, tiro uma foto da foto, e ao ver que ela saiu desfocada na mesa da cozinha, tiro mais uma.

Quando finalmente me dou por satisfeita, escrevo uma mensagem para o número que Jaewoo salvou nos meus contatos:

> Aqui está a foto de hoje. Jenny.

Isso. Direta e casual.

No mesmo instante, a mensagem é lida e três pontinhos aparecem. Ele está digitando! Será que estava esperando que eu escrevesse? E por que ele deixa a notificação de leitura de mensagem ativada?

Ele responde:

> Entrando no avião. Te escrevo quando pousar.

Ele está indo embora *hoje*? Eu sabia que ele era de Seul, mas não achei que partiria tão cedo.

> Certo. Boa viagem!

Minha mensagem é lida, e então...

> Obrigado ☺

Ah, meu Deus. Ele mandou um emoji. Que fofo!

Ouço passos se aproximando da porta do apartamento, chaves tilintando na fechadura. Guardo a foto no bolso depressa e minha mãe entra.

Ela olha para mim, sentada na mesa da cozinha, antes de tirar os sapatos.

— Ainda está acordada?

Ela pendura o casaco no armário e coloca suas pantufas — ou melhor, as *minhas* pantufas. É fácil confundir, pois calçamos o mesmo número. Calçamos o mesmo número, temos a mesma altura e o mesmo rosto oval. As pessoas estão sempre comentando o quanto somos parecidas.

— Achei que você ficaria trabalhando — digo. Geralmente, nos fins de semana ela pega trabalho extra e dorme no escritório. Sendo advogada de imigração em Los Angeles, ela está sempre ocupada.

— Mudei de planos. — Ela começa a atravessar a cozinha, então para, me observando com atenção. Percebo que ainda estou com as mesmas roupas de quando saí para a escola de manhã. — Você chegou agora?

Não falo nada por um momento, sem saber se devo lhe contar sobre a minha noite.

— Bomi tinha que fazer um trabalho — finalmente digo —, então fiquei até mais tarde pra ajudar tio Jay. Ele me deu carona. — Pelo menos a segunda parte é verdade.

Me sinto um pouco culpada. Quase nunca minto para a minha mãe; não tenho motivo. Nós literalmente temos o mesmo objetivo: que eu vá para a faculdade de música em Nova York. E, nos últimos cinco anos, somos só nós e tio Jay.

Se eu contar a verdade, sei que ela vai achar que não estou focada ou que vou me distrair. Ainda não conversamos sobre "namoro", mas está fortemente implícito que eu devo esperar até a faculdade.

Ela vai até a panela de arroz e a abre, soltando um suspiro ao vê-la vazia.

— Você não comeu no escritório? — pergunto.

— Não tive tempo.

Aponto para o balcão, onde deixei a sacola do mercado coreano.

— A sra. Kim nos deu *banchan*, se quiser. Tem *jangjorim*. — É a comida favorita dela.

Minha mãe estala a língua.

— A sra. Kim devia cuidar da própria vida. Ela é tão intrometida.

— Bem, eu acho legal da parte dela.

— Não me diga que ela não fez nenhum comentário maldoso sobre a minha forma de te educar.

Tento me lembrar do que ela disse, mas, sinceramente, não consigo.

— Também tem *japchae*.

— Certo. Pode fazer arroz? Vou tomar um banho. E, na verdade, já que está acordada, queria conversar com você sobre uma coisa.

Quando alguém diz que quer conversar comigo, sempre fico nervosa. Tipo, por que não fala logo o que é? Não gosto de ficar pensando que pode ser alguma coisa ruim. Mas minha mãe sabe que não deve soltar nada sério sem contexto, não depois do que aconteceu com meu pai.

— Claro — falo, e ela segue para o seu quarto. Nossos quartos ficam nas extremidades do apartamento, quase um ao lado do outro.

Coloco duas xícaras de arroz em uma tigela e lavo os grãos, despejando tudo na panela.

Depois, pego um picolé de melão na geladeira e me sento à mesa para pesquisar quanto tempo leva o voo de Los Angeles para Seul.

Catorze horas.

Então pesquiso a diferença de fuso entre a Coreia e a Califórnia.

O fuso horário da Coreia é dezesseis horas à nossa frente.

Vinte minutos depois, minha mãe entra na cozinha em um roupão de banho, com o cabelo cuidadosamente enrolado em uma toalha.

Quando a panela apita, ela coloca o arroz em uma tigela e se senta na minha frente.

Ela não comenta nada sobre os restos de *banchan* nos potes, então me abstenho de me explicar.

— Recebi uma ligação de Seul esta manhã sobre... — ela começa — minha mãe.

Ajeito a postura.

— Ela está bem? — Hoje mesmo falei para Jaewoo sobre minha avó que mora na Coreia. Posso não conhecê-la, mas ela é da minha família, e não quero que nada ruim aconteça com ela.

— Ela está bem — minha mãe me tranquiliza. — Tão bem quanto alguém que tem câncer de cólon pode estar. Foi o médico dela quem me ligou. Ele acha que ela pode aguentar uma cirurgia daqui uns meses, mas ela está se recusando. Não vai ser agora, e ela ainda precisa de monitoramento, mas pensei que poderia ficar em Seul por alguns meses, para passar um tempo com ela e tentar convencê-la a fazer a cirurgia.

Centenas de pensamentos passam pela minha mente. Minha avó tem câncer — um tipo diferente do câncer do meu pai, mas ela está doente. E minha mãe vai para Seul para cuidar dela. Sem mim.

— Já liguei para Jay — ela continua —, e ele disse que você pode ficar com ele até terminar a escola. Eu devo voltar em julho.

— Você não vai voltar até *julho*? — Percebo minha voz aumentando. — Estamos em novembro.

— Não — ela fala calmamente. — Eu não iria antes do Ano Novo. Provavelmente vou no final de fevereiro. Ainda preciso resolver umas coisas do trabalho.

Fico tentando processar o que está acontecendo. Minha mãe está me abandonando *no meio do meu penúltimo ano.*

— Mas e a apresentação do final do ano letivo? Vai ser em maio.

— Vão ter outras apresentações. Jenny, minha mãe precisa de mim.

E eu preciso de você. Quase falo em voz alta, mas me contenho. Se eu disser que preciso dela, ela vai me perguntar por quê, e não consigo pensar em nada além do simples fato de que vou ficar com saudade.

— Eu não iria se não acreditasse que você vai ficar bem.

— Mas mãe...

— Se algo acontecer com ela e eu não estiver lá, nunca vou me perdoar.

Fim de jogo. Não posso discutir com isso. Eu também não me perdoaria; já me senti assim.

— Então você vai pra Coreia — digo, soando exausta mesmo para mim. — São dezesseis horas de diferença.

— Eu... Espera, como você sabe disso?

— Não importa.

Fico de pé. Ainda quero dizer umas coisinhas para ela, mas, enquanto a observo, a raiva que sinto dentro de mim se dissipa. Ela parece tão cansada quanto eu, com olheiras escuras debaixo dos olhos, e ela parou de comer, o que é o maior indicador de que não está muito bem.

Ofereço-lhe uma proposta de paz.

— Bem, pelo menos você vai estar aqui durante as festas de fim de ano. E depois, Seul, hein? Uau. Faz uns seis anos que você não vai pra lá, não é? — E antes disso, só antes de vir para os Estados Unidos com um visto de estudante. Ela resolveu ficar aqui depois de se casar com meu pai.

— Sete. — Minha mãe suspira. Ela deve estar um pouco melhor, porque pega uma fatia de panqueca de feijão mungo. — Já adiei demais. Já passou da hora de voltar.

$$* * *$$

Na manhã seguinte, quase me atraso para a minha aula de violoncelo das nove. Só fui para a cama depois das duas. E, durante a aula, me atrapalho tanto com as notas que Eunbi, minha professora, me interrompe no meio da peça solo que estou estudando para a apresentação de final de ano da escola.

— Estou vendo que tem algo te incomodando — ela diz. — É o resultado do concurso?

É louco pensar que, menos de vinte e quatro horas atrás, minha resposta seria sim. Ainda estou chateada com o que os jurados disseram, mas eles não são minha mãe, e não vão me abandonar por meses e meses.

— Vou pegar um chá, e então podemos conversar.

Me levanto da banqueta e me acomodo em uma das poltronas de sua sala de estar. Não fazemos isso sempre, mas, de vez em quando, matamos aula para falar de assuntos além do violoncelo. Na primeira vez, ela me fez sentar e apontou para a minha cabeça, para o meu coração e para as minhas mãos e disse:

— Está tudo conectado.

Naquela época, não acho que entendi direito — eu tinha onze anos. Agora, no entanto, acho que entendo. Não existe prática ou talento que possam superar uma mente e um coração perturbados.

Ela volta, me entrega uma caneca de chá de cevada e se senta à minha frente.

— Sou toda ouvidos.

Eu lhe conto tudo, começando com a ligação do médico para a minha mãe e terminando com sua decisão de me deixar para trás.

Eunbi me ouve com atenção total, assim como ela faz quando estou tocando. Talvez por isso eu me sinta encorajada a desabafar tudo o que estou sentindo.

— Ela só me comunicou as coisas, nem me perguntou o que eu achava. Ela está literalmente me abandonando no meio do meu penúltimo ano.

Eunbi dá um gole em seu chá.

— Você perguntou se podia ir com ela?

Pisco, surpresa.

— Não pensei que fosse uma opção... Tenho que ir pra escola, e ela vai ficar lá por cinco meses.

— Existem escolas de artes em Seul — ela diz, logicamente, e me dou conta de que ela mesma frequentou uma dessas escolas antes de se formar em violoncelo clássico na Universidade de Mulheres Ewha. — É só uma questão de encaminhar seus materiais para uma escola que aceite estudantes internacionais.

Fico tentando processar a possibilidade. Não tinha nem me ocorrido que eu poderia ir *com* a minha mãe, que eu poderia terminar meu ano *em outro país*.

Nunca nem saí da Califórnia, que dirá ir até a Coreia do Sul. Não conheço ninguém que mora lá, além da minha avó.

Bem, isso não é verdade.

Conheço uma pessoa.

— Tenho uma amiga que é diretora de uma escola de música em Seul — Eunbi diz. — Se me mandar os materiais da sua audição, posso enviar um e-mail para ela com uma carta de recomendação. O ano letivo começa em março na Coreia, então você não chegaria no meio do ano.

— Eu devia primeiro ver com a minha mãe, não? — A essa hora, ela já deve ter saído para o trabalho.

— Talvez seja melhor mencionar a ideia depois de ter pesquisado um pouco mais. Enquanto isso, você pode ir se mexendo. Você vai precisar de um passaporte, se não tiver um ainda.

Na verdade, eu já tenho um. No ano passado, era para eu ter ido para Paris com a minha turma de francês, mas tive que cancelar a viagem porque fiquei doente.

— Você parece abalada. — Eunbi recolhe a caneca de chá que eu mal toquei. — Por que você não passa o olho nessa peça de Mozart e ficamos por isso mesmo? Você tem muito em que pensar.

Abalada é eufemismo. Mas... será que tenho *mesmo* o que pensar?

Meu coração está acelerado. Minhas mãos estão suando.

Se alguém me perguntasse: *Você quer ir para a Coreia com a sua mãe? Quer conhecer a sua avó? Quer passar uma temporada em Seul, a cidade desconhecida de onde os dois lados da sua família vieram, que guarda infinitas possibilidades de novas aventuras e experiências?*

A resposta seria um sonoro *sim*.

* * *

Passo a manhã toda pesquisando coisas sobre a Coreia e, mais especificamente, Seul. Parece que a cidade tem uma população de quase dez milhões de habitantes, que é mais do que a população de Nova York.

Ao pesquisar o endereço da minha avó, descubro que ela mora em um bairro chamado Jongno, onde estão localizadas várias atrações históricas da cidade, como o Palácio Gyeongbokgung e a Aldeia Hanok de Bukchon. Ela também mora perto de uma Paris Baguette, uma padaria. Estou explorando a área por imagens de satélite quando Eunbi me envia uma mensagem com um link. Logo o site da Academia de Artes de Seul surge no meu computador.

O campus é absolutamente deslumbrante, com instalações de última geração, salas de aulas práticas, uma biblioteca de dois andares e dormitórios em frente a um centro estudantil recém-reformado, além de uma sala de concertos renomada mundialmente.

Depois de uma hora, acabo pegando no sono, e sou acordada pelo alarme que programei de manhã. Calculei que o voo de catorze horas chegaria às três da tarde na Califórnia, oito da manhã em Seul.

Abro as mensagens que troquei com Jaewoo e escrevo:

> Chegou bem?

Quando não vejo a notificação de leitura, penso que calculei errado a hora de chegada ou que ele está sem sinal, por algum motivo.

— Jenny? — A porta da frente se abre fazendo barulho. — Cheguei.

Deixo o celular na cama e sigo minha mãe para a cozinha.

Surpreendentemente, ela não descarta de imediato a ideia de eu acompanhá-la para Seul.

— A escola tem dormitórios. Posso ficar lá durante a semana e visitar você e a *halmeoni* nos fins de semana.

— Mas e a mensalidade? — Ela está fazendo perguntas práticas, o que é bom.

— Vai ser desconsiderada, se eu conseguir uma bolsa. Eunbi acha que eu tenho chance como violoncelista clássica.

Ela suspira.

— Você pensou em tudo mesmo, não é?

— Não vejo por que ficar aqui, se lá posso receber uma formação tão forte quanto. Talvez até melhor. Afinal, é a *Ásia*.

Dou risada, enquanto ela balança a cabeça. *E vou estar com você.* Essa última parte não falo em voz alta. Minha mãe nunca foi muito afetuosa. Em vez disso, digo:

— Quero ver a *halmeoni*.

Ela não fala nada por um minuto inteiro, e depois assente.

— Ela também vai querer te ver.

Não acredito que, em menos de vinte e quatro horas, minha vida mudou tão drasticamente. Vou morar em Seul por *cinco meses*.

Volto para o meu quarto e olho no celular. A mensagem agora está marcada como "lida", mas não há resposta.

É por isso que não gosto dessas notificações. É tipo uma guerra psicológica. Ele *sabe* que eu sei que ele leu a mensagem e *escolheu* não responder.

Posso estar interpretando demais também, claro. Ele pode estar ocupado trocando mensagem com alguém mais importante que eu, tipo a mãe dele.

> Não me diga que foi parado na alfândega por conta de alguma atividade ilegal da sua gangue.

Digito depressa e envio. Me arrependo no mesmo instante. É por isso que temos que pensar antes de agir! Não foi nem uma piada boa!

A mensagem muda de "enviada" para "lida".

Fico encarando a tela. Um minuto se passa. Mais um. Sinto uma agitação estranha na barriga.

Penso em todos os possíveis motivos que podem estar impedindo-o de me responder. O sinal está ruim (o que é altamente improvável, já que a Coreia do Sul tem a internet mais rápida do planeta, segundo o Google). Ele *está* passando pela alfândega (mas então por que não escreveu, se levaria só alguns segundos?). Ou algum outro motivo que não pensei. O que poderia ser?

Pesquiso por que um cara leria as mensagens e não responderia. Todos os resultados dizem a mesma coisa: *Ele não está a fim de você.*

Uau. Obrigada, internet.

Mesmo assim, não é como se uma mensagem fosse um compromisso. Atiro o celular na cama e pego o violoncelo para praticar. Posso não conseguir fazer um garoto me responder, mas a escola, sim.

***

Na segunda-feira, converso com meu orientador escolar sobre a transferência semestral e ele me entrega uma lista de disciplinas obrigatórias que preciso cumprir para a formatura, sendo que a Academia de Artes de Seul oferece a maioria. As que eu não conseguir fazer lá, posso fazer on-line na escola daqui. Vai ser quase como se eu frequentasse duas escolas ao mesmo tempo: as aulas de literatura e história vão ser na Escola de Artes do Condado de Los Angeles, e as aulas de artes, na Academia de Artes de Seul.

Claro, primeiro, preciso entrar. Mas acho que, pela primeira vez, o nepotismo vai me ajudar. E eu tenho notas e prêmios para provar que sou uma ótima candidata.

Por sorte, minha previsão acaba se realizando, porque, em dezembro, não só sou aceita na Academia de Artes de Seul, como também vou receber hospedagem completa e alimentação. E eles ofereceram uma bolsa que cobre metade da mensalidade.

Minha única decepção no meio de toda essa história é que Jaewoo nunca respondeu minhas mensagens. A sensação é de que eu passei mais tempo me perguntando por que ele me ignorou do que de fato planejando minha viagem para Seul.

Preciso aceitar o que a internet teve a gentileza de me dizer: ele não está a fim.

Fui eu que falei com ele no karaokê. Fui eu que nos coloquei na confusão que nos obrigou a descer do ônibus.

Ainda assim, seria legal ter um amigo.

Não sei nem qual é a escola dele.

No dia da viagem, decido enviar uma última mensagem.

> Ei, então, vou passar uns meses na Coreia visitando minha avó. Se estiver por aí, adoraria te ver.

Pronto. Direta. A verdade é que não gosto de joguinhos. A vida é curta demais. É melhor falar logo o que se pensa para não se arrepender depois.

Ele não responde e, sinceramente, eu nem esperava que ele fosse responder.

Tio Jay nos leva até o aeroporto. Ele vai cuidar do apartamento enquanto estivermos fora.

Do lado de fora do portão, ele abraça minha mãe e se vira para mim, bagunçando meu cabelo.

— Divirta-se, garota.

— Obrigada, tio Jay.

Alguns meses atrás, ele disse que eu precisava experimentar coisas novas, viver um pouco.

Bem, estou seguindo seu conselho, tio Jay. Estou prestes a viver minha melhor vida.

Sete

Chegamos ao Aeroporto Internacional de Incheon às 4h55. Depois de passar pela alfândega, pegamos nossa bagagem e vamos até uma casa de câmbio para trocar algumas notas antes de sair. Necessitadas de cafeína, entramos em uma fila curta na frente de uma das poucas lojas abertas às cinco da manhã: Dunkin' Donuts. A franquia aqui é diferente da dos Estados Unidos. Além do fato de tudo estar em coreano, a lanchonete é mais iluminada e o cardápio tem mais opções de comida. E as rosquinhas são de algum jeito mais... fofas.

— Acho que o taxista chegou — minha mãe diz.

Olho para fora, onde um senhor bem vestido está parado, segurando com suas luvas brancas uma placa com os nomes Susie e Jenny em inglês.

Pagamos a compra — minha mãe pega um café a mais para o motorista — e o seguimos até o carro. Ele guarda nossa bagagem habilidosamente no porta-malas. Fico feliz por estar usando meu casaco grosso, que eu fecho até a gola antes de entrar no veículo. Apesar de ser quase março, aqui é um pouco mais frio que em Los Angeles.

Minha mãe fica conversando com o motorista enquanto eu observo a estrada nebulosa pela janela.

De acordo com o GPS do taxista, vamos levar uma hora e meia do aeroporto — localizado em Incheon, uma cidade nos arredores de Seul — até a casa da minha avó. A certa altura, cruzamos uma longa ponte e o motorista nos informa que o corpo d'água abaixo de nós é o mar Amarelo.

Acabo pegando no sono e tomo um susto quando o motorista buzina para uma moto que o corta.

O ritmo das nossas vidas

Em algum momento, chegamos a Seul. Há mais carros na via e as ruas estão apinhadas de edifícios altos e placas em coreano — e algumas em inglês. Passamos por uma estação de metrô. Pessoas vestidas com roupas de trabalho entram e saem pelas escadas rolantes e escadas fixas, se movendo rápida e ordenadamente. Saímos de Los Angeles na quarta, mas já é sexta em Seul. Em um cruzamento, conto pelo menos seis lanchonetes, quatro salões de beleza e três lojas de celular.

Após quinhentos metros, de acordo com o GPS, o motorista sai da avenida e entra em uma série de ruas estreitas com prédios residenciais baixos, sem elevador. Ele para em um edifício antigo que tem uma pequena loja de conveniência no primeiro andar, em frente a uma floricultura e um pequeno café. Minha mãe paga o motorista. Deixamos a maior parte da nossa bagagem na rua, levando apenas meu violoncelo e nossas malas de mão.

Minha mãe está quieta, o que é estranho, já que ela estava falante com o motorista. Depois de tocar a campainha, ela segura os cotovelos com as mãos, um claro sinal de que está nervosa. Esta é a primeira vez que ela vai ver sua mãe desde que foi para Seul para um casamento, quase sete anos atrás. Naquela época, ela estava com meu pai.

A porta se abre.

Não sei o que esperar do encontro com a minha avó. Meus avós por parte de pai são bem parecidos com ele, gentis e engraçados, e têm uma queda por destilados.

Eu sabia que minha mãe tinha uma relação complicada com a mãe dela, mas pensava que era só por causa da distância física — e também da personalidade da minha mãe. Ela não desperdiça energia em coisas que não são estritamente benéficas para ela ou para mim. Só meu pai conseguia trazer à tona uma outra parte dela.

Se alguém me perguntasse como imaginei minha avó, eu diria que ela provavelmente seria parecida com a minha mãe: poderosa, intimidadora e pragmática.

— Soojung-ah! — *halmeoni* grita, chamando minha mãe pelo nome coreano.

Ela fica parada rigidamente enquanto sua mãe joga os braços ao seu redor. Ela é tão pequena que precisa ficar na ponta dos pés com pantufas.

Ela parece a vovó mais doce do planeta.

— Entrem! Entrem! — Ela nos conduz para dentro, empurrando para o lado os sapatos dispostos com cuidado em fileiras na entrada. — E esta deve ser a Jenny. — Ela pega minhas mãos entre as suas mãos quentes e macias. — Tão linda — diz, e me sinto aquecida por dentro, porque nunca me falaram isso e ela parece sincera. — Quantos anos você tem?

— Dezessete.

— *Eomma* — minha mãe diz. — Nossas bagagens ainda estão lá fora.

— Vou chamar meu senhorio. Ele mora no andar de baixo e pode subir as malas pra vocês. — Ela fala para mim: — Ele sempre me ajuda com as compras.

Ela parece jovem demais para ser avó — o que faz sentido, já que minha mãe era bem nova quando engravidou de mim. Ela tem cabelo curto com permanente e mechas grisalhas e uma disposição calorosa e ensolarada. Quando ela sorri, seus olhos enrugam nos cantos, e é a coisa mais adorável do mundo.

Conversamos em coreano o tempo todo, e fico grata por minha mãe ter me obrigado a continuar com as aulas quando eu quis desistir, no segundo ano.

— Não tem problema, *eomma* — minha mãe diz. — Jenny é forte.

Ela acena a cabeça para mim e disparo pela porta para buscar o resto da bagagem, enquanto ela ajeita as malas no único quarto livre do apartamento. Preciso fazer quatro viagens, mas consigo trazer tudo. Quando termino, *halmeoni* serviu o café da manhã na pequena mesa da cozinha: torradas com manteiga, ovos estrelados e presunto na chapa. O pão da torrada deve ser de padaria, porque é espesso e fofinho; os ovos estão perfeitos e o presunto é salgado e doce. A última refeição que fiz foi no avião, e estou morrendo de fome. Devoro a comida enquanto minha avó descasca uma maçã ao meu lado, acenando a cabeça encorajadoramente.

Minha mãe termina de desfazer as malas e vem até a mesa. Fico de pé para que ela se sente em uma das duas cadeiras.

— Posso sair pra explorar o bairro? — pergunto em inglês.

Halmeoni, que já começou a descascar mais uma maçã, levanta a cabeça.

— Ela não quer arrumar as coisas? — ela pergunta para a minha mãe.

— Jenny não vai ficar aqui. A escola tem dormitórios, e ela vai para lá depois de amanhã.

— Ah. — *Halmeoni* acena a cabeça. — *Chelliseuteu.* — Violoncelista. Ainda segurando a maçã e a faca, ela ergue os dois polegares. — *Meosisseo.*
— *Muito legal.*

Ela pega um papel atrás de si, escreve 1103* — o código da fechadura eletrônica do apartamento — e o deposita nas minhas mãos junto com vários *man-won*, mais ou menos o equivalente a notas de dez dólares.

Enquanto reviro a mala em busca das minhas botas, minha avó manifesta preocupação por eu sair sozinha. *Ela nunca veio para Seul. Ela não conhece a área. E se ela se perder?*

— Não se preocupe, *eomma* — minha mãe a tranquiliza. — Jenny é muito esperta, e sabe ler e falar coreano. E ela tem celular.

— Tem certeza? — Ela parece aliviada. — Ela deve ser independente como você.

Minha mãe não fala nada por alguns segundos.

— Sim, *eomeoni* — ela finalmente diz. — Jenny teve que crescer rápido, assim como eu.

Elas trocam um olhar, e eu me dirijo para a porta. Seja lá o que elas precisam resolver, é melhor que eu não esteja aqui.

* * *

Minha primeira parada é o café do outro lado da rua — preciso me reabastecer de cafeína. Um sino toca quando abro a porta. Ninguém vem me cumprimentar, então caminho sem pressa pelo pequeno espaço, que tem a metade do tamanho do salão do Karaokê do Jay. Luz natural entra pela janela voltada para o leste, tingindo de dourado a miríade de flores frescas no peitoril, provavelmente da floricultura ao lado. Pequenos detalhes fazem com que o lugar pareça aconchegante e agradável. Uma caixa de som no canto toca jazz.

— Desculpa, não vi que tinha chegado gente. — Um jovem atlético de avental surge de trás da cortina.

Noto sua roupa.

— Você frequenta a Escola de Música de Manhattan? — pergunto em inglês.

Ele olha para o moletom e depois para mim.

— É — ele responde também em inglês. — Estou no segundo ano, estudo saxofone. Por quê?

— Quero estudar lá. É minha primeira opção. — Junto com a Faculdade Berklee de Música em Boston. Só que minha mãe quer que eu more em Nova York, para ficar mais perto da família do meu pai.

O cara me observa por um momento, e eu instintivamente ajeito a postura.

— Ah, é? E você quer estudar... dança?

Fico corada.

— Violoncelo.

— Certo. Então o que te trouxe a Seul?

— Vim passar uns meses com a minha avó. Acabei de chegar de Los Angeles.

— Faz sentido. Você tem cara de ser uma garota de Los Angeles.

Eu não tinha certeza quando ele perguntou se eu quero estudar dança, mas algo nesse comentário me faz achar que...

Ele está flertando comigo. Esta é a segunda vez em muitos meses que um garoto flerta comigo.

Mesmo que não seja absurdamente bonito como Jaewoo, esse cara é *bem* gato. E mais velho.

A porta se abre atrás de mim e um entregador fala:

— Tenho um pedido grande hoje, Ian-ssi.

— É meu nome — o cara do café fala para mim. — Ian.

— Sou Jenny.

— Um segundo.

Ele volta com um copo para viagem.

— Escrevi meu número aí. Tranquei um semestre pra pagar umas contas, então vou ficar aqui em Seul. Se tiver alguma pergunta sobre a Escola de Música de Manhattan ou se só quiser sair, me liga.

— Eu... vou ligar. Obrigada.

— Até mais, Jenny.

Ele começa a preparar o pedido do rapaz e eu sigo para a porta, dando uma olhada na lateral do copo, onde ele anotou em uma caligrafia perfeita: *Ian Nam, guia para tudo em relação à Escola de Música de Manhattan*, e seu número de telefone.

Controlo minha expressão facial até estar do lado de fora, então saio caminhando rápido pela rua com o coração acelerado. Poucas horas após chegar em Seul, um coreano gato que trabalha em um café e frequenta a *escola dos meus sonhos* me deu seu número e pode — ou não — ter me chamado para sair.

Talvez seja um sinal de como eu devo passar os próximos meses aqui: tendo encontros e gastando meu tempo em atividades que vão além de aulas e prática de violoncelo.

O ritmo das nossas vidas

Tropeço de leve quando me lembro de Jaewoo dividindo a mesa comigo em uma barraquinha de comida de rua em Los Angeles, me ouvindo com atenção enquanto eu falava abertamente sobre o meu pai. Sinto meu peito apertar, pensando quão feliz e esperançosa me senti naquela noite — o que torna o fato de ele não ter me respondido muito pior. A culpa é minha. Eu baixei a guarda. Se eu tivesse deixado que aquela noite fosse apenas o que sempre foi — uma distração —, nunca teria ficado tão decepcionada.

Tenho cinco meses aqui em Seul. Cinco meses para viver novas experiências e aproveitar cada momento antes de voltar para casa, espero que munida de uma determinação feroz para ir atrás do futuro que sempre quis.

Fortalecida com essa resolução, passo uma hora caminhando pelo bairro — há uma estação de metrô a apenas alguns quarteirões da casa da minha avó e um restaurante especializado em *juk*, mingau coreano, em uma esquina tranquila — antes de voltar para o apartamento.

Passo o resto do dia com minha *halmeoni*. Ela e minha mãe devem ter chegado a uma trégua, porque minha mãe está agindo de forma cordial, e minha avó parece claramente animada. Pegamos um táxi até a clínica onde *halmeoni* vai passar a maior parte dos fins de semana após seus tratamentos. É lá que eu vou visitá-la, já que, quando ela estiver no apartamento, eu estarei no dormitório da escola.

Depois, almoçamos e damos uma volta na região. Minha mãe quer evitar o *jet lag*, então tentamos passear um pouco, mas, por volta das seis, já estou dormindo em pé. Consigo me manter acordada por mais duas horas, mas apago na viagem de volta. Subo as escadas aos tropeços e me jogo no travesseiro. Durmo doze horas seguidas.

Oito

Na manhã seguinte, *halmeoni* nos leva ao restaurante de *juk* da rua. Está frio, e o mingau, feito de arroz cozido, me aquece instantaneamente. Em seguida, caminhamos pelos arredores do Palácio Gyeongbokgung. Ele é cercado por muros e é preciso pagar para entrar, então ficamos só do lado de fora. *Halmeoni* e eu nos divertimos andando de braços dados e comentando sobre os turistas e locais vestidos em *hanbok* coloridos, provavelmente alugados das lojas de roupas tradicionais que marcam presença em todas as ruas. Minha mãe passa a maior parte do tempo no telefone, recebendo ligações de trabalho, mas não me importo; assim tenho mais tempo com a minha *halmeoni* antes de as aulas começarem.

Lá pelo meio-dia, *halmeoni* mostra sinais de fadiga, então voltamos para o apartamento. Saio de novo às quatro, desta vez sozinha. Como me mudo para o dormitório da Academia de Artes de Seul amanhã, preciso pegar meu uniforme em uma loja em Sinsa-dong.

Confiro a rota no celular e sigo para o metrô. Fico surpresa ao descobrir que ele se conecta a um grande shopping center subterrâneo.

Sou imediatamente bombardeada por centenas de anúncios, sons e aromas. Os corredores se ramificam em direções infinitas, abarrotados de lojas vendendo de tudo, desde roupas de marcas coreanas a acessórios para celulares, cosméticos e meias fofinhas por ₩1.000 a peça, o que equivale a menos de um dólar. Há dezenas de estandes de comida e bebida, restaurantes, padarias e cafés. Vejo algumas redes familiares, como Dunkin' Donuts e 7-Eleven, e algumas exclusivas da Coreia e da Ásia, como Hollys Coffee e A Twosome Place.

Mesmo se eu passasse horas ali embaixo, não conseguiria ver tudo. Um grupo de garotas passa na minha frente e segue para uma loja de salsichas empanadas cobertas com mostarda, queijo e molho de pimenta doce. Fico tentada a fazer um lanchinho antes do jantar, mas vejo a hora e lembro que não tenho muito tempo antes de a loja de uniformes fechar.

O trem está se preparando para deixar a plataforma, então saio correndo e consigo entrar bem antes de ele sair.

Alguns passageiros erguem os olhos para a minha entrada abrupta, mas logo voltam a atenção para seus respectivos celulares. Sento-me ao lado de dois menininhos jogando videogame em seus consoles portáteis. Eles não parecem estar acompanhados por nenhum adulto, mas percebo que isso provavelmente é normal em Seul, uma cidade segura o suficiente para que as crianças possam viajar livremente.

Na verdade, fico até com inveja. Minha mãe não me deixava pegar transporte público sozinha até uns seis meses atrás. E, comparado ao que temos em Los Angeles, este trem parece vir do futuro. Uma agradável voz automatizada nos informa a estação que estamos deixando, e o ar circula tão bem que parece que estou em uma loja de departamentos. Há até um monitor com a tela dividida ao meio no teto. Um lado mostra o vagão saindo da plataforma, em direção à próxima estação. O outro mostra o final de um videoclipe. Quatro garotos se afastam da câmera, deixando fogo e destruição em seu rastro. No canto inferior direito lê-se Joah Entertainment, o nome do artista, xoxo, e a música, "Don't Look Back".

O videoclipe dá lugar a uma propaganda de uma marca de café solúvel.

Desço na estação certa e sigo as direções indicadas pelo mapa no meu celular até o endereço que a escola forneceu para a loja de uniformes.

Quase não vejo o prédio por causa da multidão reunida do lado de fora.

Meninas, a maioria estudantes do ensino fundamental vestindo casacos grossos, amontoam-se ao lado de uma van preta estacionada perto da entrada.

Eu me esgueiro no meio da multidão. Na frente, um homem na casa dos trinta bloqueia a porta com uma expressão atormentada.

— Você não pode entrar — ele fala para mim.

— Vim buscar meu uniforme. — Abro o e-mail da escola e mostro a tela para ele.

O texto está em inglês, mas isso não parece ser um problema, porque ele suspira e me deixa entrar.

— Não tire fotos.

Assinto, mesmo achando estranho. E se eu quiser mostrar meu uniforme para a minha mãe? Enquanto eu caminho, algumas garotas *gritam* e eu tropeço na soleira. *Que diabos?*

A porta se fecha, silenciando todo o barulho.

Com a comoção da rua, espero encontrar o caos lá dentro, mas o lugar está calmo. Além de mim, não há nenhum outro cliente. Há uniformes pendurados por toda a loja. Uma das duas assistentes atrás do caixa se aproxima. Assim como fiz com o homem lá fora, mostro-lhe o e-mail. Ela começa a trabalhar depressa, selecionando algumas peças em tamanhos variados para que eu as experimente — camisas, saias, calças, um suéter e um blazer. Ela também adiciona roupas de educação física à pilha e alguns acessórios — uma gravata e uma faixa para a cabeça.

— Precisa de ajuda? — ela me pergunta, depois de me mostrar onde ficam os provadores.

— Não, por enquanto não.

Ela me entrega as roupas.

— Se precisar de qualquer coisa, aperte o botão dentro da cabine.

— Obrigada.

Ela faz uma reverência antes de voltar para o balcão. Quase pergunto sobre a multidão de garotas do lado de fora. Será que está tendo promoção de uniformes? Isso seria ótimo.

Atravesso uma cortina que separa a área principal da loja dos provadores. Do outro lado, há uma pequena sala com um grande espelho de três lados.

Vejo um cara apoiado na parede, olhando para o celular. Fico surpresa por um instante, porque pensei que não tinha mais nenhum cliente ali além de mim.

Ele tem mais ou menos a minha idade, é magro, mas forte, e está todo vestido de preto. Acho que fico encarando, pois ele levanta a cabeça para mim. Desvio o rosto rapidamente e entro em um dos provadores.

Nunca usei uniforme, mas logo descubro a logística das peças, enfiando a camisa branca no cós da saia — não sei dar um nó na gravata, então a deixo de lado — e deslizando o suéter por cima da minha cabeça. Visto o blazer e guardo o celular no bolso. Eu me viro para o espelho do provador, mas o espaço é muito apertado, o que explica por que há um espelho de corpo inteiro com três lados na sala principal.

Hesito, pensando no cara do celular. Não quero sair para me olhar no espelho com ele parado ali.

Ah, dane-se. Vim aqui só para isso. Afasto a cortina e saio da cabine, tomando cuidado para não olhar para ele. Em vez disso, me aproximo do espelho e subo na pequena plataforma. Agora posso me observar de diferentes ângulos para avaliar como fiquei no uniforme.

Devo admitir que fiquei ótima. A saia fica uns dois dedos acima dos meus joelhos — não sei se é o padrão, mas faz com que minhas pernas fiquem lindas. Tenho ombros largos, o que me deixa um pouco constrangida, mas o blazer tem um caimento incrível. Coloco as mãos nos bolsos e faço várias poses para ver como fico.

Um jingle começa a tocar alto. Pego meu celular no blazer.

— Conseguiu chegar na loja? — minha mãe pergunta depois que atendo a ligação. É um alívio falar inglês, tendo falado coreano o dia todo.

— Sim, estou experimentando meu uniforme agora.

— Vai chegar a tempo do jantar? Sua *halmeoni* quer te mimar com comida, pra aproveitar que você ainda não se mudou pro dormitório.

— Sim, devo chegar em uma hora.

— Certo, até mais então.

Desligo.

— Você estuda na Academia de Artes de Seul?

O cara que antes estava ali atrás se afastou da parede e está parado ao lado dos espelhos. Levo um instante para perceber que ele está falando comigo. Em inglês. Sem sotaque.

— Isso — digo. — Estou sendo transferida pra lá. Vim de Los Angeles.

— Los Angeles... — Ele faz uma expressão estranha, como se não conseguisse entender algo em mim. Talvez seja o fato de eu ser coreana, mas falar inglês. Se bem que eu poderia dizer o mesmo dele. — Você mora lá? — ele pergunta.

— Sim, por quê? — Olhando-o com atenção, não posso deixar de notar que ele é bem bonito. Ele tem covinhas fundas mesmo quando não está sorrindo e seu cabelo macio e meio bagunçado cai sobre seus olhos.

Ele dá de ombros.

— Por nada. Você só me pareceu familiar. Também sou dos Estados Unidos. De Nova York.

Isso explica o inglês nativo dele. E o motivo de estar falando comigo.

— E como veio parar em Seul? — pergunto.

Ele fica me encarando, e me pergunto se estou sendo insensível de alguma forma.

— Então você não sabe quem eu sou.

É uma afirmação, mas soa como uma pergunta.

— Eu deveria?

— Eu não diria que sim.

Ceeerto. Acho que perdi algum pedaço dessa conversa.

Ele, no entanto, parece mais confortável, encostado no espelho.

— Surgiu uma oportunidade e me mudei pra cá. Minha família mora em Flushing.

— Uau — falo em um tom neutro —, não dá pra ser mais coreano-americano que isso.

Ele dá risada.

— *Hyeong*, está falando inglês? — Um garoto irrompe do último provador à esquerda. Se eu tivesse que adivinhar, diria que ele tem uns quinze anos, e sua característica mais notável é seu cabelo azul-claro. — O que está dizendo?

Antes de responder, o cara de preto me pergunta em coreano:

— Como são suas habilidades de conversação?

— Boas — respondo em coreano. — Só não conseguiria discutir *política* nem nada do tipo. — Não sei dizer "política" em coreano, então falo em inglês.

— Sinceramente, nem eu. — Ele se vira para o garoto de cabelo azul e dá tapinhas em sua cabeça. — Desculpe, Youngmin-ah. Quando nós estrangeiros nos encontramos fora do país, não podemos evitar.

Youngmin me observa, então seus olhos cintilam.

— Você estuda na Academia de Artes de Seul? — Ele está com o mesmo uniforme que eu, só que está usando calças em vez de saia. — A gente também. Meu nome é Choi Youngmin, estou no primeiro ano. Nathaniel-hyeong está no terceiro.

— Prazer em conhecer vocês. Sou Jenny. Estou... — A divisão dos anos acadêmicos da Coreia é diferente da dos Estados Unidos; o ensino médio deles tem três anos, e o nosso, quatro. — Estava no penúltimo ano, mas acho que aqui é o... terceiro?

— Jenny é de Los Angeles — Nathaniel explica, olhando para as unhas.

— Sério? — Youngmin grita. — Eu já fui pra lá!

— Ah, é? — Sorrio. — O que foi fazer lá? — Será que eles são irmãos de verdade? Youngmin chama Nathaniel de *"hyeong"*, que significa "irmão mais velho" em coreano. Mas eles não são nada parecidos.

Youngmin olha para Nathaniel antes de falar:

— Pra gravar o videoclipe de "Don't Look Back".

Videoclipe? É aí que a ficha cai. Penso na multidão de garotas esperando lá fora. No homem parado na porta. No cabelo de Youngmin, que me lembra os comerciais que vi em todos os lugares desde que pisei em Seul.

— Vocês são... — Será que estrelas do k-pop se referem a si mesmas como estrelas do k-pop? Não é como se Ariana Grande se apresentasse como estrela do pop americano.

— *Idols* — Youngmin termina por mim. — Somos membros do grupo xoxo. Sou o *maknae*, o caçula, e também o rapper. Nathaniel é vocalista e o dançarino principal. Também tem nosso líder, que é rapper como eu, e nosso vocalista principal.

Eles devem ser bem famosos, se têm tantas fãs os seguindo por aí. Me sinto uma falsa coreana por *não* saber quem eles são...

— Esperem, já vi o videoclipe de vocês! No metrô, vindo pra cá.

Youngmin sorri.

— Quem sabe você vira nossa fã?

Dou uma piscadela.

— Ah, com certeza.

Nathaniel olha para mim de um jeito esquisito.

— Você assistiu tudo?

Acho que seria estranho assistir todo o vídeo e não reconhecê-los.

— Não, só o final.

— Estreou uma semana atrás — Youngmin explica. — É o *single* do nosso primeiro álbum.

— Parabéns — digo, e o garoto abre um sorriso radiante. — Então foi gravado em Los Angeles? Gostou da cidade?

— Adorei! A gente se divertiu muito. Bem... — Sua expressão murcha. — Até o último dia. Aconteceu um acidente...

— Youngmin! Nathaniel! — O homem que estava parado na porta enfia a cabeça na sala do provador. — Ah — ele diz ao me ver. Ele fica desconfiado por um instante, como se pensasse que dei um jeito de entrar aqui só para falar com Youngmin e Nathaniel, mas então percebe meu uniforme. E se vira para os garotos. — As fãs estão chegando sem parar. Já terminaram?

— Sim, este ficou bom. — Youngmin volta para a sua cabine depressa. O homem, que deve ser o empresário deles, não vai embora, e fica de conversa fiada com Nathaniel, provavelmente para impedir que ele fale comigo.

Estou voltando para a minha cabine quando Youngmin emerge, vestido da cabeça aos pés de Nike, com uma jaqueta grossa que quase bate no chão.

Ele acena para mim e sai correndo, dando o braço para o empresário. Nathaniel os segue devagar, lançando um olhar para mim.

— Te vejo na escola.

Depois que eles vão embora, me troco rapidamente e pago meu uniforme para voltar logo para minha mãe e *halmeoni*. Apesar de a multidão do lado de fora já ter dispersado, a rua está mais cheia agora. Me junto à onda que segue para o metrô, um pouco em transe por conta dos eventos que vivi nessa tarde.

Acabei de conhecer duas estrelas do k-pop. Celebridades. Estudantes da Academia de Artes de Seul. Conheço algumas pessoas da minha escola que seriam capazes de cometer crimes para estar na minha posição.

Mas, pensando bem, não é como se eu fosse interagir muito com eles. Eles com certeza têm seus próprios amigos e fãs. Só seria legal chegar na escola no primeiro dia e já conhecer alguém.

A imagem de Jaewoo surge na minha mente.

A última mensagem que eu mandei para ele ainda está marcada como "não lida". Conferi hoje de manhã, como faço todos os dias.

Vou para a escada rolante do metrô e pego o celular, abrindo o contato de Jaewoo. Clico em "editar" e rolo a tela para baixo. Eu devia deletar o número dele de uma vez por todas. Quem sabe assim eu pare de pensar nele.

Conforme me aproximo da plataforma, uma luz forte vai surgindo. Um pôster enorme ocupa grande parte da parede da estação, do chão ao teto.

Fico olhando boquiaberta. São *eles*. xoxo.

O grupo tem quatro membros, assim como Youngmin disse. Ele está à direita, com o mesmo cabelo e sorriso brilhantes. O garoto na ponta esquerda deve ser o mais velho, o outro rapper. Ao lado dele, está Nathaniel, fazendo uma expressão absurdamente sexy para a câmera. Não é meu tipo, mas aposto que ele deixa as garotas malucas. E ao lado *dele*...

Não.

Não pode ser.

Ah.

Meu.

Deus.

Olho para o celular. Minhas mãos estão tremendo. Fecho o contato e percorro as mensagens. Abro a foto que tiramos na cabine. Olho para o garoto ao meu lado na imagem e depois para o pôster na parede, onde o vocalista principal do xoxo aparece com o rosto todo editado, mas tão lindo quanto na minha foto.

Eles são a mesma pessoa.

É ele.

Jaewoo.

Nove

Durante a viagem de metrô de volta para o apartamento da minha avó, digito "Jaewoo xoxo" no Google e descubro sua idade — dezessete anos — e seu aniversário — 1º de setembro. Também descubro que ele tem 182 centímetros. Ele não mentiu.

Ele nasceu em Busan, na Coreia do Sul, se mudou para os Estados Unidos quando estava no começo do ensino fundamental — o que explica seu inglês nativo —, e voltou a morar em Busan no final do fundamental, quando foi "descoberto" por conta de sua aparência de galã. Ele treinou por cinco anos, e então estreou com o xoxo no ano passado.

Eles já eram populares como um grupo rookie — um grupo estreante —, mas o recente lançamento de "Don't Look Back" quebrou recordes em todas as paradas.

Não me espanta que Nathaniel tenha ficado surpreso por eu não os ter reconhecido. Com certeza todo mundo em Seul sabe quem eles são.

O fã clube deles se chama Kiss and Hug Club, e neste verão a banda vai fazer uma turnê mundial, incluindo um show em Nova York.

Coloco os fones de ouvido e abro o YouTube para pesquisar "xoxo". O videoclipe de "Don't Look Back" é o primeiro resultado. Clico nele.

Assisto ao vídeo completamente perplexa, tentando absorver tanto o visual maravilhoso quanto a letra da música. Os raps são rápidos demais para mim, mas o refrão diz algo como: "Mesmo se eu chorar, mesmo se eu estiver morrendo no chão, não olhe para trás, não olhe para trás". É super dramático, mas, uau, estou toda arrepiada. O vídeo parece trazer um conceito invertido de Orfeu e Eurídice, em que cada um dos garotos está passando por experiências angustiantes em uma estética de submundo *noir*, enquanto uma garota de costas para a câmera se afasta ao fundo.

Ao longo do vídeo, há cenas do grupo dançando em um depósito. Os movimentos deles são sincronizados e complexos, e Jaewoo aparece com a *mesma roupa que estava usando na noite em que o conheci no karaokê*. Ele deve ter quebrado o braço durante a gravação, e de alguma forma acabou no Jay depois de sair do hospital.

É óbvio por que Nathaniel é considerado o "dançarino principal". Ele é incrível; é difícil tirar os olhos dele quando ele está na frente, mas ainda assim... Jaewoo é quem captura completamente minha atenção. Seus movimentos não são tão eletrizantes quanto os de Nathaniel, mas são suaves e precisos, e sua voz... Ele canta alguns versos e se junta aos outros no refrão, mas a ponte é totalmente dele, e a batida silencia para acentuar sua bela voz. Em um trecho, ele faz um melisma, e todo o meu corpo estremece.

Quando o vídeo termina, o YouTube me recomenda um vídeo de uma performance e um vídeo de dança. Assisto aos dois, e depois vejo mais um com os membros do xoxo em algum tipo de programa de auditório, em que eles jogam uma versão bastante complexa de pega-pega.

Fico tão imersa nos vídeos que quase não ouço a simpática voz feminina no alto-falante do metrô anunciando que cheguei ao meu destino. Levanto a cabeça do celular e me deparo com uma garota da minha idade sentada ao meu lado aparentemente de olho na minha tela por cima do meu ombro.

Ela acena para mim com um olhar cúmplice.

Volto para o apartamento da minha *halmeoni*, mas ela não está se sentindo bem para sair, então pedimos *jajangmyeon* de um restaurante da rua, que nos entrega o macarrão de feijão preto em quinze minutos.

Depois do jantar, me jogo na cama — na verdade, nos cobertores no chão, porque minha avó só tem uma cama extra — para continuar a investigação.

O mais velho do grupo, Sun, é frio e muito bonito, famoso pelo cabelo comprido e pelos olhos estreitos, que o fazem parecer um supervilão gato de videogame. Nathaniel é *mesmo* de Nova York. Curiosamente, a primeira reportagem que aparece quando pesquiso seu nome é de um escândalo em que ele se envolveu uns meses atrás com uma *trainee* — alguém que ainda não estreou em um grupo ou é uma artista solo — desconhecida da Joah, a agência deles. Pelo que parece, ele namorou essa garota em segredo durante meses antes que o *Bulletin*, o maior tabloide local, publicasse fotos dos dois borradas propositalmente. A identidade dela nunca foi divulgada, mas as pessoas têm várias teorias na internet. Youngmin não é apenas o caçula do grupo, como o caçula de cinco irmãos. Quanto a Jaewoo, encontrei pouca coisa sobre sua vida pessoal, tirando o fato de ele ser de Busan. Ele não se envolveu em nenhum escândalo, e uma pesquisa recente afirma que, dos quatro membros, ele é o que tem menos chance de decepcionar os pais, seja lá o que isso queira dizer. Seu apelido é "Príncipe" entre os *idols* por conta de seu charme e da reputação estelar.

— Você não devia estar dormindo? — minha mãe diz, entrando no quarto por volta de meia-noite. — O que está fazendo? Nunca te vi assim grudada no celular.

— Nada. — Fecho o navegador e enfio o aparelho debaixo do travesseiro.

— Sua *halmeoni* e eu não conseguimos ir à clínica hoje, como tínhamos planejado, então quero levá-la amanhã. Sei que disse que te ajudaria com a mudança...

— Tudo bem — falo depressa —, posso pegar um táxi.

Ela apaga as luzes e fico deitada de barriga para cima. Fecho os olhos, mas não consigo pegar no sono.

Acho que finalmente está caindo a ficha de que o garoto que conheci no karaokê — Jaewoo — é uma *celebridade* tão famosa que seu rosto está estampado em paredes e seu videoclipe passa entre comerciais nos monitores do metrô.

Fico pensando naquela noite em Los Angeles, me esforçando para me lembrar das coisas que eu falei. Eu o acusei de ser um *bandido*, e agora sei que ele só estava vestido daquele jeito por causa da gravação. Será que ele estava zombando de mim o tempo todo? Faço uma careta, um pouco ressentida. Mesmo que no começo ele estivesse rindo da minha cara, achei que algo tivesse mudado entre nós ao longo da noite, conforme fomos nos abrindo um com o outro.

De repente, uma ideia me ocorre. Se Nathaniel e Youngmin frequentam a AAS, é provável que Jaewoo também estude lá.

Claro que também é completamente possível que ele não estude lá. Ainda assim, não sei como, mas sei que não é o caso.

Meu coração acelera só de pensar que vou vê-lo de novo. E logo.

O que ele vai me falar? O que vou falar para ele?

Respiro fundo, tentando me acalmar.

Não adianta ficar me preocupando com essas coisas agora. Pelo menos é o que digo a mim mesma. Durante as quatro horas seguintes, fico revirando na cama até finalmente sucumbir a um sono permeado por sonhos confusos com os garotos do xoxo em um clima parecido com o do vídeo, só que a garota se afastando sou eu.

Dez

De acordo com a supervisora do dormitório, sou a única aluna chegando de mudança hoje; a maioria dos estudantes do terceiro ano são pessoas que voltaram após um período fora e que continuam nos mesmos quartos ou que moram fora do campus com suas famílias. Eu podia ter escolhido morar com *halmeoni* e minha mãe, mas teria que fazer uma viagem de quarenta e cinco minutos, ida e volta, todos os dias. E aqui no campus há salas de prática, onde vou poder estudar sem incomodar nenhum vizinho com ouvidos sensíveis. Além disso, levando em consideração o tanto que minha mãe trabalha, estou acostumada a me virar mais ou menos sozinha.

— Você solicitou um quarto individual — a supervisora explica enquanto subimos de elevador até o último andar —, mas infelizmente não tínhamos nenhum disponível.

— Sem problemas — digo.

O elevador dá em um corredor muito limpo com luz ambiente filtrada pelas janelas altas. Vou empurrando o carrinho com minhas malas e meu violoncelo.

No meio do caminho, ela para diante de uma porta com fechadura eletrônica.

— Recebeu o e-mail do departamento de moradia?

— Sim. — Pego o celular e procuro o e-mail que contém o código da fechadura. Aperto os botões e ouço um zumbido enquanto a trava é liberada.

— Tenho que receber umas entregas — ela diz, distraída. — Você vai ficar bem sozinha?

— Ah, sim, pode ir.

Ela volta para o elevador e eu abro a porta do quarto. Fico surpresa ao ver que ele é mais espaçoso do que eu esperava, com o dobro do tamanho do quarto de hóspedes do apartamento de *halmeoni*. Empurro o carrinho pela porta e deixo os sapatos na entrada. Abro o armário da esquerda só por curiosidade, e fico boquiaberta com a quantidade de sapatos empilhados ali. Vejo um Doc Martens, três pares de tênis, botas de cano alto, sapatilhas e um par de sapatos de salto agulha. Minha colega de quarto, quem quer que seja, tem uma queda por sapatos.

O quarto é dividido ao meio por uma estante de livros, e a área mais próxima da porta está toda ocupada. Além dos sapatos, minha estilosa colega tem um cabideiro cheio de casacos e vestidos, provavelmente porque seu armário já está abarrotado. Seu lado do quarto está arrumado e a escrivaninha está vazia, exceto por um computador e algumas fotos de paisagens presas em um quadro de cortiça.

Me pergunto se ela é sempre assim organizada ou se arrumou o quarto só porque eu estava chegando.

Deixo a mochila ao lado da cama e apoio o violoncelo na parede.

Fico tentada a deitar, mas sei que, se eu fizer isso, não vou conseguir levantar em menos de uma hora. Levo a bagagem para dentro, começando com a que tem as roupas de cama. Faço uma anotação mental de que tenho que ir até o escritório do departamento de moradia para pegar um edredom e travesseiros.

Estou trazendo a última mala quando esbarro na escrivaninha da minha colega. Uma de suas fotos se desprende e cai no chão. Me abaixo para pegá-la depressa. Não é uma foto, mas um cartão-postal. De Los Angeles. Viro-o e vejo uma longa mensagem escrita em coreano. Por sorte, meus conhecimentos de *hangul* não são muito bons, senão ficaria curiosa para ler. Estou colocando-o de volta no quadro quando algumas palavras em inglês e uma assinatura chamam minha atenção.

Anime-se, Passarinha.
Meu coração sempre será seu.
XOXO

— O que está fazendo?

Uma garota está parada na porta. Ela vem até mim e arranca o cartão da minha mão.

— Ah, meu Deus, desculpa! — digo. No que diz respeito às primeiras impressões, esta é a pior de todas. Me sinto péssima. Eu não devia ter mexido nas coisas dela, mesmo que por acidente. — Eu bati na sua escrivaninha e o cartão caiu.

Ela abre uma gaveta e joga o cartão lá dentro, fechando-a com força. Me encolho.

— Sou a Jenny, sua nova colega de quarto.

— Eu sei — ela diz, sem se apresentar. Mas a placa da porta dizia: Min Sori.

Ela é tão bonita quanto seu nome. Tem olhos felinos, um nariz comprido e elegante e lindos lábios carnudos. Eu me considerava alta para uma coreana, mas temos a mesma altura. Só que ela parece mais alta, com sua postura de bailarina.

— Eu não conseguiria ler o cartão, mesmo se quisesse — continuo me explicando. — Sou dos Estados Unidos, e minhas habilidades de leitura em coreano são equivalentes às de uma criança.

— Pode se mexer? Preciso estudar.

Não ligo muito para honoríficos, mas fica evidente que ela não quis usar nenhum para falar comigo. Em vez de familiar e simpático, seu *banmal* — a fala informal — soa rude.

Dou um passo para o lado. Ela se senta, abre o laptop e coloca fones de ouvido.

Bem, parece que os próximos meses vão ser meio esquisitos por aqui. Normalmente não fico intimidada com as pessoas, mas essa garota poderia congelar até fogo.

Passo o resto do dia desfazendo as malas, tomando cuidado para não perturbá-la, mas ela não tira os olhos nem uma única vez de sua tela. Ao meio-dia, ela se levanta e coloca roupas de ginástica. Fico com vontade de perguntar se ela quer companhia para correr, mas ela ainda está de fone.

Quando ela sai do quarto, solto um grande suspiro. Que droga. Bomi, que já está no segundo ano na UCLA, me contou sobre diversas situações tensas com suas colegas de quarto, mas esta parece um pouco extrema.

Como minha *halmeoni* não tinha secadora em seu apartamento, deixei para lavar roupa depois. Então decido lavar um pouco agora. Pego minha cesta e sigo para o elevador para ir até a lavanderia do dormitório. Depois de iniciar o enxágue, programo um alarme de trinta minutos no celular e saio em busca de comida.

Felizmente, há uma loja de conveniência do outro lado do pátio, no centro estudantil. Compro uns *gimbaps* — arroz embrulhado em alga seca em forma de triângulo — e os devoro, engolindo-os com água. Depois, como ainda vai levar quinze minutos para a máquina terminar de lavar as roupas, me aproximo de um grupo de estudantes reunidos em torno de alguns monitores de televisão. Todas as telas mostram o mesmo programa, *Music Net* LIVE, em que artistas populares e estreantes se apresentam em um palco diante de uma plateia. Vi a reprise de um episódio no apartamento de *halmeoni*.

Dois MCs, os mestres de cerimônias, apresentam os próximos artistas.

— Voltando ao *Music Net* com "Don't Look Back", xoxo!

A câmera abre o ângulo para filmar Sun, Jaewoo, Nathaniel e Youngmin em formação no palco, cercados por dançarinos.

— Isso é ao vivo? — pergunto para um dos estudantes.

— É — ele responde. — Rola todo domingo na EBC.

A câmera dá zoom em cada um dos membros quando chega a vez deles de se posicionarem na frente para cantar ou fazer rap.

Ouço a voz límpida e forte de Jaewoo enquanto ele dança ao mesmo tempo.

— Eles estudam aqui, sabia? — o garoto fala.

— Todos eles? — Não sei se estou esperançosa ou aterrorizada.

O garoto parece não perceber, porque ergue a sobrancelha.

— Três deles. — Jaewoo termina seus versos, e o mais velho do grupo começa o rap. O garoto acena para a tela. — Sun se formou no ano passado.

Então vou ver Jaewoo aqui. Amanhã, já que hoje pelo visto ele está se apresentando ao vivo em um programa da rede nacional de televisão.

Envolvo os braços no meu corpo, me sentindo tão nervosa quanto ontem. Não sei o que esperar, já que nunca estive nessa situação antes — de encontrar o garoto que basicamente me rejeitou por mensagens de texto. Ah, e ele não é apenas um garoto, mas um *idol* do k-pop.

— Tem um monte de *trainees* aqui — ele continua, alheio à minha agitação interna. — Da Joah e de outras agências.

— Sou *trainee* da Neptune — uma garota fala. — Minha agência me matriculou na AAS, já que ainda sou menor de idade. — Ela é alguns centímetros mais baixa que eu, tem bochechas rosadas e um comportamento doce. — Meu nome é Angela Kwang. Sou de Taiwan. Me mudei para Seul três meses atrás.

— Prazer — digo. — Meu nome é Jenny Go. Sou... americana.

O garoto acena a cabeça para nós.

— Hong Gi Taek. Não sou *trainee*, mas quero fazer um teste para a Joah em breve. Eu diria que metade dos alunos daqui são *trainees* ou estão tentando ser.

— Joah é a agência do xoxo, não é? — Angela pergunta. — Não acredito que estudo na mesma escola que eles. Se bem que tenho certeza de que eles nunca vêm pra aula. Provavelmente são ocupados demais.

— Eles vêm mais do que você pensa. A Joah Entertainment fica praticamente na rua de baixo, e a ceo da empresa é parte do conselho diretor da escola.

Ah, uau. Eu sabia que a aas era uma escola de artes, mas não sabia que ela estava tão ligada à indústria do entretenimento. Faz sentido que os *idols* e *trainees* frequentem essa escola. Se for como a Escola de Artes do Condado de Los Angeles, eles devem ser flexíveis com relação a faltas justificadas e aulas regulares, priorizando as artes.

— E você, Jenny? — Angela pergunta.

Por um segundo, penso que ela está me perguntando se estou animada para ver o xoxo, depois percebo que ela está querendo saber o que vou estudar.

— Eu toco violoncelo.

— Que legal! — ela exclama. — Sempre quis tocar algum instrumento, mas nunca tive talento pra nada. Quero dizer, não que eu tenha talento pra cantar e dançar. — Ela dá uma risadinha, e eu sorrio de volta, valorizando o fato de ela rir de si mesma. — Mas sonho com o meu *debut*.

— *Debut*? — pergunto. Em minha pesquisa sobre a história do xoxo, descobri que eles "debutaram" apenas um ano atrás, embora não saiba direito o que isso significa.

Gi Taek suspira, claramente decepcionado com meu desconhecimento sobre a cultura de *idols* do k-pop.

— Aah — Angela diz, ávida para compartilhar o que sabe. — É bem simples. Depois de passar pelo treinamento com a sua empresa, o que para mim consiste em aprender dança e fazer aulas de canto e idiomas, como coreano, japonês e inglês, assim como aulas de oratória, a agência monta um grupo com base em uma série de fatores, como *branding* e talentos e vozes específicos. Depois, eles divulgam os perfis e as fotos dos membros na internet pra criar um burburinho. Finalmente, eles lançam um *single* ou um álbum. Quando o grupo faz um show e começa a se promover, é a estreia oficial, o debut!

Fico olhando para ela perplexa. Se isso é simples, o que seria complicado?

— Claro, tem mais coisas que isso — Gi Taek diz —, mas é mais ou menos por aí. E, mesmo que debutar seja seu sonho, não existe uma certeza de que vá rolar.

Comparo as experiências deles com a minha.

— Parece bastante com o que estou tentando fazer com o violoncelo — digo, pensativa. — Só que quero entrar em uma faculdade de música, em vez de uma agência. E quero fazer parte de uma orquestra, em vez de um grupo de *idols*.

— É exatamente isso! — Angela diz, radiante.

Gi Taek assente, abrindo um sorriso incentivador.

Meu celular vibra no bolso e vejo que é hora de buscar minhas roupas.

— Preciso ir — falo, então hesito. Já faz um tempo que não faço amigos e não sei exatamente como proceder.

Eu não necessariamente *preciso* de amigos, já que vou embora no fim do semestre. Mas isso poderia tornar minha temporada aqui na AAS muito mais agradável.

Angela sorri.

— Espero que a gente tenha aula juntas, Jenny.

— Eu também — digo, acenando com a mão.

Antes de me virar para o pátio, olho para os monitores. O xoxo terminou sua apresentação e deu lugar a um novo grupo no palco, que canta sobre juventude e sobre correr atrás dos seus sonhos com todo o seu coração.

Onze

Go Jenny, 3º ano, horário: segunda a quinta
8h-8h10: Tutoria/Chamada
8h10-9h35: Aula 1 ou 4
9h40-11h05: Aula 2 ou 5
11h10-12h35: Aula 3 ou 6
12h40-13h15: Almoço
13h20-16h00: Artes
16h05-18h00: Sala de estudos

Às sextas, o horário muda
9h-9h10: Tutoria/Chamada
9h10-10h25: Artes
10h30-12h35: Sala de estudos
12h40-13h15: Almoço
13h20-16h00: Artes

À noite, reviso meu horário pela centésima vez. Vou ter minha própria sala de estudos para quando meus colegas estiverem tendo aula de coreano, inglês, ciências e história. Mas vou ter com eles aula de computação, matemática e educação física. E claro, todas as aulas de música, que incluem prática de orquestra e prática individual.

Também estou matriculada em dança, uma disciplina eletiva em que fui colocada no último minuto devido à minha transferência tardia. Por enquanto, acho que tudo bem, mas preciso falar com meu orientador para ver se posso trocar essa aula pela sala de estudos. Como violoncelista, não me falta ritmo, mas meu corpo não sabe disso.

Quando meu despertador toca de manhã, Sori já saiu do quarto. Me arrumo com calma, percebendo só agora a vantagem de usar uniforme: não precisar escolher o que vestir todos os dias.

Vou para o corredor e fico instantaneamente feliz por ter tomado banho à noite, porque já tem fila no banheiro compartilhado. Encontro um espaço vazio na frente do espelho e passo delineador e um pouco de brilho labial. Na verdade, não sei quais são as regras para o uso de maquiagem na escola, mas, com tantas nécessaires espalhadas pela pia, acho que não devem ser tão rigorosas.

Como é o primeiro dia, pediram para todos os alunos se reunirem na renomada sala de concertos. Enquanto sigo para lá, procuro o garoto e a garota que conheci no centro estudantil na noite passada, Gi Taek e Angela. Estou aflita e ansiosa e fico olhando para o pátio, sentindo meu coração parar toda vez que avisto algum cara alto. Tento dizer a mim mesma que é só aquele nervoso normal de primeiro dia de escola — primeiro dia de escola em um país novo. Mas, mesmo que seja um pouco isso, sei que estou nervosa desse jeito por causa de Jaewoo. Só quero passar logo por esse reencontro para poder pôr um ponto final nessa história e seguir minha vida em Seul.

Os estudantes estão se acomodando dentro do auditório.

— Jenny! — Meu coração para, mas é Gi Taek, com Angela a reboque.

— Você precisa arrumar a gravata — ele diz, em vez de me cumprimentar. — Você vai receber pontos negativos se algum dos professores perceber.

— Adorei seu cabelo! — Angela diz, apontando para as tranças que fiz porque estava estressada demais.

— Vamos nos sentar, antes que fique lotado — Gi Taek fala.

Assim que atravessamos as portas duplas, preciso parar um momento para absorver tudo. A sala de espetáculos é enorme, com um teto alto abobadado para maximizar o som e a acústica. O palco é de uma linda cor de jacarandá-mogno, e os assentos se espalham a partir do centro para uma visualização ideal.

— Ali tem três lugares! — Angela aponta para a fileira do fundo. — Vamos, senão alguém vai pegar.

Enquanto seguimos para as nossas poltronas, procuro minha colega de quarto, localizando-a algumas fileiras abaixo à esquerda. Ela está afastada dos outros estudantes, e as cadeiras de ambos os lados — assim como a da frente e a de trás — estão desocupadas. Seu isolamento, porém, parece mais uma escolha do que qualquer outra coisa. Ela está olhando para a frente com os braços cruzados, emanando aquela energia de fale-comigo-só-se-quiser-morrer.

Minha atenção se dispersa quando alguém grita:

— Yah! Choi Youngmin!

Viro a cabeça na direção das portas, onde Youngmin entra caminhando casualmente. O barulho no auditório fica mais alto enquanto os estudantes começam a cochichar uns com os outros, animados.

Youngmin avança e se junta a um grupo de garotos do primeiro ano, que o cumprimentam com toquinhos.

Em seguida, vem Nathaniel, e é como se uma verdadeira celebridade tivesse chegado. Seu cabelo está lindamente bagunçado e sua gravata está torta. É estranho vê-lo na vida real, depois de ter passado o fim de semana todo vendo-o em vídeos. Me pergunto se também é estranho para os outros alunos da AAS, que frequentam a escola com ele e com os outros membros do XOXO, verem seus colegas — e quem sabe até amigos — conquistando o sonho que eles desejam há tanto tempo.

Nathaniel se senta no lugar mais próximo que encontra na seção do terceiro ano, e é imediatamente engolido pelas garotas.

Consigo desviar o olhar dele e percebo que a atenção de Sori está voltada para a porta. Como se também percebesse o que está fazendo, ela se vira para a frente depressa.

Às 8h09, outro estudante entra no auditório, mas não é Jaewoo. Depois, mais outro e mais outro. Exatamente às 8h10, um professor aparece e fecha as portas.

Será que ele está atrasado? Não, ele teria vindo com o resto do grupo. Talvez ele tenha decidido terminar os estudos com aulas virtuais. Ou esteja fazendo algum trabalho promocional no exterior. Estrelas do k-pop fazem coisas assim o tempo todo, né?

Fico tão distraída com meus próprios pensamentos que quase não vejo a mulher subindo no palco e se posicionando atrás do púlpito.

Ela se apresenta como a diretora da Academia de Artes de Seul, uma instituição criada cinquenta anos atrás que tem muitos ex-alunos de prestígio, incluindo alguns nomes que recebem "oohs" e "aahs" da plateia. Ela fala sobre as expectativas da escola para com os alunos, o que inclui a preservação da reputação da instituição na conduta e no caráter dos estudantes, assim como a dedicação às artes acima de tudo. Ela também menciona algo chamado "Espetáculo dos Formandos", o que desperta o interesse de todos.

— Todos os alunos do último ano devem participar — a diretora Lee nos informa —, seja como parte de um conjunto, como colaborador ou como solista. Esta é a melhor oportunidade de mostrar seu talento. Representantes de todas as maiores universidades do país estarão presentes, assim como de universidades estrangeiras, como a Faculdade Berklee, a Universidade de Artes de Tóquio e a Escola de Música de Manhattan.

Ela segue falando que recrutadores das maiores gravadoras da Coreia também estarão presentes, mas não estou mais prestando atenção. Um representante da Escola de Música de Manhattan estará na plateia na noite do espetáculo. Se eu conseguir um solo e fizer uma boa apresentação, posso conquistar uma vaga. Sinto meu coração disparar. Tudo está se encaixando, as estrelas estão se alinhando.

— E agora vamos ouvir o discurso de boas-vindas do representante discente sênior deste ano.

Todo mundo estava sentado em silêncio atento ao discurso da diretora, mas agora as pessoas estão sussurrando animadamente umas com as outras.

Meu coração, que tinha parado de bater, dispara de novo.

Uma figura familiar surge. É Jaewoo, o cara do karaokê, *idol* do k-pop e representante discente do último ano da minha escola.

Doze

Em determinado ponto de seu discurso para o corpo discente, Jaewoo olha diretamente para a plateia e eu me encolho na cadeira por instinto, o que é bastante desnecessário, claro. Ele não tem como me enxergar, sentada na última fileira, bem distante do palco.

Não liguei muito quando era a diretora falando, mas agora ouço atentamente as palavras dele. Sua voz grave e suave, aumentada pelo microfone do púlpito, preenche todo o auditório. Ele não está dizendo nada muito interessante — a mensagem soa ensaiada demais —, e, ainda assim, todo mundo está cativado, oferecendo-lhe atenção total e completa.

— Representante discente, vocalista do xoxo, lindo e gentil. O que Jaewoo *não* pode fazer? — Angela fala, sonhadora.

Responder mensagens, penso comigo mesma, sem dizer em voz alta.

— Sabia que é ele quem escreve todas as letras das músicas? — Gi Taek fala.

Fico surpresa, embora não saiba muito bem por quê.

— Às vezes, algum outro compositor ou membro do grupo trabalha com ele — Gi Taek continua —, mas o nome dele está em todas as músicas.

— É por isso que ele é o mais popular — Angela diz.

Dessa vez, não fico surpresa. Claro que ele é.

Jaewoo termina o discurso e recebe uma saraivada de aplausos ensurdecedores, faz uma reverência e segue para a coxia. Em seguida, a diretora volta para apresentar a convidada da assembleia, uma pianista da Universidade de Mulheres Ewha, ex-aluna da AAS, que executa uma mistura de arranjos de k-dramas famosos. Depois, somos mandados para as nossas salas.

Minha aula é no Prédio A, que fica ao lado do centro estudantil, anexo ao refeitório. Gi Taek e Angela não estão na minha turma de tutoria, mas temos algumas aulas juntos. Antes de seguirmos em direções opostas, combinamos de nos encontrar para almoçar.

O corredor da minha sala já está lotado, com alunos berrando os nomes uns dos outros e colocando o papo em dia depois das férias de inverno. Vejo Sori mais adiante, de novo visivelmente sozinha, e me apresso para alcançá-la.

— Jenny-nuna! — Youngmin vem caminhando depressa e para antes de trombar em mim. — Como está se saindo no seu primeiro dia? Se precisar de alguém pra te indicar as direções, é só me perguntar!

Pisco, surpresa por ele estar falando comigo. Se bem que não sei por que eu deveria me sentir assim, já que ele foi tão simpático na loja de uniformes. Olho em volta e vejo que algumas pessoas estão me olhando com curiosidade, mas a maioria delas está sorrindo para Youngmin.

— Cabelo legal, Youngmin-ah — alguém fala. Seu cabelo está diferente da última vez que o vi, azul-escuro e não mais cerúleo.

— Estou bem — digo quando sua atenção se volta para mim. — E eu definitivamente vou aceitar sua ajuda.

— Ora, se não é a Jenny — uma voz baixa fala em inglês. Nathaniel.

Viro-me para ele. Estou prestes a responder na mesma moeda quando noto Sori no corredor. Ela me olha na mesma hora. E se vira rapidamente para entrar na sala.

— Aconteceu alguma coisa? — Nathaniel pergunta.

— Não... — Por um momento, antes de ela desviar o olhar, vi uma expressão que eu não esperava: sofrimento. — Não é nada. Qual é a sua sala de tutoria?

— Sala B.

— A minha também. — Suspiro de alívio. Vai ser bom ter um rosto amigo na minha turma.

— Ai, ai... — uma voz resmunga atrás de mim. — É só o primeiro dia e já estou morto.

Congelo.

Os olhos de Youngmin se iluminam na minha frente.

— Jaewoo-hyeong! Sentimos sua falta de manhã.

— Ah, é, eu ia pegar a van com vocês, mas Sun queria que eu ouvisse uma faixa no estúdio.

— Seu discurso foi inspirador — Nathaniel fala em um tom inexpressivo.

— Escrevi só pra você — Jaewoo responde sem perder tempo.

— Já conheceu Jenny? — Youngmin diz.

— Jenny?

Eu sabia que esse momento uma hora chegaria, mas pensei que seria em um local menos público, ou que pelo menos fosse acontecer inesperadamente, para que eu não tivesse tempo de surtar — como estou surtando agora.

Respiro fundo e me viro.

Nossos olhares se encontram. Seus olhos se arregalam de leve, e é como se eu pudesse ver um milhão de pensamentos passando pela sua cabeça no intervalo de um segundo. Então sua expressão se fecha.

— Ah — ele diz. — Prazer.

Meu coração se parte. Não imaginei que ele ficaria *feliz* ao me ver, não depois da forma como ele ignorou minhas mensagens, mas também não achei que ele fosse fingir que nunca nos vimos antes.

— Conhecemos a Jenny na loja de uniformes outro dia — Youngmin fala para Jaewoo, que assente, distraído. — Ela é de Los Angeles.

— É mesmo? — Ele se vira para Nathaniel. — Preciso ir buscar uma coisa no escritório. — E então acrescenta: — Arrume sua gravata. Senão vai acabar ganhando pontos negativos no seu primeiro dia.

Penso que ele está falando comigo, mas Nathaniel responde:

— Não é como se eles fossem me expulsar.

— É o que você pensa.

Em seguida, ele vai embora sem nem olhar para trás.

— Vou me atrasar pra aula — Youngmin diz. — Tchau, Jenny, tchau, Nathaniel-hyeong! — E sai na direção oposta de Jaewoo.

— Esta é a nossa sala — Nathaniel aponta para uma porta mais à frente. — Vamos?

Sigo atrás dele, mas na verdade não estou prestando muita atenção para onde estou indo. O que foi que acabou de acontecer? Em todos os cenários que imaginei para esse nosso reencontro, nunca pensei que Jaewoo fosse me tratar desse jeito. É como se, nesta nova configuração, ele fosse uma pessoa completamente diferente.

— Jenny? — Nathaniel está me esperando, segurando a porta para mim. — Você vem?

— Sim.

Aperto o passo e entro.

Na sala, há fileiras de carteiras voltadas para um quadro branco. O professor ainda não chegou, então confiro o mapa de assentos no púlpito. Meu lugar é nos fundos, perto das janelas. Enquanto sigo para lá, vejo que todas as carteiras estão dispostas em pares, e minha dupla é ninguém menos que Sori. Ela parece tão empolgada quanto eu ao me ver.

— Bom dia — digo. Quero tentar um recomeço.

Ela vira a cabeça para olhar a janela.

Suspiro e me acomodo. Do outro lado da sala, Nathaniel está sentado com um garoto alto e magricela, que conversa animadamente com ele.

Aliás, todo mundo parece estar conversando com seus colegas, exceto Sori e eu. Fico me perguntando se poderíamos ser amigas se eu não tivesse esbarrado na escrivaninha dela e lido aquele cartão-postal.

A assinatura da mensagem era: xoxo. Poderia ser uma despedida comum de beijos e abraços em inglês ou... um segredo muito bem escondido.

Analiso os possíveis remetentes. Youngmin é novo demais, acho que não é ele. Talvez seja Sun, mas ele não estava no corredor agora há pouco, quando notei a expressão de tristeza de Sori. Além disso, as últimas palavras eram em inglês, não coreano. Sobram Jaewoo e Nathaniel. Olho para Nathaniel, rindo e brincando com seu colega — o completo oposto de Sori. Sori e Jaewoo têm ao menos uma coisa em comum: eu nunca sei o que eles estão pensando.

O celular apita no meu bolso. Pego-o e vejo que há uma mensagem da minha mãe.

> Paguei sua mensalidade.

A minha bolsa só cobre metade do valor.

> Me avise se tiver algum problema.

Respondo:

> Certo. Obrigada, mãe.

Nada de "Espero que esteja tendo um bom primeiro dia", mas não é nenhuma surpresa.

Estou guardando o celular, então hesito. Abro as mensagens e procuro as que mandei alguns dias trás. Quero dar uma olhada na que enviei para Jaewoo dizendo que eu estava vindo para Seul.

> Ei, então, vou passar uns meses na Coreia visitando minha avó. Se estiver por aí, adoraria te ver.

Agora a mensagem aparece como "lida".

Pisco algumas vezes. Quando ele leu? Alguns dias atrás ou só agora, depois que me viu no corredor?

Sori cutuca meu ombro com força e levanto a cabeça, dando de cara com uma garota parada na frente da minha carteira, batendo o pé no chão.

— Você tem que usar o uniforme direito — ela diz, apontando para a minha gravata bagunçada —, senão toda a classe vai ser penalizada.

É sério isso? Olho para Sori, mas ela voltou a atenção para a janela.

— Rápido, você ainda tem uns minutos — a garota diz.

Me levanto depressa.

No corredor vazio, escolho uma direção aleatória, esperando encontrar um banheiro. Amaldiçoo minha eu do passado, que não leu com cuidado o código de normas escolares. Vou chegar atrasada no meu primeiro dia de aula.

— Aluna! — Um professor se aproxima e suspiro de alívio. Ele vai poder me ajudar. — Você precisa ir para a sua sala agora mesmo!

Fico encarando-o, confusa por ele estar tão bravo.

— Me falaram que eu precisava arrumar minha gravata... — começo.

— Para a sala, já! — Ele está literalmente gritando comigo, cuspindo pelo ar.

— O senhor não entendeu. Eu sou nova...

— VÁ PARA A SALA!

Agora estou à beira das lágrimas. Por que ele está gritando comigo?

— Mas...

— *Seonsaengnim*. — Jaewoo surge do nada, dirigindo-se ao professor pelo seu título. — Ela é aluna nova. Vou mostrar para ela onde fica a sala.

De repente, o professor é todo sorrisos.

— Ah, Jaewoo-ssi. Claro.

Jaewoo abre um sorrisinho e faz uma reverência enquanto o professor se afasta. Então ele pressiona a mão de leve nas minhas costas, me conduzindo para uma porta.

Entramos na escadaria do andar; a luz é filtrada por uma claraboia acima de nós. Dou um passo à frente, respirando fundo. Quando me recomponho, me viro para Jaewoo, encostado na porta.

— Você está bem? — ele pergunta em inglês.

— Sim. Obrigada por... — Gesticulo para o corredor, mexendo as mãos de forma a abarcar tudo.

— Ele não deveria ter gritado com você — ele diz com gentileza.

Fico olhando para ele, desconfiada. Ele está agindo do jeito que agiu em Los Angeles, o que é uma mudança drástica para alguém que agora há pouco fingiu não me conhecer.

— Por que estava fora da sala? — ele pergunta.

— Uma menina me disse que, se meu uniforme estivesse fora das regras, toda a classe seria penalizada.

Jaewoo abre um sorriso simpático.

— Ela só estava zombando de você.

Que cruel! Eu sou novata! Por que Sori não falou nada?

— Ainda assim, se seu uniforme não estiver de acordo, vão te tirar alguns pontos na sua próxima prova, ou vão te fazer dar algumas voltas na pista de atletismo.

— Sério?

— Sério.

Uau, as escolas coreanas são bastante rígidas.

— A verdade é que... — Chuto o pé no chão, constrangida. — Não sei dar um nó na gravata.

— Sério?

— Sério.

Ele balança a cabeça.

— Que tipo de educação você recebeu nos Estados Unidos?

— A educação de escola pública.

Ele se afasta da porta, esticando as mãos para o meu colarinho. Devagar, ele afrouxa o nó desajeitado que fiz de manhã. Uma pequena ruga de concentração se forma no meio de suas sobrancelhas. Ele desfaz o nó e iguala as pontas da gravata. Então desliza um lado para baixo, e seus dedos roçam minha camisa. Respiro fundo.

— Desculpa — diz, ficando imóvel por um momento. Ele morde o lábio e continua. Seu pomo de Adão se mexe.

Ele faz um novo nó, passando a gravata por um buraco e puxando a ponta suavemente.

Eu o observo. Ao contrário de quando o conheci em Los Angeles, ele não está usando maquiagem. Parece mais novo, mas está tão lindo quanto antes. Seu braço esquerdo não está mais quebrado, e ele usa a mão para segurar a gravata no lugar e apertar o nó. As tatuagens em seu pulso também se foram.

— O que está fazendo aqui, Jenny? — ele pergunta baixinho.

— Juro que não te segui — falo.

Ele faz uma pausa. Pisca uma vez, duas vezes, então dá risada.

— Não sou tão autocentrado assim. Não ainda, pelo menos. O que você está fazendo na Coreia, nessa escola?

Franzo o cenho.

— Não recebeu minha mensagem?

— Que mensagem?

— A que eu te mandei, sabe, falando que eu ia passar uns meses em Seul.

Ele suspira, ajusta minha gravata e abaixa as mãos.

— Meu celular foi confiscado. Depois daquela noite em Los Angeles, meu empresário o tirou de mim. Me deram um celular da agência uma semana depois, com contatos pré-aprovados. O que você escreveu?

— Acho que você nunca vai saber.

Agora é a vez dele de franzir as sobrancelhas.

Não falei nada de mais, mas deixo que ele ferva de curiosidade por um tempo. O sinal acima de nós toca.

— É melhor a gente ir.

— Te acompanho até a sua sala.

Saímos da escada e seguimos pelo corredor vazio.

— Me desculpe — Jaewoo fala depois de dar alguns passos — por não ter te mandado mensagem. Eu... queria ter mandado.

Olho para ele de soslaio. Seus lábios estão pressionados, e sua expressão é conflituosa.

— Por que fingiu que não me conhecia? — pergunto.

— Eu não queria que as pessoas soubessem que a gente já se conhece. Confio nos meus colegas, mas boatos já começaram com muito menos. Se eu pensasse só em mim...

Estamos diante da porta da minha sala. Vejo um adulto no púlpito.

— Jenny, a verdade é que... — ele me olha atentamente, avaliando minha reação — *a gente* não precisa fingir que não se conhece.

— Como assim?

— Quando estivermos só... você e eu.

— Você quer ser meu amigo em segredo?

Ele esfrega a nuca.

— Nossa, quando você fala assim, parece algo ruim.

Será que eu deveria ficar ofendida? Tipo, normalmente, eu ficaria, mas tenho certeza de que ele deve ter mais coisas para levar em consideração na vida que uma amizade com uma garota aleatória de Los Angeles — sua reputação de *idol*, por exemplo.

— Eu entendo. As coisas não são exatamente normais pra você.

— É — ele fala, abrindo um sorriso hesitante.

Só que *eu* não preciso concordar com uma amizade secreta, não quando tenho pessoas ao meu lado querendo ser minhas amigas, como Angela e Gi Taek. Até Nathaniel e Youngmin foram simpáticos comigo. Em público. O que torna minha relação com Jaewoo tão diferente assim? É porque ele é o representante discente, o membro mais popular do grupo, um "príncipe", segundo seu apelido e sua reputação?

Talvez seja meu orgulho ferido, mas já tenho coisa demais na cabeça — preciso me adaptar na nova escola e *conseguir* uma vaga na faculdade de música que eu escolher. Não sei se quero desperdiçar minha energia tentando entender esse cara.

— Quanto à nossa amizade... — Me aproximo, e ele se inclina para mim quase instintivamente. — Vou pensar no caso.

Seu sorriso murcha.

Abro a porta e entro na sala.

Treze

Como previsto, todo mundo se vira para mim quando entro cinco minutos depois de o sinal ter tocado. A professora parece estar sem palavras, provavelmente sem conseguir entender como é que uma aluna se atrasaria no primeiro dia de escola.

— Ela é nova — Jaewoo diz, entrando na sala depois de mim. — Estava perdida. — Olho para ele, surpresa por ele ter vindo comigo.

— E você a encontrou — a professora diz afetuosamente. — Não esperaríamos menos de nosso representante discente.

Jaewoo passa por mim e se aproxima do púlpito. Então pega a mochila e entrega um panfleto para ela.

— Aqui estão os papéis que a senhora me pediu para pegar no escritório.

Ele faz uma reverência e, em vez de sair, dirige-se para as carteiras e se senta na última fileira, do lado direito da sala.

E se acomoda bem atrás de mim.

O que significa que *ele está na minha turma*. Ele não me olha, e apoia o queixo na mão para olhar pela janela. Mesmo à frente na sala, posso ver o sorrisinho em seu rosto.

— Jenny — a professora diz —, por que não se apresenta para a classe?

Ah, meu Deus. Ser obrigada a falar em público é a pior coisa.

Respiro fundo.

— Meu nome é Jenny Go — começo. — Tenho dezessete anos... — Alguns alunos na fileira da frente franzem a sobrancelha, e me lembro que, na Coreia, assim que você nasce, já tem um ano de idade. Assim, dependendo de quando é seu aniversário, poderia ser considerado um ou até dois anos mais velho que nos Estados Unidos. Não consigo fazer as contas de cabeça tão rápido para descobrir qual é a minha idade na Coreia, então só digo o ano em que nasci. Todos acenam a cabeça, compreendendo. — Sou de Los Angeles, Califórnia. E sou violoncelista.

Olho para a professora, que parece esperar algo. Faço uma reverência.

— Perfeito! — ela diz. — *Baksu!* — Ela bate palmas, e os alunos se juntam a ela meio a contragosto. — Pode se sentar.

Bem, acho que agora todo mundo sabe que sou uma aluna transferida, e espero que sejam mais complacentes com qualquer gafe cultural da minha parte.

Ou não. Penso na garota que mentiu sobre as regras do uniforme. Ela estava sentada na frente durante a minha fala, e ficou o tempo todo me olhando dos pés à cabeça, revirando os olhos com sua colega.

Enquanto me sento, olho para Jaewoo, mas ele ainda está observando a janela.

Logo à frente, Sori imita a pose dele, e não se dá ao trabalho de me cumprimentar quando puxo a cadeira ao seu lado.

Passamos o resto da aula falando sobre as expectativas para o ano e dividindo tarefas. Pelo visto, os alunos têm que se revezar na limpeza da sala. A professora também menciona o Espetáculo dos Formandos, que vai acontecer em junho. Cada chefe de programa vai nos contar mais detalhes quando nos encontrarmos com nossos respectivos departamentos após o almoço. Faço uma anotação mental de que preciso perguntar o que devo fazer para conseguir uma audição para tentar um solo de violoncelo.

Mais ou menos uma hora depois, o sinal toca, marcando o final da primeira aula. A maior parte dos alunos continua sentada; parece que a próxima aula nessa sala é de literatura coreana. Eu e alguns outros arrumamos nossas coisas para mudar de sala.

— Jaewoo-yah. — Sori vira as pernas para a janela.

Então eles se *conhecem*, ou melhor, não só se conhecem. Se ela está falando com ele assim, é porque são próximos.

Ele levanta a cabeça de seu horário.

— Min Sori.

— Por que não me respondeu? — Por que *ela* está na lista de contatos pré-aprovados dele?

— Desculpe, deixei o celular no estúdio — Jaewoo fala. — O que foi?

— Eu estava te parabenizando pela apresentação de ontem. — Olho para ela, mas seu rosto está virado. Sua voz sai levemente vacilante. — No *Music Net*.

— Ah, obrigado.

— Você vai pegar seu celular de volta?

— Vou.

— Não ignore minhas mensagens — ela fala baixinho.

Termino de guardar as coisas na mochila e praticamente saio voando. Nathaniel me segura pelo braço quando estou passando pela porta.

Quase me esqueci dele, o que é muito louco. Como é que alguém poderia esquecer Nathaniel?

— Qual é sua próxima aula? — ele pergunta.

— Tenho que ir pra sala de estudos, mas acho que é inglês. — Como literatura coreana é uma disciplina avançada demais para mim, e o inglês que oferecem aqui é fácil demais, a minha escola em Los Angeles me deixou fazer a versão on-line das aulas de literatura em língua inglesa.

— E depois? — Ele balança a cabeça. — Sabe de uma coisa? Por que não me manda seu horário? — Ele me oferece seu celular.

Fico olhando para o aparelho, ainda um pouco aturdida com o que vi. Além disso, seu telefone está todo em coreano.

— Ah, desculpa. Aqui. — Ele abre os contatos. — Pode digitar só o número, que eu preencho o resto.

Depois, ele escreve "Jenny Go".

Saio da sala e me deparo com a Mentirosa e seus amigos — um garoto e uma garota — olhando para mim. Sinceramente, a essa altura, não estou ligando a mínima para eles.

Passo alguns minutos na sala de estudos lendo o programa que meu professor de inglês me mandou, e o resto do tempo me perguntando se foi Jaewoo quem enviou o cartão-postal para Sori. Se sim, por que ele saiu comigo em Los Angeles? E por que me pediu para sermos amigos secretos? Como Sori se sentiria? Como *eu* estou me sentindo?

Nada bem.

A última aula antes do almoço é educação física, então volto para o dormitório depressa para me trocar antes de encontrar o pessoal no campo.

— Jenny! — Angela me cumprimenta. Ela está linda usando marias--chiquinhas e um moletom rosa por cima do uniforme. O clima está congelante aqui fora, e a maioria dos alunos está correndo no lugar ou fazendo polichinelos para se aquecer. — Estou tão feliz por estarmos juntas nessa aula!

— Eu também — digo, principalmente porque vejo a Mentirosa e seus amigos ali. E Sori, como sempre afastada dos outros.

— Quem é essa? — Angela pergunta, seguindo meu olhar. — Ela é tão bonita.

— Min Sori — uma garota de cabelo roxo responde. — Ela é *trainee* da Joah Entertainment.

Então é por isso que ela conhece Jaewoo. E talvez também seja o motivo de ela estar em sua lista de contatos pré-aprovados.

— Que inveja dela — Angela suspira.

— Ah, é? — A garota abre um sorrisinho malicioso. — Espere até saber quem é a mãe dela. — Ela faz uma pausa dramática.

Não lhe dou o prazer de perguntar quem seria.

Angela, por outro lado, não é tão mesquinha quanto eu.

— Quem?

— Seo Min Hee, a ceo da Joah.

Angela solta um suspiro de surpresa.

— A vida dela é tão abençoada! Aposto que ela seria contratada pela Joah mesmo sem essa conexão.

Quando eu crescer, quero ser tão doce quanto a Angela. Nossa colega, porém, não parece concordar comigo, e vai embora para se juntar a seus amigos.

Hoje, temos que correr uma distância equivalente ao que chamamos de milha nos Estados Unidos: quatro voltas ao redor da pista. Estou até bem depois da primeira volta, bufando depois da segunda, ofegante depois da terceira e quase morta na quarta. Desabo no gramado com os alunos que terminaram o exercício antes de mim. Angela ainda está correndo, então, depois de uma pequena pausa, vou até a fonte na lateral do campo para me refrescar.

A Mentirosa já está lá com a amiga. Para evitá-las, sigo para o lado oposto. Recolho a água que cai da torneira na bacia rasa e molho o rosto. Quando levanto a cabeça, nossos olhares se encontram. Assim de perto, consigo ler seu nome no uniforme: Kim Jina.

Ela sustenta meu olhar, cutuca a amiga e diz algo para ela em coreano.

Franzo o cenho, sem entender, apesar de ela ter falado alto de propósito.

A amiga dela me estuda e então responde. E é aí que a ficha cai.

Elas estão conversando em gírias só para que eu não entenda.

Diante da minha confusão, elas começam a dar risada. Em seguida, trocam mais algumas palavras, e *essas* eu reconheço, porque palavrões são as primeiras coisas que você aprende em qualquer língua.

Me afasto com o rosto pingando água, enquanto a risada delas me persegue.

Sinto uma estranha desconexão com a minha mente. Meu corpo todo está tremendo, fervendo de frustração e raiva. Tudo o que eu quero é explodir, mas o que é que eu diria? Não sou fluente o bastante para sair xingando alguém em coreano, que é o que eu *gostaria* de fazer. E elas não me entenderiam se eu falasse em inglês. Acho que elas só dariam mais risada, e eu me sentiria pior ainda.

E é uma merda, porque geralmente sou ótima em me defender, quando a rara ocasião se apresenta. Minha mãe, que é imigrante e tem sotaque, sempre soube o poder da linguagem, que para ela era como uma arma a ser usada contra quem dizia que ela não pertencia a determinado lugar. É por isso que ela se tornou advogada.

E agora a arma da linguagem está sendo usada contra mim, mas em um país diferente.

— Estou toooda suada — Angela diz, vindo na minha direção, com as marias-chiquinhas balançando —, e agora temos que ir almoçar. — Ela franze as sobrancelhas quando me vê. — Você está bem?

Assinto, me recusando a deixar que Jina e sua amiga estraguem meu dia.

— Estou bem. E faminta.

— Eu também. Vamos antes que a fila fique muito longa.

O refeitório fica ao lado do centro estudantil, em frente aos dormitórios. Chegamos cinco minutos antes do início oficial do almoço, mas já há uma fila se formando perto da janela. Um monitor acima do bufê mostra as diferentes opções de refeições que podemos escolher: hambúrguer de *bulgogi*, peixe grelhado ou tofu refogado, todos acompanhados de *banchan* e da sopa do dia. A de hoje é *sigeumchi-guk*, espinafre cozido em molho de ostra.

Conforme os alunos vão fazendo seus pedidos e pegando suas bandejas, o refeitório vai enchendo. As pessoas também vêm do centro estudantil por uma passarela que o conecta ao refeitório, trazendo coisas compradas na lanchonete e na loja de conveniência.

Uma hora, Angela para uma garota indiana que está passando e a apresenta como Anushya, sua colega de quarto. Ela é de Bristol, Inglaterra. Conversamos um pouco em inglês sobre a mudança para Seul — ela está aqui há dois anos —, até que um garoto a chama em uma mesa próxima. Embora a AAS não seja uma escola internacional, fiquei surpresa ao descobrir pelo site que há vários alunos estrangeiros aqui, talvez um quinto do corpo discente.

Depois que pegamos nossas bandejas — eu escolhi o hambúrguer, e Angela, o peixe —, procuramos Gi Taek no meio da multidão.

— Ali! — ela diz, segurando a comida com uma mão e apontando para o outro lado do salão, onde Gi Taek está sentado sozinho em uma das longas mesas, assistindo a um vídeo no celular. Apertamos o passo e nos juntamos a ele.

Ele pausa o vídeo. Dou uma espiada: é de coreografia.

— Como vai o primeiro dia de vocês? Estou vendo que vocês acabaram de sair da educação física.

Angela e eu estamos de moletom, e ele, ainda com o mesmo uniforme da assembleia.

— Ótimo! — Angela diz, se sentando na frente dele. — Depois da tutoria com você, tive matemática. — Ela faz uma careta.

— Eu fui pra sala de estudos — falo, me sentando à direita dele. — Vou fazer umas aulas on-line na minha escola dos Estados Unidos.

— Bem, eu tive inglês e coreano — Gi Taek fala. — Meu cérebro derreteu.

Pego um pedaço de geleia de nozes com meus palitinhos e o coloco na boca.

— Então, o que rola depois do almoço?

Sei como é na minha escola em Los Angeles, mas estou curiosa para saber se aqui é diferente.

— Temos aulas de artes — Gi Taek explica. — Você é violoncelista, então vai ter prática de orquestra. Eu sou dançarino, então vou para o estúdio de artes performáticas, e você... — Ele aponta para Angela. — Vai para o estúdio da Neptune, não é?

Ela assente, parecendo preocupada, com as sobrancelhas franzidas.

— Os *trainees* que já têm contrato com agências cumprem os créditos de artes na própria empresa — ele comenta.

— Não vai comer? — Angela pergunta, e então percebo que Gi Taek não tem bandeja.

Ele dá de ombros.

— Estou de dieta.

— Mas não é bom pular refeições... — ela fala.

— Posso me juntar a vocês? — Nathaniel coloca a bandeja na mesa e puxa a cadeira na minha frente.

Eu acharia a expressão de surpresa e os olhos arregalados de Gi Taek e Angela engraçados, se eu não tivesse a mesma expressão no rosto.

Não é nem sua presença que me surpreende tanto, mas o fato de ele ficar me procurando. Dou uma olhada nas mesas e vejo que alguns alunos nos perceberam. Será que ele simplesmente não se importa com sua reputação, como Jaewoo? Talvez por já ter se envolvido em um escândalo antes ele já não tenha muito a perder.

Quando volto a atenção para a mesa, noto que Gi Taek e Angela parecem estar tentando me comunicar algo por telepatia.

— Nathaniel, você conhece a Angela e o Gi Taek?

— Sim. — Ele aponta para Gi Taek com a colher. — Dançarino, né?

— É. — Ele acena a cabeça vigorosamente.

Nathaniel se vira para Angela e lhe estende a mão.

— Mas não conheço você. Meu nome é Nathaniel. Prazer.

Ela envolve a ponta dos dedos dele com as duas mãos. Depois que o solta, ele dá risada, balança a cabeça e volta a atenção para a comida, que devora com gosto.

Gi Taek fica olhando de Nathaniel para mim.

— Como vocês se conheceram?

Nathaniel não parece que vai responder, pois sua boca está cheia de comida, então digo:

— Na loja de uniformes.

Angela se senta mais para a frente.

— Você sabia quem ele era?

— Não.

— Mas agora você sabe.

— Sim, claro. Assisti ao seu videoclipe — falo para ele.

— Ah, é? — Nathaniel diz. — O que achou? — Agora é minha vez de ser o alvo de sua colher. — Não conseguiu tirar os olhos de mim, né?

Angela dá uma risadinha.

— É... — digo. No entanto, não é a parte em que ele aparece que fica reprisando na minha mente desde a primeira vez que vi o vídeo.

Há uma comoção na entrada do refeitório.

Viro a cabeça e vejo Jaewoo entrando... junto com Sori.

Nunca vi um casal tão impressionante. Eles parecem ter saído das páginas de uma revista.

— É estranho se eu tirar uma foto? — Angela pergunta. — Queria guardar de lembrança. É uma visão e tanto.

— Eu não tiraria — Gi Taek fala, todo sério. — E se a foto acabar vazando? Viraria um escândalo. Tipo, você se lembra... — Ele se interrompe abruptamente, abalado.

Nathaniel levanta os olhos da sua bandeja. Fico olhando para Gi Taek, que está muito pálido.

— O que foi? — pergunto.

— Nada — ele diz. — Não é nada.

Nathaniel abaixa a colher e se recosta na cadeira, com uma expressão divertida no rosto.

Tenho uma forte sensação de que estou por fora de alguma coisa.

— Acho que você não sabe. — Nathaniel suspira. — Min Sori e eu namoramos por seis meses até a mãe dela descobrir e nos obrigar a terminar.

— Ah, meu Deus — falo.

Ele dá de ombros.

— Horrível, não é?

Então foi *Nathaniel* quem mandou aquele cartão-postal. Sou tomada por alívio, e logo em seguida por culpa. Peguei Sori olhando para a gente várias vezes hoje. Achei que ela tinha uma expressão estranha, mas senti mais inveja que empatia.

Mesmo agora, ela não consegue tirar os olhos da nossa mesa; sua expressão só pode ser descrita como sofrida.

A mensagem no cartão nem parece o estilo de Jaewoo, agora que sei quem a escreveu. Me lembro das palavras em inglês no final, e completo o nome que estava faltando.

Anime-se, Passarinha.
Meu coração sempre será seu.
XOXO
Nathaniel

Catorze

O resto do dia passa num borrão. Depois do almoço, vou para a prática de orquestra e conheço minha professora de violoncelo na aula de prática individual. Ela pede para que eu execute algumas escalas e toque a peça do concurso de que participei no outono. Estou um pouco enferrujada por não ter estudado a semana toda. Então ela me entrega um cronograma, me orientando a me inscrever nos horários livres das salas de prática da escola. Quando menciono o espetáculo, ela me diz que só vamos começar a nos preparar em abril.

Após a aula, Gi Taek e eu jantamos em um Subway ali perto, já que Angela ainda está ensaiando.

Volto para o dormitório e tomo um longo banho. Então me embrulho numa toalha e atravesso o corredor correndo. Percebo que Sori está no quarto, porque as luzes estão acesas quando abro a porta. Como sempre, ela não tira os olhos do vídeo de dança que está vendo no YouTube.

Visto meu pijama, pego a caixa de máscaras faciais que *halmeoni* comprou para mim, tirando uma folha refrescante e aplicando-a com cuidado no rosto. Então me jogo na cama com o celular na mão, forrando o travesseiro com uma toalha para não molhá-lo. Sinceramente, não tem nada melhor que autocuidado depois de um dia exaustivo.

Coloco os fones de ouvido e abro o navegador do celular, que mostra a última coisa que pesquisei depois do almoço, antes de eu sair correndo para a prática de orquestra.

Nathaniel. *xoxo*. Escândalo.

Dou uma olhada na direção da estante de livros e vejo que Sori ainda está assistindo a seus vídeos. É muito bizarro eu estar pesquisando sobre a minha colega de quarto no Google? Não tenho nada a ver com a vida dela.

Bem, *mais ou menos*. Porque eu moro com ela. Ou pelo menos é o que digo a mim mesma.

Clico no primeiro resultado. Em novembro — quando o xoxo estava em Los Angeles filmando o videoclipe de "Don't Look Back" —, o *Bulletin* publicou fotos de Nathaniel com uma "misteriosa *trainee*" da Joah Entertainment. Há imagens deles caminhando por uma rua escura de mãos dadas, saindo do dormitório de Nathaniel — onde ele mora com os outros membros do grupo —, passeando no carro dele. O rosto da garota está sempre borrado, mas, agora que sei sua identidade, fica claro que a misteriosa *trainee* é Sori: ela tem o mesmo corpo e o mesmo cabelo da menina das fotos. Usa as mesmas roupas. A jaqueta *bomber* cor-de-rosa que aparece em uma imagem está pendurada no cabideiro do nosso quarto.

Fico me perguntando se a Joah Entertainment pagou o *Bulletin* para não revelar a identidade dela. Afinal, ela é a *filha* da CEO da empresa. Ou eles deviam estar legalmente impedidos de revelar essa informação, já que Sori é menor de idade e, como é apenas uma *trainee*, ainda não é uma figura pública.

— Jenny?

Quase caio da cama de susto. Sori está parada ao lado da escrivaninha, com uma mão no laptop fechado, olhando para mim.

— Oi? — Ainda bem que minha voz não denuncia que eu estava pesquisando coisas sobre ela agora mesmo.

— Deixa pra lá. — Ela vai até a porta para apagar a luz.

Quase peço para ela esperar. Será que ela quer saber sobre Nathaniel? Eu poderia tranquilizá-la, dizer que não estou interessada nele, que a pessoa por quem me interesso *de verdade* passa mais tempo com ela do que comigo. Ah, e que ele me considera um segredo vergonhoso.

Mas não falo nada. Ela apaga a luz e vai para a cama. Tiro a máscara e a deixo na mesinha de cabeceira, para jogar fora amanhã de manhã.

Ela não ronca, então o quarto cai no silêncio. Não sei se ela está dormindo ou se está olhando para o teto, perdida em pensamentos como eu.

Queria conversar com ela sobre sua vida. Como é ser *trainee* da Joah? Ela sempre quis ser uma estrela do k-pop ou ela não teve outra escolha, por conta da mãe?

Por que ela está sempre sozinha na escola? Não a vi falando com ninguém além de Jaewoo. Por que ela quis ter uma colega de quarto, se podia ter pegado um quarto individual? Será que ela esperava que *eu* seria sua amiga? Aliada? Confidente?

Será que estraguei seus planos quando li o cartão-postal? Neste momento, acho que nunca me arrependi tanto de algo na minha vida.

Mas, principalmente, quero perguntar como é amar alguém que você nunca vai poder ter. Não que ela o amasse...

Ou que eu sinta o mesmo.

Será que ela teria começado tudo se soubesse como as coisas acabariam?

Essa é a última coisa em que penso antes de pegar no sono.

* * *

O despertador de Sori toca às cinco da manhã. Fico deitada na cama, ouvindo-a se arrumar, colocar suas roupas de ginástica e sair com uma mala na mão.

Hoje o refeitório está aberto para o café da manhã. Sento na mesma mesa de ontem com Angela e Gi Taek, que ainda tem os olhos remelentos. Eles estão dividindo um pacote de pãezinhos doces da loja de conveniência. Ele me oferece um, e fico mordiscando-o enquanto corro os olhos pelo salão.

— Os meninos do xoxo não vão vir hoje — Gi Taek diz, como se pudesse ler minha mente. — Eles têm ensaio das nove às onze, e gravação das duas às quatro.

— Como você sabe disso? — pergunto. As informações parecem bem específicas.

— Está no *fan café* deles.

Não quero nem saber o que é isso.

Ainda assim, não consigo não me sentir frustrada porque não vou ver nem Jaewoo nem Nathaniel na escola hoje. Caminho com os ombros encolhidos ao ver suas carteiras vazias. Sori já está sentada no nosso lugar. Vou até ela, aliviada por não estar atrasada nem com o uniforme bagunçado — Angela me emprestou sua gravata com elástico — no segundo dia de aula.

A primeira aula é matemática, o que é uma experiência interessante para mim, já que é dada toda em coreano. Por sorte, já vi esse conteúdo na minha escola em Los Angeles, e consigo resolver a questão que a professora me chama para fazer no quadro.

Depois, tenho aula de história na sala de estudo. Enquanto estou guardando minhas coisas, Jina se aproxima com um garoto. Eles fazem questão de conversar em voz alta na frente da minha mesa.

Estão falando em gírias de novo, mas reconheço algumas palavras, como "puta" e "vadia".

Esta garota é literalmente a pior pessoa. É como se ela nunca tivesse visto nenhum filme ou *reality show*. Será que ela não sabe que, quanto mais cruel você é, mais feia fica?

Sori se levanta de repente, derrubando a cadeira. Ela junta seus livros e sai correndo da sala.

É então que percebo que, desta vez, não era eu o alvo da provocação.

Disparo atrás dela, e a vejo mais adiante no corredor, empurrando a porta do banheiro feminino.

Vou até lá, dando um passo para o lado para deixar duas garotas saírem. Elas me olham por cima dos ombros, cochichando uma com a outra. A área entre a pia e as cabines está vazia, mas ouço alguém fungando na última porta, a única que está fechada.

Bato de leve.

— Sori? Você está bem? — Suas fungadas ficam abafadas, como se ela estivesse tapando a boca com a mão. — Eu ouvi o que Jina falou. Não foi legal, e não é verdade.

A porta se abre e eu recuo. Ela deve estar usando rímel à prova d'água, porque sua maquiagem está intacta, apesar dos cantos de seus olhos estarem vermelhos.

— Como você sabe que não é verdade?

Merda. Ela não quer facilitar. Eu poderia lhe oferecer uma resposta em inglês. Palavras como "puta" ou "vadia" têm sido usadas sistematicamente para diminuir mulheres e fortalecer a misoginia em todas as culturas ao redor do mundo. Eu não ia querer que as pessoas me julgassem ou reduzissem todas as minhas decisões a uma única palavra, sem nuance ou contexto ou compaixão. Somos só... garotas. Nada mais, nada menos que isso.

Mas, antes que eu consiga pensar como dizer essas coisas em coreano, ela fala:

— Não preciso da sua pena.

Ela passa por mim e sai do banheiro batendo a porta.

Quinze

Já estou exausta, e não é nem a metade do dia ainda. Passo a maior parte do tempo da sala de estudos na biblioteca, ruminando como eu poderia ter lidado melhor com Sori. Depois, tenho minha primeira aula de dança. Estou querendo conversar com o orientador sobre trocá-la por outra, já que essa matéria não é uma eletiva que eu escolhi, mas ainda não tive a oportunidade.

De qualquer forma, é tarde demais para desistir da aula agora, então vou para o prédio de artes performáticas, que eu ainda não conheço, mesmo sendo o lugar onde Angela e Gi Taek têm a maior parte de suas aulas. Apesar de estar cedo, não sou a primeira a chegar.

Sori está parada perto das janelas que vão do chão ao teto nos fundos da sala, de frente para os espelhos. Suas roupas de ginástica são elegantes — um top curto e short justo. Não sabia que podíamos usar algo assim, senão teria escolhido outra coisa que não meu uniforme de educação física.

Sori não me cumprimenta. Largo a mochila no canto e me sento no chão para me alongar.

Alguns minutos de silêncio se seguem, e então a porta se abre. Espero ver a professora ou algum outro aluno, mas é Nathaniel.

— Que bom te ver aqui! — ele fala em inglês. Então seu olhar segue para adiante de mim e ele congela no lugar.

Pelo espelho, vejo que Sori deu as costas para a janela para olhá-lo. E aí tenho uma espécie de experiência extracorporal bizarra, pois consigo vê-lo na minha frente na porta, e vê-la atrás de mim, através de seu reflexo. As expressões deles são de uma emoção inexplicável, algo íntimo demais, que eu não deveria testemunhar. Então é como se ambos se fechassem ao mesmo tempo.

Nathaniel sorri como se não tivesse uma preocupação nesse mundo.

— Min Sori, como está?

Ela se vira abruptamente para a janela.

— Não fale comigo. Não olhe pra mim. Não ouse nem respirar perto de mim.

Ele fecha a boca, atira a mochila na parede e se senta ao meu lado. Assim como Sori, ele está usando uma roupa de ginástica estilosa.

— Pensei que você tivesse ensaio hoje — digo.

Ele levanta uma sobrancelha.

— Gi Taek me contou — explico.

— Ah, sim, o Gi Taek. — Ele estica a perna, arqueando as costas para olhar para o teto. — Eu tive ensaio, mas depois a gente decidiu voltar pra escola em vez de ficar esperando por uma hora dentro da van.

— A gente?

A porta se abre de novo.

— Jaewoo! — Sori diz, disparando da janela para agarrar o braço dele. Sua atitude me parece um pouco dramática, considerando que eu nunca a ouvi usando um tom de voz que exigiria um ponto de exclamação.

Jaewoo olha para Sori intrigado, e depois para Nathaniel, que dá de ombros. Então seus olhos pousam em mim.

E meu coração dá uma cambalhota dentro do peito, como todas as vezes que ele me olha.

— Jaewoo — Nathaniel diz —, você se lembra da Jenny? De Los Angeles? Violoncelista?

Ele olha para Nathaniel e depois para mim.

— Por que está na aula de dança, se é violoncelista? — Ele começa a tirar a jaqueta grossa. Assim como Nathaniel, sua roupa de ginástica é bem moderna, calça *jogger* e moletom.

Neste momento, percebo que tenho uma queda por homens usando roupa de ginástica. A blusa preta de Jaewoo é justa nos ombros e no peito, e sua calça está bem abaixo da cintura.

— E por que Jenny não poderia fazer aula de dança? — Nathaniel diz, respondendo no meu lugar e me lembrando da pergunta que Jaewoo havia feito. — Não precisamos ter um motivo pra tudo. Às vezes, fazemos coisas só por diversão.

Jaewoo e Nathaniel trocam um olhar, e fico me perguntando se essa é alguma discussão antiga.

A porta se abre pela terceira vez, e os demais alunos entram na sala, seguidos da professora. Ela bate palmas.

— Todo mundo, nas laterais — ela diz sem rodeios.

As pessoas hesitam, claramente esperando para ver qual lado Jaewoo e Nathaniel vão escolher. Quando eles seguem em direções opostas, os estudantes percebem que terão que se dividir, meio que escolhendo seu membro favorito do xoxo.

O pessoal vai se distribuindo em ambos os lados da sala de forma aparentemente igualitária, até que só restam Sori e eu. Ela olha para mim, joga o cabelo para o lado e se dirige para Jaewoo.

Então só tem eu parada sozinha ali, como se fosse a última pessoa a ser escolhida para uma partida de queimada.

Só que, desta vez, eu é que vou escolher. Olho para Jaewoo, que me observa com uma expressão indecifrável.

Depois olho para Nathaniel, que me chama com um gesto.

Acho que é uma decisão fácil. Eu deveria ir para onde me querem. Caminho até Nathaniel, que dá um passo para o lado para abrir espaço para mim.

— Para quem não me conhece — a professora começa —, sou a sra. Dan. Esta é uma matéria optativa para o terceiro ano. Quem estiver se formando em dança não vai receber créditos para o curso aqui, entenderam?

— Sim — todos os alunos respondem em uníssono.

— Perfeito! Alguém quer ler os objetivos das aulas no programa?

Um garoto do time de Jaewoo — quero dizer, do lado de Jaewoo — se voluntaria. Fico ouvindo com atenção enquanto ele lê o programa no tablet da sra. Dan. Estou tranquila em relação à maior parte das aulas, divididas em gêneros de dança, como balé e jazz. Mas não fico nem um pouco animada com o projeto final, em que teremos que nos juntar em grupos de quatro ou cinco e escolher uma música para montar uma coreografia.

Felizmente, a sra. Dan diz que vamos começar a coreografia só na semana que vem, então passamos o resto da aula nos alongando.

— Por que está andando comigo? — pergunto para Nathaniel, que basicamente só falou comigo desde que a aula começou. Do outro lado da sala, Jaewoo parece estar entretendo seus convidados feito o príncipe que é, distribuindo sua atenção como se fizesse favores.

Será que Nathaniel está me *usando* para provocar ciúmes em Sori? Isso seria bastante cruel, especialmente porque acho que ele ainda gosta dela. A forma como ele olhou para ela quando chegou entregou tudo. Deve ter alguma outra razão.

— Somos conterrâneos — ele diz, e reviro os olhos. — Gosto de praticar inglês.

— Não vou cair nessa.

— Caramba, Jenny. Talvez eu goste de andar com você porque você não engole minhas merdas.

Dou risada, mas queria que ele só me dissesse logo o porquê. Não pode ser só porque sou americana. Tem um monte de gente dos Estados Unidos aqui. *Gostaria* de acreditar que é só porque ele gosta de mim — como amigo —, só que tem algo deliberado na atenção que ele me dá.

Mas, se não é para deixar Sori com ciúmes, por que ele está me tratando assim?

— Jaewoo-yah! O que está olhando?

Giro o rosto para ver Jaewoo se virar na direção de uma garota que se aproxima dele. Tento prestar atenção, mas não consigo ouvir sua resposta do outro lado da sala.

Depois da aula, todos recolhem suas coisas e saem apressados, provavelmente para pegar a fila do almoço. Observo Jaewoo se movendo tão rápido quanto os outros, mas por um motivo diferente. De acordo com Gi Taek, ele tem uma gravação agora.

— Te vejo mais tarde, Jenny — Nathaniel fala, saindo apressado.

Arrumo minhas coisas muito mais devagar. Sinceramente, estou um pouco decepcionada.

Depois que nos dividimos na sala, Jaewoo e eu passamos a aula toda separados. Sei que eu falei que ia pensar se queria ser amiga dele, mas, vendo a forma como ele me ignorou — e como eu fingi ignorá-lo —, fico me perguntando como seria isso.

É uma merda vê-lo falando com os outros, sendo que ele não fala comigo. Sei que não vai ser a mesma coisa que em Los Angeles, mas tenho saudade daquela noite, de ter toda a atenção voltada para mim.

Decido falar com meu orientador sobre sair da aula de dança assim que possível.

O corredor do lado de fora do estúdio está vazio, já que todos os alunos foram para o refeitório. Enquanto sigo para o elevador, uma porta à minha esquerda se abre.

— Psiu — uma voz me chama.

Me aproximo lentamente.

— Jaewoo? — pergunto, surpresa. Tenho certeza de que é ele, apesar de seu rosto estar nas sombras, coberto pelo capuz. — O que está fazendo?

— Tem alguém no corredor?

Olho em volta.

— Não.

— Que bom. — Ele pega minha mão e me puxa para dentro.

Dezesseis

— Primeiro você me enfiou na escadaria, agora, no armário das vassouras.

— Se quer fazer uma lista de todos os cubículos que a gente já se enfiou — Jaewoo diz, com uma ponta de malícia na voz —, eu diria que a escadaria não foi o primeiro.

A menção à cabine fotográfica — e àquele momento — faz meu estômago se revirar e se contorcer de todos os jeitos possíveis.

— Ainda tenho aquela foto — digo.

— Ah, é? — Ele se inclina para trás, sem encostar na prateleira de produtos de limpeza atrás de si. O espaço é tão pequeno que, se eu esticasse o braço, conseguiria tocar na porta e na parede dos fundos. — Você tem ela aí? Agora? — Ele abaixa os olhos, então vai subindo devagar. É óbvio que, se eu estivesse com a foto, ela estaria na minha mochila, e não colada em mim. Será uma desculpa para me secar?

Eu geralmente ficaria empolgada se fosse isso, mas estou usando o uniforme nada favorável da educação física.

Ao contrário dele, vestido para impressionar, mesmo de moletom. Falando nisso...

— Você não tem uma gravação agora? — pergunto.

Ele franze as sobrancelhas, claramente confuso, então diz:

— Ah, Nathaniel te contou.

Claro.

— Tenho um tempinho ainda. Nossa apresentação é só no final do show, então tecnicamente não temos que chegar antes disso.

— Sei.

— Mesmo assim, o educado é chegar cedo e ficar esperando.

O que quer dizer que ele *deveria* estar lá, mas quis ficar *aqui* comigo.

Meu coração parece aumentar dentro do meu peito, o que não é exatamente útil se estou tentando manter a cabeça fria. *Concentre-se, Jenny. Não deixe que as palavras do carinha gato te distraiam das vezes que ele te ignorou no passado.*

Então ouvimos vozes no corredor. Ficamos em silêncio, prestando atenção, até que elas se afastam e somem.

— Queria falar com você sobre Nathaniel — Jaewoo diz.

Pisco, surpresa.

— O que tem ele?

— Fique longe dele.

Cruzo os braços. Bastante convencido, não?

Ele se apressa para explicar:

— No outono passado, um tabloide publicou uma matéria sobre Nathaniel, dizendo que ele estava namorando...

— Eu sei. Ele me contou.

— Contou? — Jaewoo parece surpreso. — Ele te deu detalhes?

— Só falou que a pessoa era Sori.

Jaewoo suspira.

— Não era um bom momento. A gente estava a apenas seis meses da estreia, preparando o lançamento de "Don't Look Back". Então ficamos sabendo que o *Bulletin* tinha soltado aquela bomba. Tivemos que cancelar shows, entrevistas. Claro que foi pior pro Nathaniel. Ele não só teve que terminar com a namorada, como também parou de ser convidado para participações solo, e suas contas nas redes sociais receberam uma enxurrada de comentários de *haters*.

É difícil imaginar que alguém fique tão bravo por uma pessoa estar namorando outra a ponto de atacá-la abertamente em seus perfis nas redes sociais. Especialmente Nathaniel, que é tão simpático e despreocupado.

— Sinceramente, não sei como ele dá conta — Jaewoo diz. — Ele fala que nada disso importa, mas não deve ser fácil.

— E Sori? — pergunto. — Quais foram as consequências pra ela?

— Por sorte, a mãe dela é a CEO da Joah Entertainment, e conseguiu obrigar os tabloides a borrar seu rosto nas fotos. Rolaram uns boatos na escola... mas isso é tudo.

Bem, não exatamente. Mesmo que ela não tenha sido atacada por *haters* na internet, pessoas como Jina, e tenho certeza de que várias outras também, ficam provocando-a na escola. Sempre que eu olho, ela está solitária.

— Certo. Vou tentar ficar longe de Nathaniel. Pelo bem dele — esclareço. — E não porque você me mandou. Não quero arranjar problema pra ele.

Agora vejo que Jaewoo, ao contrário de Nathaniel, é muito cuidadoso com a imagem pública, sempre dando atenção para todos, sem escolher favoritos. Nathaniel é o completo oposto. Ele não se importa mesmo.

— Não falei isso *só* porque me preocupo com Nathaniel — Jaewoo diz.

Mesmo com a luz diminuta da lâmpada acima de nós, posso ver a cor de suas bochechas se intensificar.

— Não quero que você se envolva com ele — ele fala. — Não do mesmo jeito que se envolveu comigo.

Levo um tempo para perceber que...

Ele está com ciúmes.

— Fui sincero em tudo o que eu falei. — Ele olha para baixo, sem conseguir me encarar. — Mas meus motivos não são totalmente altruístas.

O sinal toca ao longe, avisando que a hora do almoço começou.

— Precisamos ir — ele diz. Nenhum de nós dois se move.

Será que ele não percebe a ironia de que, para me afastar de um potencial escândalo com Nathaniel, ele me enfia em escadarias e armários? Mas é claro que não comento nada.

Uma mecha de seu cabelo cobre sua testa, e eu a afasto, tocando sua sobrancelha devagar.

— Jenny... — Seus olhos estão fechados, e seus lábios, levemente abertos. Enquanto ele se aproxima, seguro seu moletom, agarrando-o. Assim que meus olhos se fecham, a porta se abre.

Dezessete

Youngmin está parado na porta, olhando de Jaewoo para mim.

— Por que está no armário das vassouras com a Jenny-nuna?

Estou paralisada, me perguntando o que ele vai pensar ao ver minhas bochechas coradas desse jeito. Solto o moletom de Jaewoo depressa. Por sorte, ele não parece perceber, com os olhos fixos no colega.

— Por que acha que estamos aqui? — Jaewoo fala.

Ah, cara. Ele vai enrolar o Youngmin.

— Vocês estavam procurando algo? Vi que a luz estava acesa. Se bem que... — ele franze o cenho — isso não explica por que a porta estava fecha...

— Você pintou o cabelo! — interrompo-o, apontando para a cabeça de Youngmin. Seu cabelo, que estava azul ontem, agora está vermelho. — Ficou ótimo!

Minha distração parece funcionar, porque o garoto fica radiante.

— Obrigado! Nosso empresário diz que sou o único do grupo que realmente pode bancar essas cores. Ele me mandou vir te buscar, Jaewoo-hyeong. Era pra gente ter saído pra EBC quinze minutos atrás.

— Ah, certo — Jaewoo fala. — Não vamos deixá-lo esperando.

Será que Jaewoo e eu vamos admitir o que quase rolou no armário das vassouras ou vamos só fingir que nada aconteceu, como antes?

— *Hyeong* — Youngmin diz, hesitante —, aquele *ajeossi* está lá fora de novo.

As palavras parecem virar uma chave dentro de Jaewoo, porque seu comportamento muda totalmente.

O ritmo das nossas vidas

Com movimentos rápidos, ele pega o celular, toca a tela algumas vezes e leva o aparelho ao ouvido. Vendo que estou observando, ele explica:

— Estou ligando pra segurança do campus. Alô? — Alguém deve ter atendido. — Tem um homem suspeito no departamento de artes. Ele é alto, deve ter uns quarenta anos. — Ele coloca a mão no microfone. — Que lado? — pergunta para Youngmin.

— Leste — o garoto fala, e Jaewoo repete a informação no celular.

— Obrigado. — Ele desliga. — Não se preocupe, Youngmin-ah. Vão tomar conta dele.

Seguimos pelo corredor com Jaewoo na frente, e eu e Youngmin ao lado. Ele está emanando tensão. O aparecimento desse homem realmente o abalou.

— Quem é ele? — pergunto para Youngmin.

— Um paparazzo *ajeossi* — o garoto explica. — Foi ele quem vendeu a história de Nathaniel e Sori ao *Bulletin*.

A raiva de Jaewoo de repente faz sentido. Este é o homem que causou tanto mal ao seu colega, companheiro de grupo e amigo. Para ele, o negócio é pessoal.

— Você também é perseguido pelos paparazzi? — pergunto.

Youngmin franze o nariz.

— Não muito. Mas às vezes eles ficam nos esperando na porta da agência...

— Isso é diferente — Jaewoo fala, com uma pontada de irritação em seu tom sempre tão calmo. — Nos shows, nos eventos e até nos lugares que não têm um espaço reservado para a imprensa, tipo o prédio da Joah ou as emissoras, é esperado que eles estejam lá. De vez em quando, eles até são convidados. Mas na nossa escola? No nosso dormitório? Nas casas dos nossos familiares? Isso não é certo. Quando nossas fãs tiram fotos da gente, é porque querem ficar mais perto de nós, porque nos apoiam e nos querem bem. Já os paparazzi só estão preocupados com dinheiro, e querem expor nossa privacidade pra lucrar.

— As pessoas se machucam de verdade com isso — Youngmin diz. — Tem vários casos de *idols* que se envolveram em acidentes tentando fugir dos paparazzi.

— Nossa, isso é horrível.

Paramos em uma bifurcação no corredor. Jaewoo para e se vira para mim.

102

— Youngmin e eu vamos sair pelo lado leste. Se for por aqui, você vai sair pelo lado norte. Daí é só seguir a trilha do jardim para o refeitório.

Parece que estamos em um filme de guerra, e ele está chamando a atenção do inimigo. Lembro-me daquela noite em Los Angeles, quando uma van sem identificação parou no meio-fio e o levou embora.

— O paparazzo *ajeossi* já deve ter ido embora — Jaewoo fala para me tranquilizar.

Eles esperam que eu vá na frente.

— Boa sorte no seu show. Vou assistir com certeza.

Youngmin levanta o polegar e o indicador, pressionando os nós dos dedos e cruzando-os para que formem um coração.

— Se me perceber fazendo esse gesto pra câmera, saiba que é pra você!

* * *

À noite, Angela, Gi Taek e eu assistimos à apresentação do grupo no *Top Ten Live* em um pequeno restaurante de comida tradicional barata perto do campus. Dividimos um prato de *tteok-bokki* e esperamos os acompanhamentos chegarem.

Gi Taek espeta um cilindro de bolinho de arroz picante com um palito de dentes.

— Não me deixe comer mais que três. Estou de dieta.

— Como você consegue só comer três? — Angela fala. — Eu seria capaz de comer uma montanha de *tteok-bokki*. — Ela já desistiu dos palitos de dentes e está usando palitinhos em pinça para pegá-los mais facilmente.

Apoio o queixo na mão e fico vendo a apresentação do xoxo, reparando em detalhes que não tinha notado antes. Tipo o fato de até a coreografia contar uma história. Enquanto a câmera se aproxima dos artistas, Youngmin faz o sinal de coração para a lente.

— Isso geralmente não é parte da performance — Angela diz. — Que fofo!

Uma campainha musical anuncia a entrada de mais um cliente. Fico surpresa ao ver que é Sori. Ela vai até o balcão sem nem olhar para nós, faz seu pedido e se senta em uma mesa mais afastada.

Angela se inclina e sussurra:

— Será que a gente devia chamá-la pra cá?

Gi Taek balança a cabeça.

— Ela nunca aceitaria nosso convite.

A dona do restaurante berra que nosso pedido está pronto, e Angela sai correndo, voltando com um prato de arroz frito com *kimchi*. Atacamos a comida com colheres.

— Quais são os planos de vocês pro fim de semana? — Gi Taek pergunta. Ele já comeu muito mais que três *tteok-bokki*.

— Vou visitar minha *halmeoni* no domingo de manhã — digo.

— Onde ela mora? — ele pergunta.

— Perto do Palácio Gyeongbokgung, mas na verdade vou visitá-la na clínica médica onde ela fica nos fins de semana. É perto de lá, algumas estações mais pra frente na linha três.

— Então não é longe de Ikseon-dong — ele fala. — Minha irmã mora nesse bairro, tem um monte de cafés legais por ali. A gente podia ir em algum.

— Estou dentro! — Angela diz.

— Eu adoraria — falo.

Combinamos de nos encontrar no final da tarde de domingo, depois que eu sair da clínica.

A campainha da porta toca de novo. Desta vez, é Jina, acompanhada por seus amigos.

Ela olha para nós, então fala alguma coisa para o garoto ao seu lado, que dá risada.

— Ela está na nossa turma, não está? — Gi Taek fala. — Kim Jina?

— É. A gente também faz educação física com ela — digo, acenando a cabeça para Angela. — Você a conhece?

— Estudei com ela no fundamental. Ela não tem lá uma reputação muito boa. Dizem que faz bullying.

Angela e eu trocamos um olhar. Por que será que não estou surpresa?

Eles fazem o pedido e nos ignoram completamente, pois têm um alvo mais vulnerável em mente.

O grupo se senta na mesa ao lado de Sori e fica conversando alto. Suas vozes ressoam por todo o restaurante.

— Ela está sozinha.

— Será que não tem amigos?

— Que patética.

Sori, que pediu um prato de *noodles*, abaixa a cabeça de leve, deixando o cabelo cobrir seu rosto.

A dona do restaurante nos chama, avisando que o último item do nosso pedido está pronto. Gi Taek, Angela e eu nos levantamos de uma vez. Há três pratos dispostos em três bandejas, e cada um de nós pega uma.

Seguimos em fila comigo na frente, e atravessamos o salão, passando pela nossa mesa agora vazia.

Colocamos as bandejas na mesa de Sori. Me sento na frente dela, e Gi Taek e Angela se acomodam ao nosso lado.

Então passamos a ignorá-la completamente, continuando a conversa. A certa altura, acho que Sori vai se levantar para ir embora. Ela fica segurando a colher no ar por um momento, mas depois volta a comer.

Ficamos ali — comendo e fofocando e brincando e rindo — até ela terminar.

Dezoito

No final da semana, acho que já me acostumei com as aulas. Depois dos dez minutos na sala de tutoria, tenho matemática ou computação de manhã, em seguida sala de estudos, onde faço as disciplinas online da minha escola de Los Angeles, e depois educação física ou dança — decidi continuar, por enquanto, já que, além da tutoria, é a única aula que tenho com Jaewoo. Após o almoço, tenho prática de orquestra, prática individual e mais sala de estudos.

Mas fico me perguntando se foi um erro continuar na aula de dança por esse motivo, pois não é como se Jaewoo e eu nos falássemos, tendo aderido a toda essa política de "amizade secreta".

Só queria que fosse tão fácil para mim quanto claramente é para ele. Talvez manter amizades secretas seja parte do treinamento dos *idols*. Então a lista enorme que Angela recitou ficaria: dançar, cantar e aprender a ignorar uma garota específica o dia todo só para puxá-la para dentro de um armário das vassouras e quase beijá-la.

Ele não parece fazer esforço nenhum para fingir que eu não existo, enquanto eu não consigo parar de olhar para ele. Nem meus pensamentos me dão trégua. O que aquele momento no armário significou? Se é que significou alguma coisa. Estou tão confusa.

Fico aliviada quando o fim de semana finalmente chega.

Passo a sexta-feira trocando e-mails com meu professor de inglês. Ele me pede um trabalho sobre alguns trechos do *Norton Anthology of World Masterpieces*, que encontro na internet. Quando percebo que não há nenhum autor coreano nem nenhum poeta no programa, escrevo perguntando se posso complementá-lo por alguns créditos extras, e ele responde com um "Claro!" entusiasmado. Empolgada, mando uma mensagem para Eunbi para falar sobre o meu portfólio para as faculdades de música.

Domingo de manhã, pego o boné surrado dos Dodgers do meu pai e meu violoncelo, já guardado na capa, e vou para o metrô, fazendo uma baldeação para a linha laranja e seguindo-a até a clínica da minha avó, na parte norte de Seul.

Saio da estação e respiro o ar fresco da montanha. O gelo que se formou de noite ainda cobre as ruas, então caminho com cuidado, passando por um pequeno mercado de bairro exibindo seus produtos em promoção e uma padaria com pães fresquinhos na vitrine. Volto atrás e compro um. A simpática vendedora embrulha o pão em papel pardo, enfeitando-o com uma florzinha embaixo do barbante.

A clínica da minha avó fica perto da avenida principal, em um lugar chamado Camellia Health Village, que é composto por vários pequenos centros de saúde com diferentes especialidades. O complexo fica em torno de um belo parque repleto de jardins e caminhos de pedestres. Antes de ir para a clínica, paro para observar um menino empinando uma pipa com o avô no gramado.

Este lugar é tão tranquilo. A trilha para a clínica é ladeada por cerejeiras, que já estão cheias de botõezinhos em seus ramos. Em menos de um mês, estarão em plena floração.

Mais à frente, noto um cara parado embaixo de uma das árvores. Ele é alto, está usando uma jaqueta camuflada e jeans escuros. Penso imediatamente em Jaewoo — essa parece ser a maneira maligna de meu subconsciente brincar comigo.

Suspiro e passo pela árvore.

— Jenny?

Quase tropeço.

Jaewoo atravessa a grama correndo.

— O que está fazendo aqui?

Ele está lindo. Quer dizer, ele sempre está lindo. Mas esta é a primeira vez que o vejo com roupas que não são de ginástica, e ele está emanando uma energia de "namorado". Quando percebo que estou encarando-o, digo:

— Vim visitar minha *halmeoni*, ela está na clínica. E você? O que está fazendo aqui?

Seu sorriso murcha.

— Não precisa me contar — acrescento depressa. Não quero que ele me fale nada que não se sinta confortável em dizer, especialmente se for algo relacionado à saúde.

— Não, tudo bem. Estava vendo meu terapeuta.

— Ah. Legal.

Depois que meu pai morreu, fiz algumas sessões de terapia que me ajudaram muito. Minha mãe também fez, apesar de ela ter parado de ir há alguns anos.

Sei que saúde mental é um assunto bastante estigmatizado na Coreia, de um jeito que já não é nos Estados Unidos. Faz sentido que Jaewoo tenha um terapeuta, com toda a pressão e o estresse de ser um *idol*.

— É. — Ele fica me olhando de uma forma estranha. Então seu olhar desvia para o meu ombro. — É seu violoncelo? — Ele acena a cabeça para o grande estojo que estou carregando. — Parece pesado.

Ajusto a alça.

— Estou acostumada. Toco desde os oito anos.

— Eu poderia dizer que canto desde os quatro. — Ele sorri. — Mas provavelmente você também.

— Não sou tão boa quanto você, acredite.

Ele ergue uma sobrancelha.

Agito a mão no ar, como se pudesse apagar o que falei.

— Você sabe que tem uma voz linda, vai.

Ele balança a cabeça com um sorrisinho nos lábios.

— Então você trouxe o violoncelo pra tocar pra sua *halmeoni*?

— É, ela nunca me ouviu tocar. É estranho?

— Meu pai nunca me ouviu cantar — ele diz sem nenhuma emoção, como se estivesse jogando conversa fora sobre o clima. Lembro que, naquela noite em Los Angeles, ele me contou que foi criado por mãe solo.

— Ele sumiu? — pergunto baixinho.

— Quando eu tinha quatro anos. Agora que parei pra pensar, desde que eu comecei a cantar. — Ele sorri, claramente brincando comigo e consigo mesmo, mas o assunto não deixa de ser triste. Sei que, às vezes, recorremos ao humor para mascarar nossa dor. Já fiz isso.

— Está indo embora? — pergunto, querendo mudar de assunto.

— Eu estava indo... Na verdade, não tenho planos pra hoje... — Ele morde o lábio, esperando cheio de expectativa.

— Você quer... — digo, e ele se concentra na minha boca, como se quisesse sorver as palavras — visitar minha *halmeoni* comigo?

Ele abre um sorriso largo.

— Eu posso?

Reviro os olhos.

— Vamos lá.

Seguimos caminhando lado a lado pela trilha cercada de árvores.

Não sei o que me levou a convidá-lo, especialmente porque não faço a menor ideia do que somos um para o outro. Amigos secretos. Amigos secretos que quase se beijaram. Também não faço a menor ideia de como me sinto. Então percebo que não importa. Estou contente por ele estar aqui comigo, e o dia está lindo.

— Você costuma vir sozinho? Quando conheci Nathaniel e Youngmin na loja de uniformes, tinha um cara com eles...

— Você deve estar falando de Nam Ji Seok, nosso empresário. Ele geralmente vem comigo nas minhas sessões semanais, mas hoje tanto Sun-hyeong quanto Youngmin tinham compromissos que exigiam a atenção dele. Youngmin está gravando um comercial e Sun está gravando um *reality show* de culinária.

Percebo que ele não mencionou Nathaniel. Espero que o motivo de ele não ter nenhum compromisso seja porque, assim como Jaewoo, ele tinha outras prioridades, e não porque não foi convidado.

O caminho dá em um pequeno gramado. A distância, vejo o menino com seu avô empinando a pipa.

Jaewoo se oferece para carregar alguma das minhas coisas. Não lhe dou meu violoncelo, mas ele insiste em levar o saco de pão.

Chegando à clínica, ele segura a porta para mim. Sigo até o balcão para me apresentar, e escrevo "Jenny Go + 1" no caderno de visitas.

Quando me viro, percebo que Jaewoo não está mais ali. Ainda estou vasculhando a sala de espera com o olhar quando ele sai de uma pequena loja de presentes com um buquê de cravos cor-de-rosa.

Meu coração faz uma pequena acrobacia dentro do meu peito.

Ele colocou uma máscara, cobrindo o nariz e a boca, provavelmente para esconder sua identidade. De qualquer modo, esta é uma clínica médica, e cuidados extras são bem-vindos.

A recepcionista nos encaminha para a enfermaria. Nos aproximamos do balcão de atendimento, e eu me apresento, enquanto Jaewoo entrega o pão. As enfermeiras atrás da mesa soltam *"eomeona"* e "ah" para o presente, mas principalmente para Jaewoo, que, mesmo com o rosto coberto, as enfeitiça facilmente. Em seguida, a enfermeira-chefe nos conduz até o quarto da minha avó, onde há mais três outros pacientes.

Ela está na cama mais próxima da porta, e, ao me ver, seu rosto se ilumina.

— Jenny-yah!

Vou até ela e pego suas mãos. Mais cedo, minha mãe me ligou dizendo que só conseguiria chegar mais tarde, mas que era para eu visitar minha avó sozinha. Nunca fiquei a sós com ela. A princípio, temo que vá ser estranho, mas seu sorriso carinhoso derrete todas as minhas preocupações.

Ela se inclina e diz sem reservas:

— Ele é seu namorado?

— *Halmeoni*! — censuro-a. — Só estou na Coreia faz uma semana.

Ela dá risada.

— Quando eu tinha a sua idade, os garotos estavam sempre me trazendo presentes e falando que gostavam de mim.

Jaewoo ri.

— Isso ainda acontece, *halmeoni*. — Ele se abaixa para lhe entregar as flores.

— *Eomeona*! — ela grita. As outras idosas, obviamente ouvindo tudo, também dão risada.

Jaewoo e eu nos sentamos ao lado dela. Ela pergunta como foi a primeira semana na escola, eu digo que foi ótima, e então ela questiona se fiz amigos. Ela dá batidinhas na mão de Jaewoo.

— Além de Jaewoo-ssi, quero dizer.

Falo sobre Gi Taek e Angela. Quase conto sobre Nathaniel, mas parece meio esquisito mencioná-lo com Jaewoo do meu lado. Eu acabei me distanciando *mesmo* dele, mas é difícil não lhe dizer *por quê*, apesar de achar que ele está percebendo.

— E sua colega de quarto?

— Ela é... — hesito. — Ela tem consideração pelo meu espaço. — Espero que pareça um jeito diplomático de dizer que não somos amigas.

Halmeoni estala a língua.

— Você devia tentar ser amiga dela, se ela deixar. Ela pode acabar sendo uma amiga para toda a vida.

Todas as outras avós concordam audivelmente em suas camas.

Depois da conversa, *halmeoni* pede para Jaewoo ligar a TV. Ele a obedece, pegando o controle e sintonizando no canal que ela quer. Está passando uma reprise de um programa de culinária com convidados especiais, incluindo Oh Sun do xoxo. O programa exibe o videoclipe de "Don't Look Back" durante a apresentação de Sun, mas *halmeoni* e suas amigas não parecem fazer nenhuma conexão entre o garoto no quarto delas e o garoto na tela. Na verdade, elas nem ligam para ele, mais interessadas na atriz veterana convidada.

Após o programa, *halmeoni* nos leva para conhecer as instalações da clínica, que conta com refeitório e academia. Ela caminha segurando no meu braço, pois seus ossos de passarinho são frágeis. Sinto uma onda de amor tão forte por ela que é até estranho, já que não passamos mais do que vinte e quatro horas juntas em toda a minha vida.

A última parada é a sala de lazer. *Halmeoni* deve ter avisado aos funcionários da clínica que eu tocaria para ela, porque cadeiras foram dispostas em frente a uma pequena plataforma encostada na parede dos fundos. A maioria dos assentos está ocupada por pacientes, incluindo as colegas de quarto da minha avó.

— Vou pegar seu violoncelo — Jaewoo fala. Quando ele volta, todas as cadeiras estão ocupadas. Alguns funcionários até decidiram fazer uma pausa no trabalho para me ouvir.

Estou *nervosa*, o que é algo fora do normal para mim. Já toquei para plateias muito maiores e mais *renomadas* que esta, cujo parecer determinaria se meu prêmio seria uma faixa ou uma medalha.

Mas eu quase nunca toco para as pessoas de quem *eu* gosto, cuja opinião é importante para *mim*.

— Você vai mandar bem — Jaewoo diz, confiante, me entregando o violoncelo.

Meu coração se aquece. *Halmeoni* está na primeira fileira se gabando em voz alta, dizendo que sou sua *sonnyeo*, sua neta, e o orgulho dela afasta meu nervosismo.

Olho para a porta, imaginando minha mãe chegando. Eu trouxe o violoncelo hoje para tocar não só para *halmeoni*, mas também para ela. Estou um pouco decepcionada por ela não estar aqui, porém isso é só um pequeno detalhe comparado à empolgação de tocar para a minha avó e para todas as suas amigas. E para Jaewoo.

Tiro o violoncelo da capa. Lentamente, faço a rotina de sempre: coloco o instrumento entre os joelhos, alongo as mãos e afino as cordas. Toco um sol, deixando seu som ressoar por completo, e alguns *harabeoji* e *halmeoni* batem palmas animadamente.

Não há suporte para partitura, então vou ter que tocar algo que sei de memória. Folheio as páginas da pasta para me inspirar. Eu poderia tocar a peça que estou estudando na prática solo, mas só decorei o primeiro movimento. Algumas outras também poderiam funcionar, porém algo simplesmente não parece *certo*.

Não quero tocar nada longo demais, pois alguns pacientes nos fundos já estão pegando no sono. Também não quero tocar nada entediante. Música erudita não é para todos.

Meus dedos esbarram na última página. Eu a puxo devagar. É a partitura de "Le cygne" ou "O cisne" de Saint-Saëns, uma bela obra composta para solo de violoncelo. Ela estava no meu portfólio para as faculdades de música, mas eu a retirei depois do resultado do concurso de novembro.

Embora Jenny seja uma violoncelista talentosa, fluente em todos os elementos técnicos da música, falta-lhe a faísca que poderia transformá-la de perfeitamente treinada em extraordinária.

Minha sensação é de que faz um tempão que reclamei da crítica para tio Jay, que me mandou "viver um pouco" naquela noite em que conheci Jaewoo. Percorro o mar de rostos ansiosos e olho para ele de pé no fundo da sala. Me pergunto se parte do motivo de eu me sentir tão atraída é pelo que ele me fez sentir naquela noite, como se eu estivesse perseguindo a faísca que se acendeu entre nós.

Tocar essa peça *agora* só porque eu quero parece quase um desafio, não só para os jurados, mas também para mim mesma.

Pego a partitura e a leio rapidamente. Não toco "Le cygne" desde aquele dia, mas estou confiante de que vou me lembrar das notas. É uma peça curta, que eu passei meses e meses estudando antes do concurso. Só para garantir, disponho as folhas no chão aos meus pés.

— Quer que eu segure pra você? — um *harabeoji* sentado na frente pergunta.

— Não precisa, obrigada — digo educadamente.

Respiro fundo, me concentrando. Tento não prestar atenção nos barulhos que as pessoas estão fazendo, no rangido das cadeiras conforme elas se ajeitam, nas tosses.

Olho para a minha avó, que está com as mãos unidas, e depois para Jaewoo, que acena com a cabeça uma vez.

Fecho os olhos e começo a tocar.

A música é linda, elegante, lenta e poderosa. Enquanto toco, minha respiração parece seguir a melodia, subindo e descendo e subindo de novo. E então é como se eu estivesse revivendo todas as emoções da semana no fluxo da música — a empolgação de estar em Seul, de fazer novos amigos, de conhecer minha avó, a distância que se abriu entre mim e minha mãe, as incertezas sobre o meu futuro e a faculdade de música, e tudo o que Jaewoo me faz sentir: ansiedade, frustração, alegria e algo mais.

Nunca me senti tão conectada com uma música quanto neste momento.

Quando termino, prolongando a última nota, a sala toda está em silêncio. De repente, ela explode em aplausos entusiasmados. Alguns pacientes ovacionam de pé. Me sinto vitoriosa. Essa sem dúvida foi minha melhor apresentação de "Le cygne", talvez até a melhor apresentação da minha vida.

Na primeira fila, minha avó está batendo palmas com lágrimas nos olhos. Faço uma reverência, abrindo um largo sorriso para a plateia, e procuro Jaewoo no fundo da sala avidamente.

Não o vejo parado no lugar de antes, apoiado na parede, então o procuro na plateia. Mas nenhum daqueles rostos sorridentes e radiantes é o dele.

A alegria que sinto dentro de mim começa a se dissipar, até que sinto um aperto horrível dentro do peito.

Ele foi embora.

Dezenove

Eu devia ter desistido da aula de dança quando tive a chance. Nesse ritmo, vou ser reprovada nessa matéria, e não importa quão incrível seja meu portfólio ou quão bem eu me saia na audição, nunca vou entrar em uma faculdade de música de ponta tendo uma reprovação.

— Você não estava brincando quando falou que não tinha muito talento na dança — Nathaniel diz, depois da terceira vez que piso no seu pé em meia hora. No começo da aula, a sra. Dan pediu para que arrumássemos um par, e antes que eu pudesse chamar alguém, Nathaniel praticamente me agarrou. — Sinceramente, acho que você está fazendo um bem para o mundo tocando violoncelo — ele provoca. — Pelo menos, você fica sentada.

Lá fora, trovões retumbam à distância, enquanto nuvens de tempestade chegam do oeste. Vai cair um dilúvio. Espero que seja só à noite, quando eu já estiver no dormitório.

— Jaewoo-seonbae!

Como se puxada por uma corda, minha cabeça vira abruptamente na direção da voz. Do outro lado do estúdio, uma colega se aproxima dele.

Nos evitamos a semana toda, desde que ele foi embora da clínica sem se despedir. Não há desculpa para o que ele fez, e, aliás, não estou disposta a ouvir nenhuma, mesmo se ele me puxar para o tubo de ventilação.

— Uma hora você vai acertar — Nathaniel diz. — Senão vai acabar reprovando.

Olho para ele. Ele passou o dia todo sendo grosso. Por que tanto mau humor?

— Obrigada pela injeção de confiança.

Passamos o restante da aula trabalhando no projeto em grupo, dedicando os últimos quinze minutos para a parte da coreografia em que Nathaniel tem que me fazer rodopiar.

— Bae Jaewoo!

Giro nos calcanhares.

Nathaniel segue a direção do meu olhar.

— O que está olhando?

— Nada! — Tento mudar de assunto: — Você é de Nova York?

— Sou sim.

— Como é lá?

Meus avós paternos se mudaram recentemente para Nova Jersey para morar mais perto da minha tia, e eu ainda não tive oportunidade de visitá-los.

Antes, eu só pensava em Nova York como a cidade onde está localizada a Escola de Música de Manhattan. Mas, agora que estou em Seul e vejo como a cidade é parte da cultura e da vida cotidiana das pessoas, fico curiosa para saber como é Nova York.

— Pense em Seul — Nathaniel diz. — Visualize a cidade na sua cabeça.

Fecho os olhos, vendo a cidade na minha mente, o movimento constante, os carros, táxis, ônibus e motos nas ruas, os prédios altos com placas brilhantes em *hangul* e inglês, as centenas de restaurantes, cafés, lojas, mercados, museus e palácios. É uma sinfonia.

— Está vendo?

— Sim — digo baixinho.

— Agora imagine uma camada de poluição em cima de tudo. Isso é Nova York.

Faço uma careta.

Depois da aula, arrumo minhas coisas depressa e vou embora, querendo evitar os garotos do xoxo. Mas não vou muito longe.

— Jenny! — Nathaniel diz, me alcançando na escada. Alguns alunos nos lançam olhares curiosos. — Como você está? — ele pergunta, apoiando o ombro na parede. — Você passou a semana toda me ignorando.

Eu sabia que esse momento chegaria, e sei que lhe devo explicações.

— É, eu sei. — Suspiro. — Desculpe. É só que você é... — Faço um gesto que abrange todo o seu ser. — Um *idol*.

— É, eu sei — ele repete minhas palavras. — Concordamos com isso.

O ritmo das nossas vidas

Baixo a voz quando um grupo de alunos mais novos passa, de olho em nós.

— Só não quero que espalhem boatos.

— Quem se importa com o que as pessoas pensam? — ele diz.

— Eu — sibilo. — Não quero que você tenha problemas por minha causa.

Nathaniel fica me encarando como se tivesse brotado uma segunda cabeça em mim.

— O que foi? — pergunto, constrangida.

— De onde você tirou isso? — Ele estreita os olhos. — Jaewoo te falou alguma coisa, não foi? — Não respondo, e ele pragueja. — Sabia! Meu Deus, ele acha que sabe o que é melhor pra todo mundo.

— Ele só está preocupado com você — falo, sem saber por que o estou defendendo. Estou tão irritada com Jaewoo quanto Nathaniel, senão mais.

Ele faz uma cara estranha.

— Jaewoo deveria se preocupar consigo mesmo. — *Isso* me parece um mau agouro.

— Está com fome? — ele pergunta de repente, mudando de assunto.

— Estou faminto. Vamos almoçar.

A tempestade que estava se formando durante a manhã finalmente chegou, e temos que atravessar o pátio correndo para não acabarmos encharcados. Mesmo assim, precisamos torcer o uniforme antes de entrar no refeitório. Gi Taek e Angela estão ocupados conversando com seus orientadores — segundo eles me contaram quando nos vimos depois da minha visita à *halmeoni* no domingo —, então seremos só Nathaniel e eu. O prato principal de hoje é carne de porco salteada e apimentada, uma das minhas comidas favoritas. Pegamos nossas bandejas e seguimos para a mesa de sempre. Só que ela já está ocupada.

— Vamos para o centro estudantil — digo. Por causa da chuva, o refeitório está mais cheio que de costume.

— Não, espera. Ali tem dois lugares vazios. — Nathaniel abre caminho no mar de estudantes. Vou seguindo-o de perto, tentando não acertar a bandeja nas pessoas.

Até que chegamos ao nosso destino, Nathaniel coloca a bandeja na mesa ao lado de...

Jaewoo.

Sori está sentada na frente dele.

— Sente-se, Jenny — Nathaniel diz, alheio à situação constrangedora ou deliberadamente ignorando-a, quem sabe até gostando. Provavelmente a última opção. — Acho que chegou a hora de todos termos uma conversa.

Sori faz menção de sair.

— Preciso ir.

— Não vá por minha causa — Nathaniel fala.

Ela permanece sentada.

Sinto como se estivesse em uma cena de um k-drama. Os personagens principais são Jaewoo, o sério representante discente, e Sori, a filha *chaebol*, ou seja, filha da diretora de uma grande empresa. Parece que sobram para mim e Nathaniel os papéis de personagens secundários — somos os estadunidenses infames, que só estão ali para perturbar a vida idílica dos protagonistas.

— Jenny? — Todos estão me olhando cheios de expectativa.

— Ah, desculpa. — Sento-me ao lado de Sori.

— Vocês são colegas de quarto, não são? — Nathaniel pergunta.

Olho para Sori, mas ela não parece a fim de responder, remexendo a comida com seus palitinhos.

— Somos — falo.

— Bem, que surpresa.

Ele não diz mais nada, e eu suspiro.

— Qual é a surpresa?

— Ah, que os pais de Sori tenham deixado que ela tenha uma colega de quarto, já que controlam totalmente a vida dela.

Que merda, Nathaniel! Olho para ele de olhos arregalados. *Pare!*

Ele dá de ombros. *O que foi?*

Com o canto do olho, vejo Jaewoo nos observando.

— Só estou falando que eles são protetores demais com você — Nathaniel cede, olhando para Sori —, como é o esperado. Você é a filhinha preciosa deles.

— E vocês dois? — digo, querendo aliviar a pressão em Sori. — Vocês também moram juntos, não é?

Nathaniel olha para mim.

— É, moramos em um dormitório da Joah, no final da rua. Mas logo vamos nos mudar pra um lugar maior. Quando ajeitarmos tudo, você devia ir conhecer.

Abano a mão.

— Você teria que perguntar pros seus colegas de quarto.

— Ah, Youngmin não vai ligar. E Sun quase nunca está lá. Mas não sei se Jaewoo toparia. — Ele se vira para o companheiro de grupo, todo inocente. — E aí, Jaewoo? Quer que Jenny vá nos visitar?

Alguma coisa está definitivamente rolando aqui. Nathaniel deve saber de *algo* sobre nós. Mas como? Duvido que Jaewoo tenha lhe contado, pois não contou nada para Youngmin.

— Não é permitido receber garotas no dormitório — Jaewoo fala friamente, estreitando os olhos.

— Bae Jaewoo... — Nathaniel dá risada, sem achar graça. — Sempre obedecendo às regras.

Jaewoo cerra os dentes.

— Obedeço às regras para que os outros não se machuquem.

— Mesmo quando são as regras que machucam as pessoas mais importantes pra você?

Ao meu lado, Sori parou de fingir que está comendo; a mão que segura os palitinhos está tremendo.

— Sori — digo —, você tinha razão. A gente devia ir.

Ela me ignora.

— Jaewoo está certo, Nathaniel. Regras existem por um motivo: não só pra proteger a nossa empresa, mas também pra proteger os nossos sonhos, pelos quais lutamos nossa vida toda! Você não entende, não é como nós.

— Por quê? Porque entrei atrasado no jogo? Porque não sofri lavagem cerebral quando era pequeno e não acredito que tenho que abrir mão de tudo pela minha família? Ou é porque sou americano? Não entendo porque sou diferente, porque, sei lá, eu penso com a minha própria cabeça?

O refeitório todo fica em silêncio. Todo mundo está nos observando e nos ouvindo.

— Sori... — Puxo a manga dela. — Sério, vamos embora.

— E *você*... — Ela se vira para mim, e o veneno em sua voz me faz tremer de verdade. — Você se acha tão incrível por chegar aqui como quem não quer nada, fazendo amigos, esfregando-os na minha cara. Mas foi você quem se intrometeu na *minha* vida, metendo o bedelho nas *minhas* coisas, lendo a *minha correspondência*. Tem certeza de que está aqui pela música? Você nem sabe dançar. Duvido que saiba cantar. Você não pertence a este lugar. Você não é nada.

Meu coração está saindo pela garganta. É isso o que ela pensa de mim esse tempo todo. Mal consigo ouvir o que está acontecendo ao meu redor, pois há um zumbido nos meus ouvidos.

— Você está errada, Sori-yah.

Fico paralisada. Sori levanta a cabeça, os olhos arregalados. Viro-me lentamente.

— Você não devia falar essas coisas de Jenny — Jaewoo continua. — Ela é uma violoncelista incrível. E também é uma ótima filha e neta. E uma amiga leal. Você saberia de tudo isso se lhe desse uma chance.

Sinto uma enxurrada de emoções tomar conta de mim: surpresa, excitação, gratidão e confusão. Por que ele está falando essas coisas *agora*, depois de ter me abandonado naquele dia e me ignorado a semana toda?

E como é que devo reagir diante dele defendendo meu caráter? Quando supostamente a gente nem se *conhece*.

Sori se levanta com tudo, arrastando a cadeira no chão atrás de si. Lágrimas escorrem pelo seu rosto. Sem dizer nada, ela sai correndo do refeitório.

Disparo atrás dela, deixando uma plateia chocada em meu rastro.

Vinte

— Sori!

Ela não foi muito longe por causa da chuva. Parada do lado de fora do refeitório, sob o abrigo do telhado, ela observa a tempestade caindo feito lençóis compridos cascateando diagonalmente sobre o pátio. Do lado oposto, estão os dormitórios; suas luzes embotadas cintilam através da chuva. Ela deve estar pensando em correr até lá.

— Sori! — chamo, abrindo a porta. — Eu não sabia que você se sentia assim. Sinto muito pelo cartão-postal, você não sabe o quanto me arrependo.

Ela envolve os braços no corpo e se vira para mim. Seus olhos estão borrados de maquiagem, provavelmente por ela ter tentado enxugar as lágrimas.

— Por que está me pedindo desculpas? Acabei de falar coisas horríveis sobre você.

É uma pergunta muito válida — não é como se eu fosse pedir desculpas para Jina. Só nunca pensei que Sori fosse cruel. Ela com certeza é arrogante e fria, mas, se tinha alguma coisa contra mim, pelo menos disse na minha cara, o que eu valorizo. Além disso, eu moro com ela e sei que, quando ela não está estudando nem fazendo ginástica, ela assiste a k-dramas e lê *manhwa*, quadrinhos coreanos, obscenos e românticos. Sei que ela tem um guarda-roupa de fazer inveja, que seu gênero favorito de música é R&B, que ela tem uma planta na mesinha de cabeceira que rega todas as noites com sua caneca do *Ursos sem curso*. Acho fofo que ela seja tão nerd assim.

Por que ela escolheu dividir o quarto, se poderia pegar um quarto individual? Já me fiz essa pergunta antes, e estou mais segura da resposta do que nunca: ela esperava fazer uma amiga.

— Estou te pedindo desculpas porque li mesmo seu cartão-postal naquele dia, e isso não foi legal. — Mesmo que tenha sido um acidente, eu deveria tê-lo guardado sem nem olhar. — Mas não vou pedir desculpas pelas outras coisas de que você me acusou. Respeito que se sinta assim, só que não posso me desculpar espontaneamente por nada daquilo... — Faço uma pausa. — Exceto talvez pela dança. Ninguém deveria ter que presenciar aquilo.

Ela fica me encarando, então desvia o olhar, balançando a cabeça.

— Você é esquisita.

Faço uma careta.

— Ah, por favor. Não sou eu quem esfrega o rosto com uma pedra todas as noites pra conseguir uma mandíbula definida.

Ela suspira de perplexidade, colocando uma mão no queixo de forma dramática, e fala:

— Que jeito de me julgar.

Mas vejo que ela abriu um sorrisinho, e sei que cruzamos uma ponte.

— Sori! — A porta do refeitório se abre, e Nathaniel emerge.

O sorriso dela murcha, e lanço a ele um olhar ressentido.

Ele não percebe, totalmente focado nela.

— Fui longe demais. Me desculpe.

Ela dá um passo para trás, e a chuva molha seu ombro.

— Espere — ele diz. — Você vai ficar gripada. — Ele recua. — Prometo não ir atrás de você. Só não... saia correndo.

— Pare! — Ela coloca as mãos nos ouvidos, como se pudesse bloquear as palavras dele. — Pare com isso!

— Sori-yah.

— Pare de cuidar de mim! Pare de me fazer sentir saudade. Dói. Dói tanto, Nathaniel.

— Não fui eu quem decidiu terminar — ele fala baixinho. — Você sabe disso.

— Eu... não posso.

Ela se vira e desaparece na chuva.

Nathaniel chuta a porta.

— Merda.

Como prometido, ele não vai atrás dela.

Me pergunto como é que estou mais chateada com Nathaniel do que com Sori, se ele é meu amigo há muito mais tempo.

— Sei que está tendo uma crise — falo para ele —, mas você estragou totalmente o *meu* momento com ela.

Ele passa a mão pelo cabelo.

— Acho que exagerei. As coisas ficaram complicadas lá dentro.

— Hum. Graças a *você*. Aliás, por que estava agindo daquele jeito? Tipo, além de ficar provocando Sori, por que falou com Jaewoo assim? Vocês não são amigos?

Nathaniel faz uma careta.

— Promete que não vai ficar brava.

O que é um claro sinal de que vou ficar brava.

— Não.

Ele suspira.

— Eu estava na van em Los Angeles.

Franzo as sobrancelhas, sem saber do que ele está falando.

— Tipo... em novembro?

Ele assente devagar.

— Então... o que... você me viu aquela noite? — Se ele me viu, então ele *sempre* soube quem eu era. O que significa que... — Você me reconheceu na loja de uniformes?

— Sim.

Alguns de seus comportamentos esquisitos fazem sentido agora: ele estava curioso para saber se eu sempre morei em Los Angeles e se eu tinha assistido ao videoclipe todo de "Don't Look Back", porque, se tivesse visto desde o começo, teria reconhecido Jaewoo.

— Youngmin também estava na van? — pergunto.

Ele balança a cabeça.

— Não, eu estava sozinho no banco de trás. Nosso empresário estava dirigindo. Ele não te viu. Eu só te vi de perfil, bem rápido, e não teria te reconhecido se não fosse pela foto.

A foto que tirei com Jaewoo na cabine.

— Ele te mostrou? — pergunto, incrédula.

— Vi por cima do ombro dele no aeroporto.

Respiro fundo devagar. É coisa demais para absorver.

— Por quê?

Sinto que essa pergunta engloba todas as outras. Por que você não falou nada? Por que fingiu que não sabia quem eu era? Nossa amizade era pra valer?

Nathaniel suspira.

— Pra responder isso, tenho que começar do começo. Conheci Jaewoo quando entrei na empresa, cerca de quatro anos atrás. Em todo esse tempo, ele nunca quebrou nenhuma regra. Ele sempre chega na hora e faz tudo o que a agência pede. Não sei se você sabe disso, mas ele se tornou um *idol* por causa da família, porque queria ajudar financeiramente. Tudo o que ele faz é pra eles. E pra gente. Quando o xoxo virou um grupo, nos tornamos parte da família dele.

A história de Nathaniel bate com o que Jaewoo disse na noite em que nos conhecemos: que ele se sentia oprimido pelas responsabilidades.

— Naquele dia em Los Angeles — Nathaniel continua —, ele quebrou o braço durante a gravação. E depois ele só... desapareceu. Procuramos por ele por horas. Ficamos tão preocupados... Pensei que talvez ele tivesse chegado no limite. Mas então, por volta da meia-noite, ele ligou o celular. Já estávamos no bairro coreano, então o encontramos naquela rua em poucos minutos.

— Eu me lembro. Vocês chegaram bem rápido.

Ele assente.

— Fiquei curioso pra saber quem você era. No aeroporto, perguntei de você pra ele, mas ele não falou nada. E, pra ser sincero — Nathaniel balança a cabeça —, confesso que fiquei chateado. Eu pensava que ele confiava em mim. Daí aconteceu todo aquele lance com a Sori e acabei esquecendo. Fiquei bem mal. Ele ficou do meu lado, todos eles ficaram.

Fico feliz de saber que, mesmo que Nathaniel e Jaewoo enfrentem dificuldades por serem *idols*, eles têm um ao outro e o resto dos membros do grupo.

— Então, sim, eu falei com você na loja de uniformes por causa do Jaewoo, mas me tornei seu amigo por causa de você. *Me desculpa.* Por não ter te contado antes.

— Tudo bem...

— Só me frustra demais que Jaewoo queira tanto algo e não *faça* nada a respeito.

Meu coração se aperta com a insinuação de que Jaewoo *me* quer.

— É por isso que você explodiu com ele daquele jeito? — pergunto.

— Por isso, e porque fiquei puto por ele ter te pedido pra ficar longe de mim. Tipo, entendo que ele tenha mais coisas em jogo... mas não precisa descontar em mim, sabe?

Ele tem mais coisas em jogo. Ou seja, não só sua imagem e o sucesso do grupo, mas também o bem-estar de sua família. Deve ser mesmo opressor ser responsável por tudo isso, tanto que ele tentou fugir em Los Angeles.

Sempre soube que nossas vidas eram diferentes, mas não entendia o quanto até agora.

A chuva, que estava caindo torrencialmente há poucos minutos, virou apenas alguns pontinhos brilhando no ar.

— Preciso voltar — Nathaniel diz, suspirando. — Pra ajudar Jaewoo a arrumar a bagunça que eu fiz.

Sigo o olhar dele.

— O que acha que ele está dizendo?

— Não tenho certeza, mas ele vai pensar em alguma coisa. Ele é muito bom em fazer as pessoas entenderem o lado dele.

Me pergunto se isso também vale para mim. Parece que sim — afinal, acabei concordando em manter nossa amizade secreta. Ou talvez não, porque acho que não vou aguentar continuar com isso.

Seguimos em direções opostas: ele vai ajudar Jaewoo, e eu vou procurar Sori. No meio do pátio, fecho os olhos e levanto o rosto para a garoa.

Vinte e um

Encontro Sori deitada na cama do nosso dormitório, ainda de uniforme. Seu cabelo está cobrindo o rosto, o que estou começando a suspeitar que seja um mecanismo de defesa. Só que, por causa da chuva, seu cabelo está molhando, e ela está parecendo um fantasma asiático. Fico orgulhosa de mim mesma por não comentar nada.

— Você... quer conversar sobre o que aconteceu? — pergunto, tirando os sapatos.

— Não — ela murmura.

Pelo visto, vamos voltar ao que éramos antes: duas pessoas que não se conhecem mesmo morando juntas.

Então ela se senta de uma vez. Ela joga o cabelo para trás, e é como se tivesse se transformado instantaneamente de fantasma em sereia; seu rímel borrado só ressalta a beleza dos olhos.

— Desculpa — ela diz.

— Por...?

— Você me pediu desculpas, e eu não. Desculpa pelo que falei no refeitório, especialmente sobre o seu talento musical. Foi desnecessário.

Ela pega a caneca do *Ursos sem curso* da mesinha de cabeceira e bebe um gole.

— Essa caneca é infantil?

— Como assim? — Ela fala com a caneca na boca.

— Tipo, ela foi feita pra crianças?

— Não, ela pode ser usada por todas as idades.

— Ah, foi mal. Me distraí. Está tudo certo.

— Não, não está nada certo. Somos colegas de quarto e não faço ideia, tipo, do que você faz da vida.

— Posso te mostrar — digo.

Não é recomendado tocar instrumentos no quarto, já que as paredes não são à prova de som, então pego meu celular.

Sori dá uma batidinha na cama, indicando que eu me sente ao seu lado. Vou até lá e me acomodo.

— Ah, meu Deus, isso é algodão egípcio?

— Foco, Jenny.

Abro o primeiro vídeo da galeria, enviado pela minha avó. Uma das enfermeiras da clínica gravou minha apresentação de "Le cygne".

Prendo a respiração enquanto Sori assiste, sem dar nenhum sinal do que está passando pela sua cabeça. Nunca imaginei ficar tão nervosa ao observá-la assistindo a um vídeo meu.

Quando ele termina, ela me devolve o celular.

— Jaewoo estava certo. Você é incrível.

Fico *corada*.

— Já ouvi essa peça antes. Tem um balé famoso com essa música.

— Você dança balé?

— Eu estudo balé e outros gêneros de dança, como dança contemporânea e hip-hop.

— Então você quer ser dançarina?

Ela me lança um *olhar* fulminante, como se eu tivesse falado algo idiota.

— Quero ser uma *idol*. Para isso, preciso saber dançar, cantar e ter personalidade.

— Você definitivamente tem duas dessas três coisas. — Ela estreita os olhos e eu acrescento: — É brincadeira.

— É isso o que eu estava perdendo esse tempo todo? — No entanto, noto uma curva em seus lábios, então sei que ela não se ofendeu com a minha brincadeira. — Vamos falar sobre a *sua* dança. Acho que você vai reprovar se continuar desse jeito.

— Eu *sei* — resmungo. — Sou violoncelista. Somos uma raça sedentária.

— Você só precisa praticar um pouco. — Ela morde o lábio, me observando. Então diz: — Quer dar uma volta mais tarde?

Franzo as sobrancelhas.

— A escola não vai estar fechada?

— Você está falando com a filha da ceo da Joah Entertainment. Minha mãe é dona de trinta por cento dessa instituição.

— O que está dizendo? Sou só uma pobre camponesa. Você precisa falar a minha língua.

— Eu tenho as chaves.

* * *

Não é que ela tenha as chaves propriamente ditas, mas ela sabe os códigos para as fechaduras eletrônicas das portas. Entramos no estúdio de dança e largamos as mochilas no chão. Saímos do quarto por volta das dez, vestimos roupas de ginástica e enchemos duas sacolas de pano com lanches, porque Sori diz, em um tom sinistro:

— Vamos precisar de energia.

Ela só acende uma lâmpada. Por sorte, esse estúdio está voltado para os fundos da escola, e não para o pátio, tornando menos provável que um segurança perceba nossa presença aqui.

— É pra cá que você vem de manhã? — pergunto, me sentando no chão e esticando as pernas para me alongar.

— É, fico praticando aqui por uma hora, depois vou pra academia, tomo um banho e vou pra aula.

Tudo isso me parece horrível — e impressionante.

Quando terminamos o alongamento, ela leva o celular até a parede e o conecta no sistema de som.

— Vamos repassar toda a coreografia.

Sori é claramente uma dançarina talentosa, porque só preciso fazer os movimentos uma vez para que ela pegue os passos. Então ela demonstra como deveria ser, e fico maravilhada observando-a, especialmente durante as partes mais fortes, como quando ela faz um *krumping*.

— Concentre-se! — ela berra, vendo meu reflexo boquiaberto no espelho.

Depois de uma hora, estou transpirando por todos os poros e pronta para arrancar meus cabelos.

— Sou péssima.

— Para de pegar tão pesado consigo mesma — ela diz, levando a garrafa d'água à boca. — Seu corpo tem que memorizar os passos para que os movimentos fiquem bonitos aos olhos dos outros. Você está se esforçando demais pra decorar tudo de uma vez. Quebre os movimentos. Não me diga que você já era uma mestra no violoncelo quando começou.

— Eu não era péssima — murmuro.

— Não tem ninguém te julgando aqui — ela diz, me ignorando. — Só lembre-se de que te ouvi tocando. Admito que você é ótima. Mas *esta* é a minha especialidade, e estou tentando te ajudar.

Fico olhando para ela. Tipo, de verdade.

— Você é boa nisso.

Agora é a vez dela de corar.

— Eu gosto... de ajudar. Eu tinha esse sonho, quando comecei o ensino médio... queria ser chamada de "*seonbae*". — Ela deve achar que não conheço a palavra, porque explica: — Os calouros chamam os veteranos de "*seonbae*". Eu queria que os alunos mais novos me chamassem de Sori-seonbae e pedissem minha ajuda. — Ela enrola uma mecha de cabelo no dedo. — Patético, né?

Sinto uma vontade repentina de abraçá-la. Ela é *adorável*. Claro que Nathaniel não conseguiu não se apaixonar por ela.

— Isso é tão... fofo — solto.

Ela dá risada, e depois diz, séria:

— Do começo?

Lá pela meia-noite, estou quase pegando o jeito da coreografia. É como se meu corpo tivesse repetido os movimentos tantas vezes que não preciso mais pensar no que tenho que fazer a seguir. Quando finalmente consigo pegar uma sequência complicada, Sori faz outra pausa para atacarmos os lanches: água vitaminada e barras de arroz para Sori, biscoitos de camarão e Gatorade para mim.

Depois de comer, nos deitamos de barriga para cima no chão e ficamos olhando para o teto, conversando. Conto para ela sobre a minha infância em Los Angeles com minha mãe e meu pai; os dois trabalhavam como ajudantes de cozinha enquanto minha mãe fazia faculdade de direito. Conto a ela que, alguns anos depois de abrir o karaokê, ele recebeu o diagnóstico da doença. Não falo sobre os anos difíceis que se seguiram, quando ele estava no hospital, e avanço para a parte em que faço planos para o meu futuro — faculdade em Nova York, independência total.

Sori me conta sobre ter crescido no bairro nobre de Apgujeong. Ela também é filha única. Além de sua mãe ser a CEO da Joah, o pai é político, então vários dos seus amigos eram crianças de famílias *chaebol* ou colegas de escola cujos pais os obrigaram a se tornarem amigos dela.

Ela diz que, alguns anos atrás, seu pai se envolveu em um adultério altamente divulgado pela mídia, que acabou resultando no afastamento de seus supostos amigos. Foi um período horrível e desgastante, e a pessoa que esteve ao seu lado o tempo todo foi Nathaniel.

Ela sorri ao relembrar a primeira impressão que teve dele quando se conheceram aos treze anos de idade. Ela pensou que ele era punk e encrenqueiro. Eles ficaram se provocando e competindo durante anos.

— Sabe quando a gente está no fundamental e o garoto é malvado com a pessoa de que gosta?

— Nossa, Nathaniel. Isso não foi nada legal.

— Não é? — Ela dá risada, mas sua voz está carregada de tristeza.

— Você *quer* voltar com ele?

Ela fica em silêncio por um longo tempo, e não sei se vai me responder. Até que ela finalmente diz:

— Quero ser uma *idol*. É o meu sonho, Jenny.

— Táááá, mas você pode ser uma *idol* e namorar Nathaniel ao mesmo tempo, ou não? É por causa da sua mãe?

— Não é *só* minha mãe ou a empresa. Tem mais coisas.

— Que coisas?

Ela se vira de lado para me olhar.

— Você não sabe mesmo?

— Não, mas quero saber.

Por ela. Por Nathaniel. Por Gi Taek e Angela, que têm o mesmo sonho. Por Jaewoo.

— Ser uma *idol* é uma honra muito grande, porque significa que você conquistou o sonho de muitas pessoas. Mas isso é só o começo. Você tem que trabalhar muito para lançar músicas boas, preservar sua imagem e sua marca, mandar bem nas apresentações, ganhar prêmios, conseguir ficar no topo das paradas, fazer eventos para os fãs, participar de programas de auditório, apoiar as atividades solo dos seus colegas de grupo, ter as suas próprias atividades individuais... — Ela faz uma pausa para recuperar o fôlego. — Quando você adiciona outra pessoa nessa lista, algumas pessoas acham que ela te distrai de tudo isso. Como se essa pessoa fosse mais importante que todas essas coisas, uma parte que você não divide, sendo que, por ser uma *idol*, você concordou em dividir sua vida com seus fãs, para que eles possam te amar sem temer que um dia você vá decepcioná-los ou machucá-los.

Ela suspira.

— Pelo menos, é assim que sempre pensei e entendi as coisas. Quero fazer as pessoas sorrirem. Quero aquecer o coração delas. E, se namorar faz com que elas se preocupem ou sintam que não estou me esforçando, então... prefiro não namorar.

Tento compreender seu ponto de vista. É tudo tão fora da minha realidade e das minhas preocupações que fica difícil.

— Não acho que um relacionamento te distraia do seu trabalho. Você não tem como agradar a todos, então é melhor pelo menos agradar a si mesma.

Ela abre um sorriso um pouco confuso.

— É um jeito bem americano de encarar as coisas. Nathaniel também pensa assim. "Foda-se todo mundo. Viva sua vida."

— Tipo... não é exatamente *isso*. É mais como "Você precisa ser forte, saudável e feliz por si mesma antes, para poder oferecer qualquer coisa aos outros". Quanto mais saudável e feliz você for, mais vai poder oferecer aos seus fãs, certo? Eles deveriam querer isso para você.

Ela apoia a cabeça nas mãos, assentindo devagar.

— Além disso, fala sério, você não acha que, depois de se apaixonar, vai conseguir escrever um monte de canções de amor?

Ela dá risada.

— Estamos nos precipitando. Eu nem *tenho* fãs ainda, Jenny!

— Isso não é verdade. Eu sou sua fã.

— Sei que acabamos de ir de colegas de quarto para amigas — ela fala timidamente —, mas posso te abraçar?

— Hum... claro que sim! — Eu a puxo para um abraço *à la* tio Jay, levemente sufocante.

— Você está suada! — ela fala, rindo.

— Você também!

Eu a afasto e ela ri mais, cobrindo o rosto com as mãos.

É uma hora da manhã. Nos deitamos de barriga para cima de novo. Ficamos em silêncio por um tempo, e acho que ela pegou no sono quando se vira de lado e murmura:

— Se violoncelistas tiverem fã clube, Jenny, quero entrar pro seu.

Vinte e dois

No domingo, visito *halmeoni* na clínica e assistimos a uma novela de fim de semana com suas colegas na TV do quarto. Este já é o episódio setenta e oito de cem, segundo ela.

Pelo que entendi dos comentários das outras *halmeoni* e do que vi, o drama conta a história de uma jovem que se perdeu no mar durante um acidente de barco na infância e foi adotada por um pescador. Acontece que ela é filha de um bilionário e herdeira de um enorme conglomerado em Seul. Só que sua identidade foi roubada por uma mulher que testemunhou o acidente e colocou a própria filha no lugar da jovem, então *ela* cresceu como a herdeira. Enquanto isso, a jovem se divide entre o amor de dois homens — um garoto do seu vilarejo que saiu do nada e virou um magnata da pesca, e o filho de outra família *chaebol* que foi prometido a ela desde o nascimento. Além disso, sua mãe provavelmente foi assassinada, e ela talvez tenha uma doença terminal.

Quando o episódio acaba, pego os itens que comprei na padaria: um pão de fermentação natural, uma manteiga cremosa e espessa e uma geleia de amora.

— Você é tão sortuda, *eonni* — a vizinha da cama à direita de *halmeoni* diz — por ter uma neta tão carinhosa.

A senhora da cama do outro lado do quarto balança a cabeça, estalando a língua em desaprovação.

— Já sua filha parece ser o contrário.

— Não falem mal da minha Soojung — *halmeoni* repreende a amiga. — Tenho muito orgulho dela e do quanto ela trabalha duro.

Era para a minha mãe se encontrar com a gente hoje, mas ela está ocupada com um novo caso que sua colega dos Estados Unidos lhe encaminhou, sobre uma disputa migratória envolvendo a Coreia do Norte. Ela não resistiu, e não consigo ficar chateada por ela não estar aqui. Ela está fazendo um trabalho importante e estou orgulhosa.

Mas é uma pena não podermos passar mais tempo juntas, como eu tinha imaginado. Ainda assim, ela vai ao espetáculo no final do semestre, em que espero apresentar meu solo.

— Você me lembra tanto a Soojung — *halmeoni* diz. — Ela sempre foi tão independente, tão segura sobre o que queria da vida. Como filha de um trabalhador de peixaria, ela sabia que as probabilidades iam contra o seu sucesso, então estudou muito, trabalhou meio-período para conseguir dinheiro para pagar suas aulas de inglês, e finalmente conseguiu uma bolsa para fazer faculdade nos Estados Unidos, onde ela conheceu seu pai e teve você.

Halmeoni sorri, mas noto tristeza em seus olhos. Ela está sempre tão alegre, então fico surpresa com a sua expressão.

— Sei que ela ficou muito ressentida por eu tê-la mandado embora...

Deve ser por isso que a relação delas é tão complicada. Mas acho que *halmeoni* está sendo dura demais consigo mesma. Minha mãe não consegue ver que a mãe dela só estava querendo que ela tivesse uma vida melhor ao não prendê-la ali.

— Ela é como aquela mocinha da novela — falo para fazer *halmeoni* dar risada. — Pelo menos, no que diz respeito aos peixes.

Quando ela ri, sinto um calor difuso por dentro. Passo várias horas com ela, mas, depois de vislumbrar aquela tristeza, não consigo esquecer.

Sei que ela me ama e está contente por passar esse tempo comigo. Mas noto que ela não para de olhar para a porta toda ansiosa, querendo que a filha estivesse aqui.

E a verdade é que não a culpo, porque eu também queria.

* * *

Vou embora no final da tarde me sentindo emocionalmente exausta. Fico parada no meio do gramado do pátio da clínica com o rosto erguido para o sol, como se pudesse absorver sua energia.

Então vejo um homem de chapéu e óculos escuros entre as árvores. Ele só chama minha atenção porque está carregando um grande estojo de câmera fotográfica.

Depois do incidente no armário das vassouras, quando Youngmin foi procurar Jaewoo porque havia um homem o perseguindo, fiz uma pesquisa sobre o fotógrafo que tirou as fotos de Nathaniel e Sori. Não tenho certeza se esse aqui é o mesmo paparazzo que publicou aquelas imagens, mas, só para garantir, tenho que avisar Jaewoo. Está mais tarde do que na semana passada, quando o encontrei a caminho da terapia, mas preciso tentar.

Fico observando o homem de soslaio. Depois que ele passa por mim, dou meia-volta. Abro o mapa do Camellia Health Village no celular e encontro um prédio ali perto que parece promissor: Aconselhamento Camellia. Sigo para lá a passos rápidos, mas regulares. Se ele olhar para mim, não vai ter motivo para desconfiar de nada. Não estou usando meu uniforme da AAS, apenas minha jaqueta de couro falso favorita e meu boné dos Dodgers.

Ao me aproximar do prédio de Aconselhamento, as portas se abrem silenciosamente.

A configuração da construção é a mesma da clínica da minha avó, com uma sala de espera e uma mesa de recepção. As paredes internas são de tons calmos de azul-claro e há uma pequena cachoeira decorativa na parede.

A mulher da recepção sorri serenamente para mim, conflitando com a adrenalina que corre pelo meu corpo. O que é que eu vou falar? *Bae Jaewoo é paciente aqui?* Ela vai pensar que sou uma fanática e provavelmente vai me expulsar daqui, o que só vai chamar atenção desnecessária.

— Jenny?

— Jaewoo! — Agarro seu braço e o puxo para trás de uma parede longe das janelas.

Me distraio momentaneamente, porque ele está vestindo um suéter preto de decote baixo, com a clavícula à mostra.

— O que está fazendo aqui? — ele pergunta.

Foco, Jenny. Olho para o rosto dele.

— Eu vim te avisar de uma coisa.

Ele levanta uma sobrancelha.

— Tá, acho que estou sendo um pouco dramática. Mas, em minha defesa, acabei de passar a manhã assistindo a uma novela *makjang* maluca com a minha avó. — Tomo fôlego. — Tem um homem com uma câmera ali fora. Acho que é aquele paparazzo *ajeossi* que você mencionou outro dia.

Ele fecha a linda cara.

— Espere aqui. — Com as costas na parede, ele dá uma olhada lá fora por um breve segundo antes de voltar e pegar minha mão. — É ele mesmo. Vamos pela saída de emergência para evitá-lo.

Jaewoo segura minha mão com força e me leva por um corredor, e depois mais um. Tecnicamente não há motivo para eu ir junto — o paparazzo *ajeossi* não está atrás de mim —, mas ele não me solta. E, depois do dia que eu tive, também não quero me soltar.

Uma van preta espera do outro lado da rua, na saída dos fundos, parada junto ao meio-fio. Jaewoo enfim me libera para abrir a porta do veículo, gesticulando para que eu entre primeiro. Sento-me perto da janela oposta e Jaewoo vem logo em seguida, fechando a porta. Ele bate no teto do carro e diz:

— Vamos embora, *hyeong*.

É então que noto o empresário do xoxo no banco do motorista. Lembro dele da loja de uniformes. Ele não questiona Jaewoo — fugas rápidas devem ser comuns para eles —, engatando a marcha e acelerando de zero a sessenta quilômetros por hora em um intervalo de segundos.

Ele diminui a velocidade depois de algumas quadras, verificando os retrovisores para ver se não há ninguém nos seguindo. Então ele olha para cima e me observa pelo espelho.

— Quem...?

— Ela estuda com Nathaniel e comigo — Jaewoo explica. — Estávamos sendo perseguidos por aquele repórter que trabalha pro *Bulletin*.

Ele não deve ter visto Jaewoo segurando minha mão, porque não comenta nada. Ou isso, ou ele está acostumado a guardar os segredos dos garotos.

— Aonde está indo, Jenny? — Jaewoo me pergunta. — Onde podemos te deixar?

— Estamos atrasados — o empresário diz.

— Tudo bem. Posso pegar um táxi de onde vocês pararem.

Jaewoo não insiste.

O empresário do xoxo, Nam Ji Seok, cujo nome Jaewoo tinha me falado, liga a seta, posicionando a van em uma rampa que vai nos levar para uma ponte sobre o rio Han. Gi Taek me explicou que um bom empresário é aquele que desempenha muitos papéis na vida de um *idol*, que vão muito além de organizar seus compromissos — ele também é guarda-costas, motorista, confidente, amigo.

Será que Jaewoo lhe contou sobre *nós*? Se bem que... o que há para contar?

Da última vez que o vi, ele me defendeu na frente de Sori e Nathaniel, e de todo o refeitório. Mas, antes disso, ele me abandonou enquanto eu fazia uma das melhores apresentações da minha vida, sem nem se explicar.

Eu *quero* ser amiga dele. Desde aquela noite em Los Angeles, há uma conexão entre nós. Uma faísca. Mas sinto que meu coração está sendo constantemente puxado e empurrado. Só vou ficar cinco meses na Coreia — e faltam só quatro agora. Será que quero esperar que ele decida o que quer de mim?

Estou cansada de esperar.

— Jenny? — Acho que estava olhando para o nada, porque, quando encaro Jaewoo, vejo que ele está me observando. — Está tudo bem?

— Sim, eu só estava... pensando em umas coisas.

Ele franze o cenho.

O GPS apita uma notificação e uma voz feminina nos informa educadamente que em breve chegaremos ao nosso destino.

O empresário sai da avenida principal. Mais à frente, há um grande edifício. No topo, em azul, vejo as letras EBC, de Entertainment Broadcasting Center.

Nam Ji Seok vai se aproximando devagar. Do lado de fora do prédio, há uma multidão maior que a que vi na loja de uniformes. Quase todas as pessoas são jovens, estudantes do fundamental e do ensino médio, e estão de máscara, provavelmente para proteger seus rostos, caso eles sejam pegos matando aula para seguir seus ídolos por aí.

— Vamos ter que entrar pelos fundos — Jaewoo diz.

— Não temos tempo — Ji Seok fala.

Uma outra van para na nossa frente, estacionando em frente ao prédio, e a multidão imediatamente a envolve.

— É a nossa chance! — O empresário declara. — Você vai ter que entrar com a gente — ele fala para mim. — Não posso arriscar deixar você sozinha aqui. Coloque isto. — Ele me joga uma máscara de pano. Eu a posiciono, encaixando os elásticos atrás das orelhas. Abaixo o boné dos Dodgers para cobrir meus olhos. — Você pode se passar por dançarina de apoio ou estilista. Só fica com a cabeça abaixada. Prontos?

O ritmo das nossas vidas

Tudo acontece rápido. Ele para na frente do edifício, atrás da outra van. As portas de ambos os lados devem ser automáticas, pois se abrem ao mesmo tempo. Jaewoo emerge de um lado, e Ji Seok e eu, do outro.

— Jaewoo-oppa! — alguém grita.

O chão sob nossos pés começa a tremer. Vejo uma multidão vindo na nossa direção como um maremoto.

Ji Seok agarra meu braço e disparamos por entre as pessoas, atravessando as portas da emissora. Os seguranças as fecham rapidamente.

Coloco as mãos nos joelhos para recuperar o fôlego, então dou uma olhada ao redor.

O lugar está consideravelmente silencioso após a barulheira da multidão.

O pessoal que entrou antes de nós está conversando ali perto. Devem fazer parte de outro grupo de garotos. Ao contrário de Jaewoo, eles já estão prontos para a apresentação, vestidos de couro vermelho e preto e calças justas.

— Rápido — Ji Seok diz, nos chamando para uma porta sem identificação no saguão.

— Melhor eu ir embora — digo, quando Jaewoo começa a andar. Ele se vira para mim. — Posso sair pelos fundos.

— Tem gente demais lá fora — Jaewoo fala, franzindo os lábios.

— Tudo bem. Estou acostumada a desaparecer no meio da multidão. — Nossa, isso soou meio dramático. — Quer dizer, estou acostumada com multidões. Em geral. — Dou um passo para trás. — Não precisa me acompanhar.

Quando me viro, Jaewoo segura meu pulso.

Os garotos do outro grupo ficam nos encarando em silêncio.

— O que está *fazendo*? — sussurro.

— Estou preocupado com o que vai acontecer com você lá fora.

Eu o olho boquiaberta. Vejo uma centelha de impulsividade e teimosia em seu olhar.

— Jenny, Jaewoo! — Ji Seok grita. Dou um pulo, de olhos arregalados. Ele aponta um dedo para mim. — Você pode sair quando o show começar e a multidão dispersar. Agora, venham aqui!

Saio caminhando depressa, e Jaewoo me solta.

Atrás da porta sem identificação, há um corredor cheio de *idols*, dançarinos de apoio, estilistas, maquiadores, produtores, assistentes de produção e uma tonelada de pessoas cuja função não está clara, mas que parecem estressadas o suficiente para pertencerem a este lugar. Conforme cruzamos com diferentes grupos, eles vão cumprimentando Jaewoo com a cabeça, e vice-versa. Na aula de k-pop básico que Gi Taek me deu, ele explicou que existe uma hierarquia entre os grupos, dependendo de quem estreou primeiro, e vou imitando Jaewoo, cumprimentando todos como se fosse parte de sua equipe.

Ji Seok nos leva até um camarim com uma placa na porta em que se lê: xoxo. Ele abre a porta sem bater. Lá dentro, Youngmin está girando em uma cadeira na frente de uma tv na parede, enquanto Nathaniel brinca com uma bola de beisebol, jogando-a para o alto e pegando-a em seguida, e Sun está lendo um livro. Os três se voltam para nós assim que entramos.

— Jenny-nuna! — Youngmin diz, pulando da cadeira. — O que está fazendo aqui? Veio ver nossa apresentação?

Nathaniel sorri, se levantando.

— Oh, quem é essa? Você trouxe uma nova dançarina de apoio?

— Haha, muito engraçado — digo.

Sun fecha o livro com tudo.

— Por que ninguém está pronto ainda? — Ji Seok berra, nervoso. — Não fizeram nem a maquiagem?

— A gente estava esperando... — Nathaniel começa.

Atrás de nós, a porta se abre e homens e mulheres carregando pilhas de roupas, acessórios e cosméticos irrompem no camarim. De repente, instala-se o caos. Youngmin é encurralado por um estilista, uma maquiadora persegue Nathaniel e Sun conversa calmamente com um cabeleireiro. Quanto a Jaewoo... nossos olhares se encontram. Ele faz um movimento na minha direção, mas logo Ji Seok está entre nós, me empurrando para fora da sala.

— Os meninos precisam se arrumar — ele fala para mim. — Você pode esperar aqui. — Ele me arrasta pelo corredor até uma porta que dá nos bastidores. A música está alta, preenchendo meus ouvidos e fazendo o chão vibrar. — Você pode assistir daqui. Este é o melhor lugar. — Seu celular se ilumina e ele sai correndo, me deixando sozinha nos bastidores de um super show de k-pop.

Vejo um grupo de garotas dançando em perfeita sincronia e cantando com vozes suaves e doces através de um monitor. A câmera gira para o público. Alguém deve ter deixado a multidão que estava esperando do lado de fora entrar, porque o estúdio está lotado. Há dezenas de garotos, em sua maioria, gritando e cantando as músicas, segurando cartazes e sorvendo a emoção da apresentação.

Quando elas terminam, o programa chama um intervalo comercial. Vários seguranças se enfiam na multidão, expulsando as pessoas da frente e deixando outras entrarem. Fico observando, então entendo o que está acontecendo. Apesar da maior parte da plateia ser a mesma, os jovens que ficam diante do palco vão mudando de acordo com o grupo que se apresenta. Os fãs que entram na área VIP agora seguram uma faixa com as palavras Kiss and Hug Club. Todos eles seguram bastões luminosos em forma de X ou de O, e alguns têm cartazes com os nomes dos membros do grupo. Jaewoo. Sun. Youngmin. E Jihyuk, o nome coreano de Nathaniel.

Noto um barulho nos bastidores e me viro para ver os membros do XOXO: Sun vem na frente, seguido por Nathaniel e Youngmin.

Eles estão maravilhosos. Seus figurinos só podem ser descritos como elegantes e pós-apocalípticos. As roupas de grife estão artisticamente rasgadas, seus cabelos parecem bagunçados pelo vento — exceto o de Sun. O cabelo comprido dele está impecável.

Então vejo Jaewoo.

De alguma forma, no intervalo de alguns minutos, ele se transformou de adolescente bonitão em um *idol* do k-pop assustadoramente atraente.

Ele está todo de preto, com uma blusa de seda rasgada e calças justas. Seu cabeleireiro conseguiu deixar suas madeixas escuras meio molhadas, como se ele tivesse acabado de tomar chuva. Ele me olha, e seus olhos parecem mais escuros que o normal — ou será a maquiagem?

Sun segue em frente sem me dar atenção, mas Youngmin abre um sorriso e acena, fazendo o sinal de coração com os dedos.

Nathaniel para e diz:

— Me deseje sorte.

E eu respondo:

— Merda pra você.

Logo Jaewoo está na minha frente.

— Vai ficar? — ele pergunta. — Até depois do show? Quero conversar com você sobre uma coisa.

Antes que eu consiga responder, ele já está sendo chamado no palco. Observo-o se posicionar na frente do grupo em formação.

Então o palco se ilumina e a música começa.

Vinte e três

No começo da música, os fãs gritam os nomes de cada um dos membros do grupo. Oh Sun. Lee Jihyuk. Bae Jaewoo. Choi Youngmin. Isso cria o clima certo, e o show deles é incrível.

Depois, os outros grupos que se apresentaram antes sobem ao palco. O lugar em que estou fica lotado, então procuro um espaço mais tranquilo para ver a cerimônia de premiação do programa. Acabo no camarim do xoxo, pois lembro que há uma TV lá. Sento-me no sofá de Sun, pego a bola de beisebol com a qual Nathaniel brincava antes e clico no monitor. Dois MCs com um buquê de flores e um troféu de cristal caminham de onde estavam apresentando o programa para uma área separada do estúdio. Eles se aproximam dos garotos do xoxo e do resto dos grupos.

— Uau, que apresentação incrível do xoxo! — o apresentador diz.

— Foi mesmo, né, Seojun-ssi? — a garota concorda. — Será que eles vão ganhar o primeiro prêmio esta semana?

— Logo vamos descobrir! É hora de contar os votos!

No monitor, um gráfico mostra os votos computados para os três grupos competindo pelo prêmio.

— Quem será que vai ficar em primeiro lugar esta semana? — o apresentador fala.

Fico de pé, segurando a bola com força.

Os números começam a subir, provavelmente mensurando quão bem o *single* se saiu nas paradas digitais e nas redes sociais, assim como nas vendas de álbuns e na votação em tempo real.

— E o vencedor é... — a garota começa.

De repente, os números param de subir, e o que ganhou mais votos é...

— xoxo! — os dois mcs gritam juntos, e eu solto um berro, acidentalmente derrubando a bola, que sai voando pela sala e para trás de uma arara de roupas.

Enquanto canhões de confete explodem no palco, vou até as roupas e fico de quatro para pegar a bola.

Estou radiante e muito feliz por eles! O que a apresentadora disse antes? *É o primeiro prêmio do grupo.* Ouço Sun recebendo o troféu em nome dos colegas, agradecendo os fãs e familiares pelo apoio.

Então a porta do camarim se abre. Vozes invadem o recinto, abafando as palavras de Sun na televisão. Estou prestes a sair de trás da arara feito um fantasma, quando alguém diz:

— Viu aquela garota com o Jaewoo?

— Nathaniel disse que é uma colega — outra pessoa responde. — Da escola deles.

Pressiono as costas na parede e fico espiando atrás das roupas. Dois estilistas do xoxo estão ali, organizando suas coisas.

— Eles acabaram de ter a primeira vitória. Esse deve ser o momento mais importante de suas carreiras. Se conseguirem manter esse ritmo, eles podem se tornar estrelas mundiais. Eles só não podem se envolver em mais um escândalo. Quase não superaram o último.

Eles ficam em silêncio por um tempo, e enfim o outro estilista concorda.

— Essa garota pode estragar tudo.

* * *

Saio logo depois que os estilistas arrumam suas coisas e vão embora. Do lado de fora, a multidão da plateia se aglomera, indo para o metrô. Me enfio entre as pessoas. Coloco a mão no bolso da jaqueta e fecho os dedos em torno da bola que roubei de Nathaniel. *Vou* devolvê-la. Um dia. Só preciso de algo a que me agarrar agora.

Agora acho que entendo por que Jaewoo foi embora aquele dia, após a minha apresentação de violoncelo. Ele deve ter percebido que nossas vidas são diferentes demais. Não só por ele ser um *idol* — se bem que, depois de vê-lo no palco e ouvir os fãs gritando seu nome, compreendo que as circunstâncias de sua vida são tão extraordinárias que até me parecem irreais. Mas é tudo real. O sucesso de seu grupo é real, assim como todas as pessoas cujo sustento depende deles. E as consequências de seus atos. *Essa garota pode estragar tudo.*

Aperto o passo ao ver a luz da saída do metrô à frente.

Uma mão agarra meu ombro e me vira.

Jaewoo.

Um boné esconde seus olhos e uma máscara de pano cobre seu nariz e sua boca.

As pessoas desviam de nós, lançando olhares curiosos na nossa direção. Ele pega minha mão para atravessarmos a multidão, e a solta quando a deixamos para trás.

Jaewoo deve ter algum destino em mente, porque caminha com determinação e me conduz por um beco tão estreito que, se eu abrisse os braços, tocaria as paredes de ambos os lados. Subimos um pequeno lance de escadas, percorremos mais algumas ruas e becos e, finalmente, seguimos por uma escadaria tão extensa que, quando chego ao topo, estou sem fôlego.

Chegamos a um parque com vista para a cidade. Há uma pista de corrida, alguns aparelhos de ginástica e uns balanços.

— Você quer...? — Jaewoo pergunta, e eu faço que sim.

Vamos até os balanços e nos sentamos um ao lado do outro. Estamos de frente para o beiral. Para além da grade, Seul se estende por quilômetros e quilômetros, com milhares de luzes brilhantes cintilando feito estrelas.

Não brinco em um balanço desde que estava no fundamental, então chuto o chão e aproveito o movimento e o vento no meu rosto. Como as pernas de Jaewoo são mais longas, ele nem tenta se balançar, apoiando a cabeça na corrente para me observar. Ele tirou a máscara e o boné e, apesar de não estar mais usando o figurino da apresentação e de ter removido a maquiagem do rosto, ele está tão bonito que é difícil desviar os olhos dele. Dou um último impulso e, quando estou sendo lançada para a frente, a bola de beisebol de Nathaniel escapa do meu bolso e cai na grama.

Jaewoo se inclina para pegá-la.

— Essa não é...?

Enterro os pés no chão, diminuindo o ritmo do balanço.

— Sim — digo, corada.

Jaewoo não fala nada. Eu me viro e o encontro olhando a bola atentamente com uma expressão pensativa.

— O que foi? — pergunto.

Ele balança a cabeça e dá risada.

— Essa bola — ele a joga no ar e a pega em seguida — é o motivo de eu ter quebrado o braço em novembro.

Paro de me balançar de uma vez.

— Como assim?

Ele segura a corrente e sorri.

— Era a última de três longas noites de gravação. Estávamos em um depósito. Nos avisaram que ele ainda estava em reforma, mas estávamos entediados e estressados. Durante o intervalo, Nathaniel e eu decidimos brincar com a bola. Nós dois jogávamos beisebol infantil quando éramos mais novos.

— Ah, meu Deus, que fofo — comento. — Desculpa, continua.

— Então, bem, estávamos só nos divertindo e passando a bola um para o outro. Daí ele jogou a bola mais longe e eu saí correndo. Senti a satisfação de pegá-la com as luvas na mesma hora em que colidi com uma parede de gesso. O negócio desabou todo em cima de mim. O diretor do videoclipe ficou furioso, e ficou nos dando sermão por uma hora. Ele disse que não tínhamos gratidão pela nossa carreira, que éramos medíocres e que, se quiséssemos fazer sucesso, precisaríamos levar as coisas mais a sério.

— Não gosto desse diretor — falo. — Não importa que o clipe tenha ficado incrível.

Jaewoo balança a cabeça, mas vejo um sorrisinho em seu rosto.

— Tivemos que encerrar a gravação antes da hora. Por sorte, a gente tinha um final alternativo, que foi o que acabamos usando. Mesmo assim, senti que estraguei tudo. Quebrei o braço pelo quê? Por um momento de diversão. Então depois que tínhamos terminado de filmar e estávamos jantando, pedi licença, levantei da mesa e só... fui embora. Saí do restaurante e fiquei andando por aí, até que vi as luzes do karaokê do seu tio.

Ele hesita, e depois fala baixinho:

— Eu te vi dando risada com seu tio, sentada no banco do bar, com o cabelo solto nas costas.

Encaro-o perplexa, reorganizando as lembranças daquela noite. Não que faça alguma diferença para o que aconteceu depois.

Empurro o pé contra o chão, mas o ângulo sai errado porque o balanço se move torto.

— Por que você foi embora, Jenny? — Jaewoo pergunta, e meu coração se agita dentro do meu peito, mesmo que eu soubesse que ele ia me questionar eventualmente.

É agora que acaba. Depois que tivermos essa conversa, não há por que continuarmos insistindo na nossa conexão. Ele precisa se concentrar no que importa: em sua carreira.

E eu preciso me recompor e me concentrar no que importa: no violoncelo, no espetáculo, no meu futuro.

— Pelo mesmo motivo de você ter ido embora da clínica aquele dia — digo, orgulhosa de mim mesma, pois minha voz saiu calma. — Nathaniel meio que me contou tudo. — Jaewoo franze o cenho. — Você tem mais coisas em jogo. Eu entendo, de verdade. Nossas vidas são diferentes demais.

— Nossas vidas *são* diferentes — ele fala. Meu coração aperta, mesmo que eu já esperasse por isso. — Mas não foi por isso que eu fui embora.

Meu balanço sacode, e percebo que ele está segurando a corrente, me puxando para perto. Tenho que agarrar a corrente dele para não cair para trás.

— Tenho mais em jogo que Nathaniel, sim — ele diz. A tristeza toma conta de mim. — Afinal de contas, é meu coração que está em jogo.

Fico sem ar. Ele está dizendo o que eu acho que está dizendo?

— Eu gosto de você, Jenny — ele declara. — Mais do que já gostei de qualquer pessoa. Percebi aquele dia na clínica. E fiz o que sempre faço quando não sei o que fazer: fugi.

— E agora? — pergunto.

— Não vou fugir mais.

Com a mão livre, ele levanta meu rosto e me beija.

No início, o beijo é suave e doce, de lábios fechados. Mas então ele se inclina para a frente, e meu boné cai enquanto meus lábios se abrem para ele. Eu seria capaz de desmaiar, porque com certeza meus joelhos ficariam moles, se eu já não estivesse sentada. Ele passa a mão pelo meu cabelo, e eu coloco um braço em seu pescoço, segurando-o perto.

Ficamos nos beijando ali naquele parque, com a cidade abaixo de nós e as estrelas acima, por não sei quanto tempo.

Não faço ideia de como vão ser as coisas entre nós de agora em diante. Será que teremos mais momentos como esse? Nada disso importa. Afasto todas as preocupações da mente. Porque, esta noite, o mundo é nosso.

Vinte e quatro

O dia seguinte é segunda-feira. Acordo mais cedo que o normal e viro de lado para olhar para o quarto. Sori já saiu para o seu treino matinal. Ela estava dormindo quando cheguei ontem, senão teria pedido para que ela me acordasse. Confesso que não sou a maior fã de exercícios antes das oito, mas preciso de um escape para toda a adrenalina correndo pelo meu corpo. Visto o uniforme depressa e enfrento a enorme fila do banheiro para me lavar e me ver no espelho. Estou com cara de quem foi exaustivamente beijada na noite passada? Olho para as outras garotas, mas ninguém me nota; estão ocupadas demais tirando os bobes dos cabelos e papeando sobre o fim de semana.

A tutoria é a mesma coisa de sempre. A professora faz a chamada e sai para uma reunião. Jaewoo não veio para a aula, como tinha me falado. Ontem à noite, pegamos um táxi para a escola. Apesar de não falarmos nada, com os rostos voltados para janelas opostas, ficamos de mãos dadas o caminho todo. Ele pediu ao taxista para que me deixasse nos fundos do meu dormitório, e só foi embora depois que entrei.

Passo a aula toda conversando com Sori sobre os nossos fins de semana. Quero lhe contar o que rolou com Jaewoo, mas não aqui, onde os outros podem ouvir. Não comentei nada com ela antes porque queria respeitar o pedido dele de manter nossa amizade em segredo, mas, agora que as coisas estão ficando mais sérias, eu adoraria poder conversar com uma amiga — especialmente Sori, que entende não só o que é ser uma *idol*, mas também como é namorar um.

Mas, em vez disso, seguro seu espelho do *Kakao Friends* para que ela passe delineador e brilho labial.

— *Isso* é o meu treino matinal — brinco.

— Pare de tremer e deixe o espelho reto.

Nada pode estragar meu humor hoje, nem mesmo Jina, que tenta arrancar minha cabeça na queimada.

No almoço, Sori se junta a mim, Angela e Gi Taek na mesa de sempre. Nenhum dos dois comenta nada sobre a nova integrante do grupo.

— Você pode se sentar do meu lado — Angela fala, puxando uma cadeira para Sori, que se acomoda toda empertigada na ponta.

— Por que a fila está tão grande hoje? — pergunto, vendo a fila se estender para além da porta.

— Eles estão servindo *macarons*! — Angela exclama. — É o item mais popular aqui na AAS. Eles só dão um por bandeja. Conheço gente que compra duas refeições só pra poder comer dois *macarons*.

Como que para provar que os *macarons* merecem o título, Sori pega o doce de sua bandeja e o coloca delicadamente na boca. Ela mastiga devagar, engole e solta um suspiro.

— Você devia fazer propaganda pra AAS — digo.

— Ela já fez — Gi Taek e Angela falam ao mesmo tempo.

— Este lugar está livre? — Nathaniel puxa a cadeira do outro lado de Angela.

Alguém também puxa a cadeira vazia ao meu lado. Me viro e tomo um susto.

— Você não disse que não vinha pra escola hoje?

Jaewoo se senta.

— Mudei de planos.

Ontem, não conversamos sobre o que aquele beijo — *aqueles beijos* — significaria para a nossa... relação. Não somos mais *apenas* amigos, mas está claro que, o que quer que sejamos agora, vai ficar entre nós por um bom tempo.

Mas sei que vou ser muito ruim nisso. Meu rosto já está todo vermelho só de lembrar dos beijos.

— Você furou fila? — Sori pergunta de repente.

Assim como nós, Nathaniel e Jaewoo também ostentam os cobiçados doces em suas bandejas.

— Ser legal com as moças da cozinha tem suas recompensas, Sori-yah — Nathaniel diz.

Considerando a discussão que eles tiveram neste refeitório da última vez, até que eles estão sendo bastante cordiais. Sori revira os olhos, enquanto ele pega o *macaron* e o enfia na boca de uma vez.

Ao me ver observando-o, ele diz:

— O que foi? Tenho quatro irmãs mais velhas. Quando eu era criança, se deixasse as melhores coisas pro final, elas roubavam do meu prato! Eu nunca conseguia comer.

— Nosso empresário chegou mais cedo e ficou na fila pra gente — Jaewoo explica.

Pobre Nam Ji Seok.

— Isso faz parte do trabalho dele?

— Ajudar garotos necessitados e famintos? — Nathaniel responde.

— Sim.

Angela fica lançando olhares furtivos para Jaewoo do outro lado da mesa, provavelmente pensando que ele veio se sentar com a gente por causa de Nathaniel e Sori.

— Só viemos almoçar — Jaewoo fala. — Depois temos que voltar pro estúdio.

— Vocês vieram aqui só pra comer? — Gi Taek pergunta.

— Tem *macaron*. A gente não ia perder isso por nada no mundo.

Enquanto Nathaniel conversa com Gi Taek e Angela sobre os méritos da comida de refeitório, Jaewoo se aproxima de mim.

— Ainda não experimentou o *macaron*?

Estou um pouco confusa com a presença dele. As cadeiras do refeitório já são bastante próximas, mas ele está se inclinando para mim. Posso sentir seu perfume, um aroma leve e fresco parecido com a brisa do mar.

— Estava guardando pro final, mas Nathaniel deu um bom argumento — falo.

Pego o doce e o levo à boca. Fico um pouco constrangida com ele me observando, mas, quando dou uma mordida, a explosão adocicada de sabores é tão incrível que me faz esquecer da vergonha. Ele é crocante por fora e macio e fofo por dentro, e ainda por cima tem recheio de *buttercream* de framboesa.

Suspiro.

— É o paraíso.

— É mesmo? — Jaewoo dá uma risada vacilante.

Ele pega o *macaron* da bandeja com seus palitinhos e o coloca na minha.

— Fica com o meu.

Abro um sorriso radiante para ele. Ele me ofereceu o seu *macaron*! É como se estivesse me oferecendo seu coração.

Olho para Sori, que está nos observando com uma expressão indecifrável.

— Não precisa, pode comer. — Devolvo o doce para a sua bandeja.

— Se não quer comer, eu como. — Nathaniel pega o *macaron* de Jaewoo e o enfia na boca.

***

Mais tarde naquela noite, estou sentada na cama escrevendo um trabalho de história quando Sori, sentada à escrivaninha fazendo lição de casa, se vira de repente para mim. Quase dou um pulo de susto, porque ela está usando uma máscara facial vermelha.

— Então, você e Jaewoo, hein. — É uma afirmação, não uma pergunta.

— Eu e Jaewoo o quê?

— Ah, não me venha com essa. — Ela desvia o olhar, bate o calcanhar no suporte da cadeira e me encara. — Não está preocupada se vou contar pra minha mãe?

— Você vai? — Sinceramente, nem pensei nisso. Ela pode até ser a filha da ceo da Joah, mas é minha amiga.

Mesmo assim, ela enrola para me responder. Ela retira a máscara e dá batidinhas no rosto com as pontas dos dedos calmamente. Ela também ajeita a faixa da Minnie Mouse que está usando no cabelo.

— Não — ela fala, depois de passar um minuto e meio se emperiquitando. — Antes de ser sua colega de quarto ou namorada de Nathaniel, eu já era amiga de Jaewoo. Ele merece isso.

— Ele merece... eu? — Sorrio. — Porque eu sou maravilhosa?

Ela revira os olhos.

— Ele merece ser feliz.

— Uau.

Nunca imaginei que algo tão clichê fosse me fazer sentir tão bem. Então ela acha que eu o faço feliz?

Ela continua:

— Não vou dizer que você não o conhece como eu.

— Você acabou de dizer.

— Porque tenho certeza de que você vai conhecê-lo muito mais intimamente do que eu jamais o conheci...

Ai. Meu. Deus.

— A vida dele não tem sido fácil. Não que a riqueza necessariamente facilite as coisas. — Ela fala como uma verdadeira *chaebol*. — Nathaniel sempre deixou claro o que quer, enquanto Jaewoo sempre foi mais reservado, colocando o grupo à frente de si mesmo. Sinceramente, fico surpresa que ele tenha se declarado pra você, se é que ele fez isso. Ir atrás do que ele quer, e não do que é melhor pro grupo, deve ter sido bem difícil pra ele.

— Ounnn.

— Se bem que não sei por que ele se deu ao trabalho. Não é como se você valesse a pena.

— Nossa, Sori. Achei que todo esse discurso era para ser um elogio pra mim.

— Ah, era? — Ela sorri.

— Não precisa se preocupar com Jaewoo. Prometo tomar conta da alma delicada de artista dele.

— Sim, prometa tomar conta da alma dele — ela diz. E depois acrescenta: — Edo corpo.

— Ai, meu Deus!

Atiro o travesseiro nela. Ela corre até a cama e pega um ursinho de pelúcia. Ela tem centenas. Depois que ficamos amigas, eles começaram a surgir aparentemente do nada. Acho que ela os escondia embaixo da cama.

Ela joga um Pikachu em mim.

— Não é justo!

Levo os braços para cima para me proteger.

Logo ela está na minha cama empunhando o travesseiro. Ela mira na minha cabeça, mas eu a ataco antes e ela cai para trás, comigo por cima. Não consigo respirar de tanto rir.

— Você é pesada! — ela reclama, e eu finjo dormir. — Não gostei disso — ela fala, rindo tanto quanto eu. Aliás, a risada dela é mais alta, e ela ronca quando ri. Nossos vizinhos batem na parede, exigindo que a gente fique quieta, o que nos faz rir mais ainda.

Precisamos de uns bons cinco minutos para recuperar o fôlego, deitadas lado a lado.

— Você faria tudo de novo? — pergunto.

Não preciso explicar, pois ela sabe o que estou querendo saber. Se ela pudesse voltar no tempo, escolheria namorar Nathaniel e passar por tudo de novo?

— Sem nem pensar. Mesmo depois do escândalo e das acusações e do término e do sofrimento... Ele foi meu primeiro amor, sabe? Eu não abriria mão disso por nada no mundo.

Vinte e cinco

A primavera traz cerejeiras em flor e a viagem anual da AAS, este ano para um dos parques nacionais da Coreia do Sul. Parece que o evento estava no calendário oficial disponível no site da escola, só que eu não sabia disso porque ninguém tinha me dito nada até poucos dias antes da data de partida.

— É uma viagem anual — Gi Taek explica. — Todo mundo sabe. — Ele encolhe os ombros.

— Eu sou uma aluna transferida!

— A escola mandou um e-mail.

— Se estava em coreano, eu não li.

— Você precisa trabalhar suas habilidades de leitura em coreano.

Na véspera da viagem, Sori e eu arrumamos nossas coisas. Serão dois dias e uma noite, e cada aluno pode levar uma mala pequena.

— Você vai ficar bem? — pergunto para ela, que não pode ser considerada uma minimalista.

— Cala a boca. Posso colocar minha nécessaire na sua mala? Ah, e meu massageador facial?

— Você não vai precisar de dois pijamas — falo, ao vê-la pegando seu pijama de seda cor-de-rosa e o conjuntinho do *Line Friends*.

Ela me lança um olhar fulminante.

— A necessidade é relativa.

Quando *eu* pego a camiseta velha do meu pai, ela me olha, crítica.

— Jenny. — É tudo o que ela diz. Apenas o meu nome. Como se fosse sinônimo de *decepção*.

— O que foi?

— É uma viagem de dois dias e uma noite.

— É, eu sei. — Eu finalmente li as informações da página da escola com a ajuda do tradutor.

— Ou seja, vamos passar a noite com nossos colegas.

— A gente já não faz isso? Tipo, moramos em um dormitório.

— Ou seja, garotas e garotos estarão no mesmo lugar, provavelmente numa casinha no meio do nada, com pouca ou quase nenhuma supervisão. Ou seja, Jaewoo vai estar lá. Ou seja, vocês podem acabar arrancando as roupas um do outro.

Para alguém que ama Hello Kitty, ela até que é bem safada.

— Espera, ele também vai?

Ele não apareceu na escola nas últimas semanas, e eu não tenho como falar com ele porque seu celular ainda está sendo monitorado. Eu poderia ter pedido para Sori mandar algum recado, mas não quero arranjar problemas para nenhum dos dois.

— Jenny, ninguém perde essa viagem.

O que me soa mais sinistro que animador. Mesmo assim, até que estou começando a ficar empolgada.

— Bem melhor — ela diz quando mostro um conjunto de pijama. Se bem que não sei se as prioridades dela no quesito mala de viagem deveriam me servir de exemplo, pois ela acabou de enfiar um secador de cabelo em uma mala de cinquenta e cinco centímetros.

* * *

O dia da viagem amanhece sombrio, carregado de nuvens de chuva. Mesmo assim, todos os alunos da AAS chegam na hora de mala na mão, até os que não moram nos dormitórios, mas com suas famílias em Seul. Os ônibus estão alinhados do lado de fora da escola.

Todos os alunos, exceto os membros do XOXO.

— Pensei que você tivesse dito que eles estariam aqui — sibilo para Sori.

— Talvez não. — Ela não parece feliz, escaneando a multidão com os olhos.

— Bom dia! — Angela fala, caminhando de braços dados com Gi Taek. Ela está vestindo uma capa de chuva verde neon por cima de um

O ritmo das nossas vidas

conjunto de moletom. Gi Taek também está todo estiloso, usando uma marca japonesa, a julgar pelo *kanji* bordado na calça. Eles levaram a sério o conceito traje casual de viagem.

— Bom dia — digo, aceitando um abraço dos dois.

Ao me afastar, tenho aquela estranha sensação de estar fora do meu corpo, e me transporto de volta para alguns meses atrás, quando pisei no campus da AAS pela primeira vez. Naquela época, eu nunca me imaginaria abraçando um colega. Agora, é tão natural, *tão reconfortante* cumprimentá-los assim.

Eles me olham de um jeito esquisito. Devo estar fazendo uma expressão bizarra.

— Vocês acham que vamos ter lugares predefinidos? — digo, disfarçando meu ataque de afeição com uma pergunta. — Ou vamos poder escolher qualquer um?

— Provavelmente só os ônibus vão ser predefinidos — Gi Taek responde.

Claro que ele está certo.

Gi Taek, Angela e eu comemoramos ao descobrir que nossas turmas de tutoria estão no mesmo ônibus. Deixamos nossas malas com o motorista, que as empilha organizadamente no compartimento de bagagens embaixo do veículo. Subimos e vemos que a maioria dos assentos do fundo já estão ocupados, então Sori e eu nos sentamos no meio, e Gi Taek e Angela se acomodam atrás de nós. Os monitores nos entregam a comida preparada pelo pessoal do refeitório: *gimbap* embrulhado em papel alumínio, junto com uma garrafa de água.

Fico torcendo para que Jaewoo apareça até o último minuto. Sentada ao lado da janela, posso ver os alunos embarcando, até que resta apenas o segurança, que fecha os portões da escola. Viro a cabeça e vejo que Sori está esticando o pescoço para dar uma olhada lá fora. Nossos olhares se encontram e ela balança a cabeça.

Depois disso, tento me conformar dizendo para mim mesma que vou me divertir com os meus amigos. Nunca é cedo demais para *gimbap*, então abro o meu e como que nem um burrito. A mistura de ingredientes é uma sinfonia na minha boca — cenouras temperadas e salteadas, espinafre e raiz de bardana, além de *kani*, rabanete amarelo em conserva e *bulgogi*, cuidadosamente envolto em arroz e algas marinhas, polvilhado com sementes de gergelim.

— Eu não estava com fome — Sori diz, quando interrompo a comilança e percebo ela me observando. — Mas agora meio que estou.

Enquanto seguimos para fora de Seul, nos distraímos com joguinhos de celular. Tiro uma foto com Sori — sorrindo lindamente — e com Gi Taek e Angela — fazendo caretas — para mandar para *halmeoni*.

A conversa vai morrendo conforme as pessoas colocam seus fones de ouvido ou tiram um cochilo. Abro o aplicativo de música, e logo Rachmaninoff e o sacolejar do ônibus me embalam no sono.

Vinte e seis

Sori me acorda uma hora e meia mais tarde, pois chegamos em uma parada. Metade dos alunos já desceu, e não vejo sinal de Gi Taek nem de Angela.
— Temos trinta minutos. Vamos logo, preciso fazer xixi — ela diz.
Me levanto depressa, deixando que Sori me arranque do ônibus.
Alunos de todos os ônibus estão se dirigindo para uma construção térrea enorme, com carros e ônibus de turismo parados na frente. Do lado de fora, há alguns carrinhos de comida: um de cachorro-quente empanado, outro de *manju* — bolinhos de noz em forma de milho recheados com creme. Também há um carrinho de café e várias máquinas de venda automática.
Lá dentro, há uma praça de alimentação oferecendo desde *ramyeon* e *udon* a comida tradicional coreana, como *bibimbap* e sopas apimentadas, que você pode pedir e pegar em diferentes balcões de atendimento. Há também uma loja de conveniência bem grande. Vejo Gi Taek e Angela lá dentro, segurando lanches e garrafas.
— Ei, você vai ao banheiro?
— Não, eu fui antes de sair. E minha bexiga não é tão minúscula quanto a sua.
Ela revira os olhos e sai em busca do banheiro.
A maioria dos alunos está na loja de conveniência, e alguns estão fazendo seus pedidos no balcão. Ainda estou cheia do *gimbap*, então vou lá para fora pegar um café.
Parece que as pessoas tiveram a mesma ideia, porque a fila está longa. Por sorte, está andando rápido, e em cerca de cinco minutos já é a minha vez. Peço um *latte* e abaixo a mão para pegar a carteira.

Que não está comigo, mas onde a guardei: na mochila que ficou no ônibus. Não preciso nem olhar para trás para saber que a fila está o dobro do tamanho do que quando cheguei, pois logo depois um ônibus de turismo estacionou e um monte de japoneses viciados em cafeína desceu.

O vendedor me olha com pena.

— Eu pago o dela.

Quase torço o pescoço ao virar a cabeça com tudo.

Jaewoo, casualmente encostado no balcão, entrega o cartão de crédito para o homem.

— Estou retribuindo toda aquela comida que você comprou pra gente em Los Angeles.

— Ah, então é isso? — digo, satisfeita pela minha voz ter saído normal, provocativa. — Então vou querer passar em mais alguns carrinhos.

Ele veio. Ele está *aqui*.

E está tão *bonito* com uma camisa azul-claro, o cabelo penteado para trás e óculos aviador.

— Jovem — o vendedor diz —, seu café.

Pego o copo com as bochechas muito vermelhas.

Jaewoo e eu saímos da fila e vamos andando na direção dos ônibus. De repente, sou tomada por constrangimento. Como devo agir com ele? Da última vez que estivemos sozinhos, nos beijamos por meia hora nos balanços do parquinho.

Claro que agora não estamos *exatamente* sozinhos. Nossos colegas estão à vista, conversando do lado de fora da parada ou caminhando um pouco para relaxar os músculos antes de voltar para o ônibus para mais duas horas de viagem.

— Então — digo, tentando agir casualmente. — Você vai com a gente? Ele não parece ter trazido nada, nem mala nem mochila.

— Sim, pensei que não fosse dar tempo. Acabamos de chegar do Japão.

— Vocês fazem... shows no Japão... sempre?

Ouço um grito atrás de nós.

Vejo Nathaniel do lado de fora do banheiro, cercado por um grupo de turistas japoneses. Ele não parece incomodado, fazendo o sinal da paz e posando para fotos.

— É — Jaewoo responde. — Jenny. — Ele se vira para mim com um sorrisinho no rosto. — Queria te perguntar...

— Aí está você. — Sori praticamente tromba em mim. — Te procurei em todos os lugares. Sabia que te encontraria nos carrinhos de comida.

— Haha, muito engraçado.

— Ah, Jaewoo — ela diz, como se tivesse acabado de percebê-lo parado ao meu lado. — Não pensei que você fosse vir.

— Meu empresário me deixou aqui.

— Legal. Bem, Jenny e eu temos que voltar pro ônibus. Até mais tarde! — Ela agarra meu braço e me arrasta consigo.

— Espera — começo a falar.

— Aja naturalmente. — Ela belisca meu braço. — Olha atrás do meu ombro esquerdo. O que você vê?

Sigo seu olhar, apesar de estar super irritada. Fazia semanas que eu não via Jaewoo. Era de se esperar que ela me deixasse ter um momento a sós com ele. O que será que ele ia me perguntar?

— Jaewoo.

— Ah, meu Deus, Jenny. Mais longe. — Foco o olhar para *além* de Jaewoo, e vejo Jina parada com seus amigos, segurando um celular apontado na nossa direção.

— Ela está...?

— Ela pode estar tirando fotos, sei lá. Mas você precisa tomar mais cuidado.

Sinto um calafrio descendo pela espinha. Pensar que, enquanto Jaewoo e conversávamos, alguém estava nos observando, *tirando fotos de nós*, é muito perturbador, especialmente se esse alguém é Jina, que com certeza só tem más intenções.

— Acha que ela conseguiu alguma foto incriminadora?

— Acho que não. Vocês não estavam *tão* perto assim. Além disso, eu entrei na frente de vocês, e Jina não ousaria publicar uma foto minha. Ela pode até pegar no meu pé na escola, mas, se ela postasse alguma foto, minha mãe se envolveria, e... nem ela gostaria de mexer com a CEO da Joah.

Aperto o braço de Sori.

— Fico tão feliz por você estar no meu time — digo. — Você é minha carta na manga — falo em inglês.

— Não faço ideia do que você disse. Fale coreano. — Mas depois ela adiciona em seu inglês com sotaque fofo: — Mas, sim, sou eu quem dá as cartas por aqui.

Alguns minutos depois, Jina e seus amigos sobem no ônibus, cochichando uns com os outros ao passar por mim. Em seguida, vêm Gi Taek e Angela, seguidos por Nathaniel e Jaewoo. O resto da turma já está ali. Quando os vejo, fico instantaneamente animada. Nathaniel acena a cabeça para mim, e Jaewoo percorre os assentos, como se estivesse me procurando. Ele *não* poderia ser mais óbvio. Então eles se acomodam nos lugares da frente, do outro lado do professor.

Queria tanto que Jaewoo viesse, mas agora já não sei de mais nada. Pensei que, fora de Seul, teríamos chance de ficar juntos, mas, com tantos colegas à nossa volta, acho que vai ser *mais difícil ainda* manter o que quer que tenhamos em segredo.

Ainda assim, esta é minha primeira vez fora da cidade, minha primeira vez no interior da Coreia. Logo a empolgação toma conta e eu afasto as preocupações.

A paisagem vai mudando conforme vamos nos afastando da cidade. Belos trechos de terras agrícolas se estendem por hectares em um terreno montanhoso cortado por árvores e estradas de terra. Fazendeiros trabalham em suas culturas de primavera. Eles protegem os olhos com as mãos enluvadas enquanto fazem uma pausa para observar os ônibus passarem.

Uma hora e meia depois, chegamos ao nosso destino. Vejo uma placa em que se lê "Parque Nacional" na entrada de uma enorme área de acampamento.

Fico surpresa ao ver cerca de dez ônibus já parados ali. Ao que parece, não é só a AAS que está viajando nesta época e para este local, mas outras escolas também.

Demoro para descer, porque Sori, no assento do corredor, enrola séculos para sair. Somos as últimas a sair do ônibus. Pegamos nossas malas com o motorista e as camisetas com os monitores. Pelo visto, precisamos usá-las o tempo todo, para que nossos supervisores não nos percam no meio dos outros alunos. A galera já está invadindo o acampamento da reserva natural, que tem cerca de uma dúzia de construções e pontos de interesse ambiental e histórico.

Um grande mapa do lado de fora da área de acampamento mostra todos esses locais com legendas em coreano, japonês, chinês e inglês. Além dos chalés, há um restaurante, um museu, um centro recreativo, um prédio administrativo e uma lanchonete. E uma loja de conveniência, porque afinal de contas estamos na Coreia.

O mapa também tem algumas atrações desenhadas. No centro, há uma floresta de bambu, e no canto superior direito, uma forma oblonga azul com juncos e sapos identificada com as palavras "Lago da Tranquilidade".

— Vamos pro chalé — Sori diz, observando o mapa ao meu lado, provavelmente de olho nas trilhas. — O espaço é limitado. Precisamos conquistar o nosso pedaço.

Não entendo muito bem o que ela quer dizer até ver o nosso chalé, que mais parece uma casa térrea construída na tradicional arquitetura coreana, *hanok*, com um telhado curvado para cima e portas de correr de madeira com painéis de papel, do que com as cabanas de madeira da minha infância.

Assim como no ônibus, nossa turma foi agrupada com a de Angela e Gi Taek, então as doze garotas da sala deles vão ficar com as doze da nossa sala. O que significa vinte e quatro garotas no chão de um único quarto, ainda que seja um quarto comprido.

— Isso é meio insalubre — digo.

Pegamos nossos colchonetes nos armários e vamos "conquistar o nosso espaço" no chão.

Jina e suas amigas já pegaram os lugares mais próximos da porta, provavelmente para facilitar escapadas noturnas.

Sori, por outro lado, vai direto para a janela. Mas outra garota tem a mesma ideia. Elas se olham por um momento antes de atacar o mesmo ponto. E daí a coisa vira um episódio de *Animal Kingdom*. Eu tiraria sarro de Sori, mas Angela e eu nos juntamos a ela ao ver as amigas da garota a defendendo.

Depois que a poeira baixa, Sori se acomoda perto da janela, comigo ao seu lado, e Angela na horizontal, acima das nossas cabeças. As outras garotas estão aos nossos pés, *onde é o lugar delas. Muahaha.*

— Jenny — Gi Taek chama da porta.

Diante da sua presença, algumas meninas gritam e cobrem os peitos, apesar de estarmos todas literalmente vestindo as mesmas roupas do ônibus, pois ninguém colocou a camiseta da viagem ainda. Gi Taek revira os olhos.

Vou até ele.

— E aí?

— Temos que nos inscrever pras atividades. Vamos?

Olho para Sori, que está desfazendo a mala com Angela de plateia, explicando cada item que vai tirando.

— Aquilo é um umidificador?

— Nem pergunte.

Saio do *hanok* com Gi Taek, atravessamos um pequeno pátio e seguimos por um curto caminho de terra. Segundo o mapa, o lugar onde todos os alunos vão ficar se chama Aldeia Popular, e é um conjunto de casas que replicam as habitações do antigo período Joseon, cercado por um muro baixo de pedra.

— Os garotos costumam pular o muro de noite pra visitar as namoradas — Gi Taek explica, como se fosse um guia da vida escolar coreana. O que acho que ele é.

A Aldeia Popular fica perto da área central do acampamento, onde estão localizados o museu e o prédio administrativo, assim como a loja de conveniência e um enorme palco.

A maioria dos alunos está ali, e agora entendo por que temos que usar as camisetas. Se não fosse pelas camisetas vermelhas da AAS, a gente provavelmente se perderia no meio de tantas pessoas de outras escolas.

Uma garota passa por nós vestindo uma camiseta azul-turquesa e magenta em que se lê Escola de Artes Performáticas de Seul, nas costas. A de um outro garoto informa: Escola de Música de Yongsan. Bem direto.

Gi Taek me leva até a mesa de atividades e pega uma prancheta com uma ficha de inscrição. Ele a lê e me entrega. Dou uma folheada nas páginas. Temos que atender à chamada com nossa tutora de noite e de manhã, e depois estamos livres para fazermos o que quisermos. Algumas atividades têm limite de participantes, como rafting ou exploração de cavernas. Mas outras, como a trilha de duas horas para um templo budista, têm um número ilimitado de vagas.

Também há uma ficha de inscrição para um show de talentos, que vai acontecer durante a única atividade obrigatória: um churrasco para todas as escolas.

Gi Taek se inscreve no show de talentos e escreve "Dança" na categoria.

— E aí? — ele pergunta. — Alguma atividade chamou sua atenção?

— A trilha pro templo budista parece legal.

Devolvo a prancheta. Enquanto ele procura, dou uma olhada ao redor. A maior parte das atividades só começa daqui a uma hora, então os alunos estão desfazendo as malas em seus chalés ou espiando os lugares próximos com os amigos.

Do lado de fora da loja de conveniência, vejo Jaewoo com Nathaniel e alguns outros garotos da nossa turma.

Olho em volta e, quando não detecto nenhum sinal de Jina, caminho em sua direção. Só vou perguntar quais atividades ele vai fazer. É uma pergunta casual e nada íntima, né?

Estou quase lá, mas duas garotas chegam antes. Elas são de outra escola e suas camisetas são de um tom lindo de azul-escuro.

— *Oppa!* — uma delas diz, e eu estreito os olhos. Duvido que ela o conheça tão bem a ponto de chamá-lo de *oppa*, um termo familiar usado com parentes mais velhos ou amigos. — Quando descobri que a AAS estaria nessa viagem, fiquei tão animada. Sou superfã de vocês. Faço parte do Kiss and Hug Club.

Toda a minha irritação *(e o meu ciúme)* se dissipa.

Ela é uma fã.

E eu estava prestes a fazer algo constrangedor, tipo mandá-la dar o fora.

— Obrigado — ele diz, abrindo um sorriso.

Eu praticamente posso sentir o coração dela parando de bater, só para recomeçar logo em seguida em um ritmo acelerado. Já me senti assim quando ele sorriu para mim desse jeito.

Diminuo o passo, dou meia-volta e respiro fundo. E se o único momento que eu tiver com Jaewoo nessa viagem toda for aquela conversa rápida na parada no meio da estrada?

— Jenny?

Viro-me.

Há um garoto parado na minha frente. No início, não o reconheço. Mas depois me lembro. Ian. É o cara que conheci na manhã em que cheguei a Seul. Ele me passou seu telefone, mas, ocupada com a escola e com Jaewoo, acabei nunca mandando mensagem.

O que ele está fazendo aqui?

Vinte e sete

— Oi, Ian — digo, sem saber direito o que falar. Sua camiseta é azul-vivo, assim como a de algumas outras pessoas. Mas, ao contrário delas, ele tem uma braçadeira vermelha.

Percebendo meu olhar, ele explica:

— Sou ex-aluno da Escola de Música de Yongsan, e eles me perguntaram se eu queria fazer esse bico de líder de grupo. Estou precisando da grana.

Agora me lembro. Ele tirou o semestre para juntar dinheiro antes de voltar para a Escola de Música de Manhattan.

— Como você está? — ele pergunta. — Já se acostumou com a vida escolar na Coreia?

— É. — Olho em volta. — Esse lugar é bem legal.

— Eles mudam o local da viagem todo ano — ele fala. — Quando eu estava no terceiro ano, passamos a noite em um enorme complexo monástico budista nas montanhas. Rolou muita oração e comida vegetariana.

— Não tem um templo aqui? Vi na ficha de atividades.

— É, mais ou menos. Tem um altar para a deidade da montanha local, o *sansin*. O parque paga a manutenção dele.

— Ah, legal.

Além da escola coreana que ficava no porão de uma igreja, não coloco os pés em nenhum local religioso desde o fundamental. Seria bacana ver esse altar.

— Esse santuário tem uma história de amor. Dizem que, durante, tipo, o período Goryeo, dois amantes de famílias rivais fizeram a trilha para rezar naquele altar, e depois desapareceram no meio das montanhas. Eles nunca mais foram vistos.

Faço uma careta.

— Que sinistro.

— É, bem, os coreanos adoram uma tragédia. Não descobriu isso ainda?

Dou risada.

— Então, tipo — ele continua —, nesse santuário, você pode rezar para o *sansin* pedindo coisas comuns, mas a maioria das pessoas pede algo mais específico. — Ele espera, obviamente fazendo um suspense.

— Tipo o quê?

— Amor. É um local famoso para os amantes, porque, na verdade, dizem que eles sobreviveram e foram morar juntos em algum outro lugar, protegidos pelo *sansin*. — Ele sorri. — Como pode imaginar, é uma atração popular entre os estudantes.

Coreanos podem até amar uma tragédia, mas amam mais ainda uma história de esperança.

Ele chuta uma pedra, que saltita alguns metros antes de desaparecer na grama.

— A gente podia ir lá, se quiser.

Pisco. E depois pisco de novo.

Não sei como devo reagir. Não sei o que sentir. Quero dizer, eu *sei* como me sinto: lisonjeada por ele ter me convidado, mas também um pouco culpada. Ele deve pensar que sou solteira. Quero dizer, Jaewoo e eu nunca conversamos sobre a nossa situação depois do beijo, mas...

— Jaewoo-seonbae! — alguém grita de perto. Fico tentada a me virar, então me lembro por que eu estava caminhando na direção contrária: para não chamar atenção para nós.

— Jenny? — Ian franze o cenho.

— Desculpa. Sim. Digo, eu já estava querendo me inscrever pra essa atividade mesmo, meio que pra compensar todas essas horas sentada no ônibus. Mas você não tem... hum... tarefas a fazer? Tipo, pro seu trabalho?

— Não nos atribuíram atividades ainda. Vou pedir pra ficar com essa. Tenho certeza de que vou conseguir. Os outros supervisores são professores, e não acho que eles vão querer fazer uma trilha nas montanhas.

— Beleza — digo. Ele fica me encarando, esperando que eu fale mais, então adiciono: — Vou me inscrever.

— Ótimo. Te vejo em uma hora! — Ele acena, e depois se vira para o prédio da administração.

— Quem é esse cara? Ele é um gato. — Quase dou um pulo de susto. Sori chegou sorrateira e está olhando Ian com seus olhos felinos.

— Então você curte caras mais velhos, Jenny? — Gi Taek também está aqui, sorrindo e tirando sarro de mim, agitando as sobrancelhas.

— O nome dele é Ian. A gente se conheceu em um café no dia em que eu cheguei.

— Você é um ímã de garotos bonitos — Gi Taek comenta, e depois faz uma pausa. — O mais bonito de todos sou eu, é claro.

Angela ri, ao lado de Sori.

— Ei, Jenny Go! — Nathaniel praticamente me agarra. Viro-me para ver se Jaewoo está com ele, mas ele ainda está falando com as garotas de antes, só que agora há *duas outras meninas* e um garoto.

— Já escolheu o que quer fazer hoje? — Nathaniel pergunta. — Eu estava pensando em fazer rafting. Não há nada tão emocionante quanto se afogar para ter uma experiência de conexão com os colegas.

Suspiro.

— Eu estava pensando em fazer a trilha.

— Eu vou com você — Sori diz.

Nathaniel olha para ela com as sobrancelhas levemente franzidas, mas logo volta a atenção para Gi Taek e Angela.

— Bem, e vocês dois? Não me decepcionem!

— Rafting não é muito meu estilo — Gi Taek diz —, mas acho que posso tentar.

— Esse é o espírito!

— Bem, eu trouxe um maiô — Angela fala, então olha para Sori e para mim com uma expressão de culpa.

— Não tem problema — Sori diz, tranquilizando-a. — A gente se vê no churrasco.

Nathaniel estreita os olhos para Angela, claramente enciumado por Sori ser tão legal com ela, e tão ácida com... bem, como todo mundo. Se Angela não tomar cuidado, pode acabar sendo derrubada nesse rafting.

— E Jaewoo? — Sori pergunta casualmente.

— Sei lá — Nathaniel fala. — Ele vai se inscrever no que os fãs quiserem. Ele é um trouxa.

— Onde estão os seus fãs? — Gi Taek pergunta.

Nathaniel responde sem hesitar:

— Segundo as enquetes, sou mais popular com os estrangeiros. Acho que por conta do meu poder de sedução e pela minha espontaneidade.

Sori revira os olhos.

— Você provavelmente só é irritante demais pros coreanos — Gi Taek fala, rindo.

✳ ✳ ✳

Uma hora mais tarde, Sori e eu estamos esperando Ian no início da trilha. Uma placa de madeira diz: "Trilha para *Sansin*". Fico olhando com inveja suas botas de caminhada e sua jaqueta corta-vento, que ela sacou da mala aparentemente sem fundo. Fecho o zíper do meu moletom da Escola de Artes do Condado de Los Angeles — pode até ser uma atitude desleal com a AAS, mas pelo menos fico quentinha.

— Atenção, pessoal! — Ian se aproxima. Ele agora está usando uma jaqueta folgada e uma bermuda e está carregando uma mochila. — Vou me apresentar. Meu nome é Ian. Sou o supervisor dessa atividade. Vamos passar quarenta e cinco minutos caminhando até o santuário, trinta minutos lá, e trinta minutos descendo. Se em algum momento vocês se sentirem tontos ou enjoados, por favor, me avisem. Tenho água, barrinhas e bananas. E também tenho isso. — Ele ergue um walkie-talkie. — Podemos chamar socorro em caso de emergência. Perguntas? Não? Então vamos...

— Esperem! — Duas garotas vêm correndo pelo caminho que dá nos chalés, ao lado de...

Jaewoo! Meu coração dá um solavanco. Ele trocou a camisa pela camiseta da AAS, e colocou uma jaqueta corta-vento por cima. As garotas são as mesmas que estavam com ele mais cedo.

— Beleza, *agora* acho que estamos todos aqui — Ian diz. — Vamos andando!

Me pergunto se Nathaniel contou para ele que eu escolhi essa atividade, e por isso ele decidiu vir.

Os alunos se dividem em duplas e trios para caminhar na trilha estreita. Um garoto de outra turma imediatamente começa a conversar com Sori, enquanto outras garotas rodeiam Jaewoo.

O ressentimento aperta meu peito. Mesmo que ele esteja aqui, não é como se eu pudesse falar com ele.

— Jenny. — Desvio os olhos de Jaewoo e encontro Ian me esperando. Conformada com o meu destino, me junto a ele. — Então — ele diz, conforme vamos caminhando. — Conferi minhas mensagens e percebi que nunca recebi nada de você.

Que jeito estranho de falar... é como se ele não tivesse *dúvidas* de que eu fosse escrever. Para quantas garotas ele sai distribuindo o número?

— Desculpe, as aulas começaram e eu... — Esqueci de verdade. — Queria focar na minha música.

— Ah, sim, a AAS organiza um espetáculo no final do ano, não é? Conheço um cara que foi imediatamente aceito na Escola de Música de Manhattan depois da apresentação. Tipo, o representante deles estava na plateia e foi até ele comunicar a aprovação verbalmente.

— Sério? Nossa, que incrível. — Minha pulsação acelera só de pensar.

No entanto, sinto uma pontada de preocupação. Eu não estou focada na minha música, não pra valer, não como em Los Angeles. Ando distraída com a escola, com meus amigos e, bem, com Jaewoo. Então decido que, assim que voltar para o campus, vou me esforçar mais, praticar mais e talvez combinar uma chamada de vídeo com Eunbi.

— Ian-ssi? — uma garota chama, olhando para um morro com a amiga. — Que planta é essa?

— Acho que preciso trabalhar — Ian fala, me deixando para ir respondê-la.

Conforme vamos subindo a montanha, a trilha vai ficando mais complicada, mais íngreme e pedregosa. Cruzamos um riacho agitado, e vemos peixinhos prateados saltitando nas rochas, reluzindo sob o sol da tarde. Depois do riacho, a floresta se adensa e a trilha fica mais fechada, sendo difícil distinguir o caminho no solo coberto de folhas, musgo e raízes de árvores.

Sigo na frente com Sori quando o chão fica plano, e então vemos o pequeno santuário.

Ele está cravado na encosta da montanha. É uma elegante estrutura de madeira não muito alta, pintada predominantemente de verde e vermelho, com um único salão e um telhado inclinado.

Levando em consideração o quanto adentramos as montanhas, até que o santuário e seus arredores estão bem conservados. A clareira está livre de entulho e todos os elementos da construção — as portas de madeira e papel, as pequenas figuras decorativas de pedra do telhado — estão intactos. É possível até sentir um aroma sutil de incenso emanando do altar, como se ele tivesse acabado de receber a visita de um monge.

As pessoas se apressam para explorar a área, tirando fotos com as estátuas de pedra de sentinela ao redor da clareira, ou se jogam no chão de pura exaustão pelo último trecho da caminhada.

— Preciso ir ao banheiro — Sori da Bexiga Pequena diz, se dirigindo à casinha na ponta da clareira.

Procuro Jaewoo, mas não o vejo em nenhum lugar. As garotas que estavam com ele também estão olhando em volta, de sobrancelhas franzidas.

Ian está parado diante do altar dando as orientações:

— Vamos manter os grupos dentro do santuário em duas ou três pessoas, no máximo quatro. — Depois, ele se vira para mim.

Sou tomada por uma espécie de pânico, e disparo para a construção mais próxima. Me agacho e espio atrás da parede. Ele está se aproximando. Ah, meu Deus, me sinto ridícula. Estou mesmo me *escondendo* dele? Vou recuando ainda agachada, até que trombo em alguém.

— Ei, cuidado.

Viro a cabeça e quase caio.

— Jaewoo! — sussurro. — O que está fazendo?

— Acho que... — ele fala devagar — estou fazendo exatamente o mesmo que você.

Ouço as garotas gritando do outro lado do santuário.

— Jaewoo! Jaewoo-oppa! Onde você está?

Por um momento, só ficamos ali parados nos encarando, reconhecendo a situação: ambos estamos agachados atrás de um santuário na montanha, nos escondendo de pessoas que querem nossa atenção. Tento suprimir uma risada, e logo preciso usar as duas mãos para abafar a gargalhada. Jaewoo não está muito melhor, tremendo inteiro de tanto rir em silêncio.

— É tipo o que rolou na cabine fotográfica — falo. — Por que sempre acabamos assim?

— Sei lá — ele diz, enxugando as lágrimas dos olhos.

Solto um ronco e ele leva um dedo à boca.

— Xiiiu, Jenny!

— Não consigo!

Jaewoo sorri, claramente achando graça.

— Jenny! — A voz de Ian está mais próxima agora, vinda da lateral do santuário.

— Jaewoo! — as garotas chamam do outro lado.

Ele envolve os dedos no meu pulso e afasta minha mão da minha boca. Seus olhos se fixam nos meus lábios, e então percebo o que ele está prestes a fazer.

Arregalo os olhos.

— Eles vão ver...

Ele me beija com força, depressa. E vai embora, contornando o santuário.

— Jenny? — uma voz fala atrás de mim. Quase perco o equilíbrio. — O que está fazendo?

Me levanto e me deparo com Ian.

— N-nada. Eu só... pensei ter visto uma raposa...

Ele fica me olhando incrédulo.

— Temos que voltar antes que escureça. É melhor você ir ver o altar logo, se ainda estiver interessada.

Ian deve ter se cansado de mim, porque não me segue até o altar. Só fico ali dentro por alguns segundos, mas a impressão que ele deixa é duradoura. A luz da tarde atravessa a porta, iluminando a parede do fundo, em que se vê a imagem de um velho com uma longa barba branca, presumivelmente o *sansin*, sentado em uma montanha sob uma árvore, rodeado por tigres.

Murmuro uma oração para o *sansin* antes de sair correndo para encontrar os outros.

Vinte e oito

Já está anoitecendo quando chegamos ao centro do acampamento, e os funcionários estão empurrando grandes churrasqueiras para preparar a comida. Como ainda temos meia hora, nos separamos e seguimos para os nossos chalés. Tento não ficar ressentida pelo pouco tempo que passei com Jaewoo, especialmente quando Nathaniel chega na mesma hora que a gente, ensopado, tendo acabado de voltar do rafting; ele envolve Jaewoo em um abraço e o arrasta consigo dando risada.

Dentro do chalé, encontro Angela toda seca, sentada nos cobertores, avaliando dois vestidos.

— É como se você e Nathaniel tivessem participado de atividades completamente diferentes — comento.

— A maioria de nós não se molhou — ela diz, escolhendo um vestido amarelo —, só recebeu uns respingos. Nathaniel caiu na água.

Angela quer tirar um cochilo, então Sori e eu vamos até os chuveiros compartilhados e tomamos um banho rápido. Depois, voltamos para o chalé para usar o secador dela, percebendo agora que foi uma ótima ideia trazê-lo. As outras garotas o pedem emprestado e até oferecem outras coisas que trouxeram de Seul — máscaras faciais, curativos, repelente. Até mesmo Jina quer usá-lo. Penso que Sori vai ser mesquinha, mas ela o oferece sem nem pensar duas vezes.

Devo parecer surpresa, porque ela fala em inglês:

— Mantenha seus amigos por perto e seus inimigos mais perto ainda.

Pego um vestido na mala e um repelente emprestado com uma das nossas colegas, que borrifo nas pernas. E fico cheirando a laranjas medicinais.

Depois, Sori quer fazer a maquiagem de Angela, então passo delineador e batom e saio para explorar a Aldeia Popular. Olhando pelas portas abertas dos outros chalés, vejo que o interior é bem parecido com o nosso. Ao longo do pátio, há pessoas sentadas em plataformas, conversando e ensaiando para o show de talentos.

Estou passando por um *hanok* nos fundos da vila quando ouço um grito familiar. Espio pela porta e vejo Nathaniel e alguns garotos da nossa turma chutando uma bola.

Todos estão sem camiseta.

Nathaniel é o primeiro a me notar.

— Garotos! — ele berra. — Temos plateia! Vistam-se!

Eles começam a gritar e a correr em círculos.

— Como se ela quisesse ver isso. — Ouço Jaewoo antes de vê-lo, se aproximando pela minha lateral. Ele fecha a jaqueta, mas consigo vislumbrar seu peito e abdômen musculosos.

— Espera — digo, fingindo empurrá-lo para o lado quando ele bloqueia minha visão. — Ainda não vi nada que eu queria.

Ele fecha a cara.

— Tudo o que você precisa ver está bem diante de você.

Me inclino para trás, olhando-o da cabeça aos pés bem devagar. Ele nem hesita, sabendo que é bonito. Bem, eu também não estou nada mal. Jogo o cabelo para o lado e observo seus olhos seguindo o movimento.

— Não vai no churrasco? — pergunto.

— Daqui a pouco — ele fala. Sua atenção parece ter mudado de foco. Ele vai erguendo a mão lentamente. Fico parada, com o coração acelerado, enquanto ele afasta uma mecha de cabelo do meu rosto.

— Jaewoo? — um dos garotos o chama atrás dele.

Ele recua.

— Guarda um lugar pra mim? — E se vira, voltando para o pátio.

— O que estava fazendo com a Jenny? — o garoto lhe pergunta, curioso.

— Ela só veio avisar que o churrasco já vai começar — ele responde, casual.

Vou embora. Coloco a mão no ponto em que os dedos de Jaewoo tocaram, ainda vibrando. Estou nas nuvens quando viro uma esquina.

— Pelo menos, agora entendi por que você nunca me escreveu. — Viro e me deparo com Ian apoiado na parede. — Tipo, saquei. Por que dar atenção pra um zé-ninguém quando se pode ter uma estrela do k-pop?

Ele está sorrindo, mas seu tom tem uma pontada de frieza.

O ritmo das nossas vidas

— Então quer dizer que você é super fã do xoxo, é? — Ele dá risada.

— O que tem de errado? — pergunto.

Seu sorriso desvanece.

— Jenny, está falando sério? Você disse que queria ir pra Escola de Música de Manhattan.

— Eu quero. E daí?

— Eles só aceitam as melhores pessoas, as que levam música a sério. E agora está me dizendo que é *fã* do xoxo?

— Nossa, não achei que você fosse tão esnobe.

Ele zomba:

— Não sou esnobe. Só tenho bom gosto.

— Você está mesmo falando de música? — pergunto, tentando soar tão cortante quanto Sori. — Está me parecendo que você só está chateado por eu não estar a fim de você.

Ele vacila, mas nem ligo. É um babaca preconceituoso.

— Que seja, Jenny. Se quer perder tempo com uma fantasia, divirta-se.

Ele vai embora, ficando com a última palavra. Estou furiosa, mas me recuso a deixar que ele estrague minha noite.

— Onde você estava? — Sori pergunta quando a encontro com Angela na fila do churrasco. Ela está maravilhosa como sempre, usando um vestido de seda.

— Em lugar nenhum — respondo. — O que tem pra comer? O cheiro está ótimo.

Dou uma espiada à frente e vejo cozinheiros atrás das churrasqueiras virando tiras de *galbi* — costelas marinadas —, bem como carne de porco e de frango, além de uma variedade de vegetais grelhados. Ao lado há uma estação de *banchan* e, ao lado dela, enormes panelas elétricas de arroz de tamanho industrial.

Sori parece querer me fazer mais perguntas, mas Gi Taek aparece, todo elegante de preto. Acho que ele não estava no pátio com Nathaniel e Jaewoo, senão teria vindo com eles. Alguns alunos atrás de nós resmungam ao ver mais uma pessoa furando a fila, mas não discutem.

— Como foi o rafting? — Sori pergunta.

— Um desastre. — Gi Taek estremece. — Me lembre de nunca mais chegar perto da água com o Nathaniel. E vocês duas?

— Nosso guia deu em cima da Jenny o tempo todo.

— Legal.

— Vamos parar de falar sobre ele? — falo abruptamente. Bom, pensando bem, talvez eu deva falar sobre uma coisa.

Conto o que Ian disse sobre o xoxo: que não é música "de verdade" e que não posso me considerar uma violoncelista séria se gosto deles.

— Ele devia falar isso pra *essa* galera — Angela comenta, acenando a cabeça para as centenas de estudantes de diferentes escolas de música. Vários deles são *trainees* ou aspirantes a *idols*. — Não garanto que ele saia daqui vivo.

— Que brutal, Angela — Gi Taek diz. — Adorei.

Então um pensamento me ocorre, e sinto o sangue drenar do meu rosto.

— Sori. — Agarro sua mão. — Você acha que ele vai comentar alguma coisa? Sobre mim e o Jaewoo?

Penso no que aconteceu mais cedo. Será que ele viu algo? Talvez ele tenha me visto flertando um pouco, mas poderia não ser recíproco. Não pode virar um escândalo se não for recíproco, certo?

— Não se preocupe, Jenny — ela me tranquiliza. — Ian só é um babaca que não conseguiu a garota que ele queria pela primeira vez na vida. Se ele acha que k-pop não é música de verdade, não deveria se importar com a vida dos *idols*.

Relaxo de alívio, confiando no julgamento dela.

— Por que ele comentaria alguma coisa sobre Jaewoo e você? — Gi Taek pergunta.

Ops. Gi Taek estreita os olhos.

— Porque a gente... — Me preparo para as reações deles. — Meio que tem alguma coisa rolando.

— Jenny! — Angela e Gi Taek gritam ao mesmo tempo.

Algumas pessoas se viram para nós.

Gi Taek abaixa a cabeça e sussurra:

— Como? Por quê? Quem?

— O quê? — Angela acrescenta.

— Jaewoo se declarou pra mim — conto, cobrindo o rosto com as mãos de vergonha.

— O quê?! — meu amigo berra.

— É isso aí! — Angela sorri.

— Quero dois desse, por favor — Sori diz.

Tiro as mãos do rosto, e todos nós nos viramos para ela. Ela está apontando para o *galbi* fumegante na grelha. Pelo visto, chegou a nossa vez. O cozinheiro pega dois pedaços de *galbi* com a pinça e os coloca em um prato de papel, que entrega a Sori.

Ela percebe que estamos todos encarando.

— O que foi?

Interrompemos a conversa para escolher as carnes e os vegetais que queremos da grelha, e seguimos para a estação de acompanhamentos para nos servir de *kimchi*, salada de folhas, batata assada, brotos de soja temperados e salada picante de pepino.

Angela encontra uma mesa de piquenique vazia. Pensei que eles me dariam uma trégua para comer, mas subestimei Gi Taek.

— O que é essa "coisa" que está rolando entre vocês? Vocês se deram as mãos? Fizeram mais que isso? Deram abraços, beijos? Que tipo de beijos? De língua?

— Parem! — Angela cobre os olhos.

— As orelhas, Angela — Sori diz. — É pra cobrir as orelhas. — Ela pega um pepino com os palitinhos e o enfia na boca, depois os aponta para o fundo da área do acampamento. — Olhe aí, seu namorado.

Seguimos seu olhar e vemos Jaewoo chegando com Nathaniel. Ambos estão de moletom.

Espero que meus amigos comecem a me provocar sem piedade, mas eles passam a agir de forma natural no mesmo instante. Sori abaixa os palitinhos, Gi Taek serve um pouco de sua comida no prato de Angela, e Angela enfia um punhado de arroz na boca.

Meu coração se enche de gratidão. Não me provocar é a forma deles de me encorajar.

Do outro lado do acampamento, Nathaniel me vê. Ele fala algo para Jaewoo, que olha para mim. Um sorriso radiante e carinhoso se espalha pelo seu rosto.

— *Heol* — Gi Taek fala, maravilhado.

— Impossível não cair de amores, né? — Angela suspira, sonhadora. — Quando ele te olha assim?

Amor? A palavra faz meu coração se agitar dentro do peito. Não pode ser o que estou sentindo. Não ainda.

Nathaniel e Jaewoo pegam seus pratos. Só que, no caminho para a nossa mesa, alguns fãs os interceptam, e eles chegam acompanhados de vários deles. Abrimos espaço para todos. Apesar de eu querer passar um tempo sozinha com Jaewoo, conversando e flertando, também estou feliz de estar aqui, cercada pelos nossos amigos e por pessoas que se importam com ele. Isto só reforça o quanto Ian está errado. Todos aqui são músicos, e o amor deles pelo XOXO é *real* e, sinceramente, muito especial.

A garota sentada ao meu lado adora Jaewoo porque ele escreveu a música que ela ouviu sem parar quando seu irmão morreu. Fico tão emocionada que compartilho com ela que a música também me ajudou a superar meu luto. Trocamos números de telefone para manter contato depois da viagem.

No meio do jantar, todo mundo começa a murmurar, voltando a atenção para um garoto e uma garota de figurinos combinando no palco.

— Sou Sung Minwoo — o garoto diz —, do segundo ano da Academia de Artes de Seul.

— E eu sou Lee Yuri — a garota diz —, do segundo ano da Escola de Música de Yongsan.

— Somos os MCs do show de talentos de hoje! — eles falam juntos.

Todas as mesas comemoram.

— Colocamos todos os nomes da ficha de inscrição aqui! — A garota ergue um chapéu. — Vamos chamar as pessoas por sorteio, então se preparem!

— Onde está Gi Taek? — Angela pergunta de repente.

— Nathaniel também desapareceu — Sori fala, desconfiada.

No palco, a garota tira um papelzinho do chapéu.

— E os primeiros a se apresentar serão uma dupla… rufem os tambores!

O garoto batuca na perna.

— Do terceiro ano da AAS! Hong Gi Taek e Lee Nathaniel!

Angela solta um berro e sobe no banco. Sori resmunga e coloca a mão no rosto, se inclinando de leve na direção do palco.

Uma música acelerada explode nas caixas de som do palco. Nathaniel e Gi Taek correm para lá e começam a dançar em perfeita sincronia, movimentando seus corpos no mesmo ritmo.

Estou encantada e sinceramente impressionada. Quando é que eles ensaiaram? Então a música muda para "Don't Look Back", e a multidão vai à loucura.

Eles dançam uma sequência de músicas, uma atrás da outra, incluindo alguns clássicos como "Blood Sweat & Tears" do BTS e "Gee" do Girl's Generation (também conhecido como SNSD), grandes sucessos que a plateia sabe de cor — letra e coreografia. Mesmo não conhecendo algumas músicas, me divirto muito e fico até um pouco orgulhosa ao reconhecer as que tio Jay colocava para tocar no karaokê.

O ritmo das nossas vidas

Penso que nada poderia superar essa performance, mas a próxima pessoa escolhida no chapéu é uma cantora de ópera. Ela canta uma balada épica e faz todos aplaudirem de pé. O resto da noite passa com uma sucessão de talentos, com apresentações de cantores, músicos e dançarinos. Se for uma prévia do que será o espetáculo do fim do ano, só posso imaginar que vai ser incrível.

No fim da noite, percebo Jaewoo tentando chamar minha atenção. Estamos sentados em lados opostos da mesa, com várias pessoas entre nós. Como todos estão conversando, não consigo escutá-lo, mas posso ver seus lábios se movendo.

Balanço a cabeça, rindo.

— Não consigo te ouvir — falo.

— Joo Jini? — o MC chama o último nome do chapéu.

— Joo Jini-ssi? — a garota repete.

Eles colocam as mãos acima dos olhos, procurando na multidão.

— Você já foi dormir? — a garota cantarola.

Quando ninguém se apresenta no palco, eles se entreolham e encolhem os ombros.

— Bem, é uma pena — o garoto fala. — Ainda temos tempo para mais uma apresentação. Alguém aí quer fechar a noite? Vamos lá, galera! Não sejam tímidos.

Jaewoo está tentando me dizer alguma coisa, mas não entendo.

Ele fica de pé.

— Ah! — o MC exclama. — Temos um voluntário surpresa!

— Nosso último performer dispensa apresentações — a garota diz. — É o próprio Bae Jaewoo da AAS!

Jaewoo olha para o palco, surpreso. A multidão dá risada e começa a gritar seu nome.

— Bae Jaewoo! Bae Jaewoo!

Ele começa a caminhar e todos comemoram. Em algum ponto, alguém lhe entrega uma guitarra. E, quando ele sobe no palco, os MCs arranjaram um banquinho e um microfone.

Os alunos fazem silêncio no instante em que ele se senta e toca o primeiro acorde. Em seguida, ele faz a transição para a melodia do primeiro verso, e meu coração paralisa porque é a música. A música do karaokê.

"Gohae"

"Confession"

— *Como posso dizer a ela as palavras que quero falar?* — Jaewoo canta, e sua doce voz de tenor se espalha pelo acampamento. — *Quando o mundo está contra mim, como dizer a ela?*

De moletom, ele nem parece a estrela do k-pop que é, mas, mesmo assim, seu poder é inegável — está em seu talento bruto, em sua voz cheia de paixão.

Ele canta com tanta verdade e vulnerabilidade que é como se ele quisesse mesmo dizer cada uma daquelas palavras.

Olho para a multidão e vejo que todos estão enfeitiçados. Alguns estão até cantando junto com ele, se balançando ao ritmo da música. É isto o que ele faz, e o que faz dele um bom artista. Ele leva alegria para as pessoas, ele as inspira.

Ele *me* inspira. Ele me faz acreditar que posso fazer o que eu quiser. Tocar um solo na mostra. Ter amigos que me apoiam e me amam. Estar com *ele*.

A música vai crescendo e atinge o auge no refrão final. Então sua voz forte e emocionada canta:

— *Dizer a ela, dizer a ela, as palavras que eu quero falar, a minha confissão. Eu amo ela.*

Vinte e nove

Às dez e meia, uma professora vem dar uma olhada no nosso chalé para garantir que todas estamos ali e depois sai pelo pátio, fechando a porta atrás de si. Às onze, ouvimos um barulho no muro e vamos correndo para lá para encontrar Nathaniel no chão, esfregando as costas. Em seguida, Gi Taek e os outros garotos da nossa turma pulam o muro. Jaewoo é o último, aparentemente tendo sido sorteado para ficar de vigia. Enquanto os outros entram na casa, fico esperando por ele, observando-o saltar com agilidade e cair de pé. Ao me ver, ele me puxa para perto.

Envolvo os braços nele e me inclino para trás para olhar seu rosto.

— Aquela hora, na mesa, você estava tentando me dizer algo. — Ele assente, tirando uma folha do meu cabelo. — Era a mesma coisa que você queria me falar na parada do ônibus?

— É, eu queria te perguntar se a gente podia conversar. A sós.

Ouvimos um grito abafado e risadas vindo do *hanok*.

— Acho que isto é o mais a sós que vamos conseguir.

Ele sorri e me olha nos olhos.

— Eu queria te perguntar se você quer ser minha namorada.

Meu coração dá um solavanco. Este é um momento importante. Nunca fui namorada de ninguém. E este é Jaewoo, o garoto por quem fiquei praticamente obcecada desde que o conheci no karaokê do meu tio. Sei que nosso relacionamento tem data para acabar, pois vou voltar para os Estados Unidos alguma hora. E, mesmo que eu não fosse embora, ele é um *idol*. Ele vai voar cada vez mais alto. Mas, ainda assim, quero estar com ele aqui e agora.

— Sim — digo, dando-lhe um beijo.

No *hanok*, Gi Taek e Angela estão pegando as coisas que compraram na parada: pacotes de salgadinhos, biscoitos, *gimbap*, espetos de salsicha, chás, refrigerantes e energéticos. Depois de toda aquela cena que fizemos para conquistar nosso espaço, empurramos nossos colchonetes desordenadamente contra as paredes e portas.

Todos se sentam em círculo e escolhem alguma coisa da pilha de comida. Jaewoo e eu nos sentamos juntos; nossos joelhos se tocam. A certa altura, ele pega um cobertor de um monte próximo e o coloca sobre nós, deixando a maior parte comigo. Ficamos de mãos dadas por baixo do cobertor. Penso que estou enganando bem, mas olho para Sori e ela sorri para mim antes de desviar o olhar.

Esta é uma das melhores noites da minha vida. Brincamos de jogos de beber coreanos que nunca tinha ouvido falar ou jogado antes. Em um deles, temos que passar uma carta para os outros só com a boca. Se você derrubar a carta, tem que virar um energético. É muito divertido e ridículo. Eu não derrubo a minha, mas Jaewoo, sim, uma vez, e nossos lábios se roçam de leve.

Todo mundo tira sarro e provoca Jaewoo quando ele vira o energético. Eu fico sentada com o rosto muito vermelho e com os lábios formigando do nosso beijo acidental.

Às seis da manhã, os garotos pulam o muro para estar de volta em seu chalé na hora de "acordar", daqui a meia hora. Pelo visto, parece que não fomos os únicos a ter uma noite movimentada, pois a maioria dos alunos no café da manhã está de olhos pregados e meio calada. Depois, Jaewoo, Nathaniel, Sori, Gi Taek, Angela e eu nos inscrevemos para uma trilha — o que na verdade é só uma desculpa para procurarmos um lugar escondido para tirar um cochilo.

Como nossos colegas estão cansados demais por conta da noite em claro para se interessarem por qualquer outra coisa além de dormir, Jaewoo e eu decidimos arriscar e nos sentar juntos no ônibus da volta para Seul. Sori convence Angela a se sentar com ela, o que deixa Gi Taek com Nathaniel. Eles ficam tagarelando durante todo o caminho para a AAS nos assentos atrás de nós. Mas nem ligamos, e seguimos a viagem meio abaixados, assistindo a vídeos no meu celular, dividindo um par de fones de ouvido.

Quando chegamos à escola, Jaewoo fala sem emitir som:

— A gente se fala.

E se vira para o empresário do xoxo com Nathaniel e Youngmin, que passou a maior parte do tempo nadando no lago. Não sei direito *como* ele vai falar comigo, pois, pelo que eu sei, seu celular ainda está sendo monitorado, mas confio que ele vai dar um jeito.

Depois de passar tantas horas com Jaewoo, me sinto meio vazia. Sori precisa me arrastar para o dormitório, insistindo que a gente tome um "banho de verdade". Infelizmente, as outras garotas também tiveram essa ideia.

— Me recuso a ir dormir sem banho — ela fala, observando a fila se estendendo até a escada, e escreve para Angela.

Nos encontramos do lado de fora do dormitório (nossa amiga está no segundo andar), e vamos para a rua. Sori faz sinal para um táxi.

— Aonde estamos indo? — pergunto.

— A uma casa de banho — ela responde.

Existem casas de banho em Los Angeles, mas eu nunca fui, então não sei direito o que esperar. Mas, assim que Sori, Angela e eu ficamos peladas e nos revezamos esfregando as costas uma da outra em uma espécie de spa cheio de chuveiros e banheiras, começo a me divertir. Em seguida, vamos para um lounge com pijamas enormes fornecidos pela casa de banho. Compramos *noodles* no restaurante e máscaras faciais de pepino na lojinha. Colocamos as máscaras no rosto e nos deitamos em uma cama de pedras frias, dando risada de tudo, porque estamos sobrevivendo à base de privação de sono.

Voltamos para os dormitórios pouco antes do toque de recolher. Nessa hora, meu celular apita com uma mensagem em inglês:

Ei, é o Jaewoo. No celular do Nathaniel.

Respondo depressa:

Oi.

A mensagem é lida, e então os pontinhos aparecem, mostrando que ele está digitando. Lembro-me da primeira e única vez que trocamos mensagens, e noto que ele responde rápido quando tem acesso ao celular.

Como foi o resto do seu dia?

> **Bom!**

Conto como foi minha primeira experiência em uma casa de banho, e finalizo com:

> **Foi muito legal, mas acho que Sori e Angela agora viram mais de mim que minha mãe nos últimos anos.**

Envio o texto, e me arrependo com todas as forças no mesmo instante. Por que raios eu falei essa última parte?

Ele demora para responder. Fecho os olhos e fico me revirando na cama. Finalmente, meu celular apita, e espio com um olho:

> **Queria ter estado lá.**

Ai. Meu. Deus.

Digito várias respostas, incluindo "A gente podia ir junto da próxima vez" e "Também queria que você estivesse lá", mas acabo apagando todas, tomada pela vergonha. Acabo mandando:

> **Como foi o resto do seu dia?**

Passamos um tempo trocando mais algumas mensagens. Esta semana, ele vai estar mais livre, mas, a partir da semana que vem, o xoxo vai mergulhar na divulgação do segundo *single* do álbum, o que significa que ele vai estar muito mais ocupado. Sinto uma pontada de ansiedade de pensar que as coisas vão voltar ao que eram antes, com Jaewoo me ignorando e eu me sentindo insegura, mas logo afasto essas preocupações. As coisas estão bem *agora*, e isso é o que importa.

Escrevo:

> **Boa noite.**

Então acrescento:

> **Saudades.**

Meu celular imediatamente notifica a resposta:

Boa noite. Saudades também.

— Jenny! — Sori grita do outro lado do quarto. — Vou te matar se você não for dormir *neste segundo*!

Trinta

Na segunda-feira, temos uma assembleia da escola. Sori e eu vestimos nossos blazers e saímos apressadas para a sala de concertos. Apesar de ser primavera, faz frio de manhã, e o blazer nos aquece um pouco. Quando der meio-dia, a maior parte das alunas vai arrancá-los para almoçar debaixo do sol.

Escolhemos lugares no meio do auditório. Aceno para Angela, sentada algumas fileiras mais para baixo com umas meninas da mesma especialização que a dela.

Jaewoo, Nathaniel e Youngmin não estão aqui. Segundo Jaewoo, depois da viagem, o xoxo teve um fim de semana lotado de compromissos, então seu empresário deixou que eles matassem a primeira aula.

É incrível ver como a comunicação fez maravilhas pelo nosso relacionamento. Se quero falar com ele, é só mandar uma mensagem. De vez em quando, rola um atraso, e Nathaniel precisa intermediar nossa conversa.

Ontem, depois que Jaewoo me mandou uma mensagem particularmente provocante, escrevi, em pânico:

> E se Nathaniel ler?

Ele respondeu:

> Ah, ele com certeza vai querer ler.

> O quê?!

> Eu deleto tudo antes de devolver o celular pra ele.

— Se não tomar cuidado — Sori diz —, algum professor vai confiscar o seu telefone. — Eu o tirei do bolso quase sem perceber para ver se tinha recebido alguma coisa de Jaewoo. — Se bem que acho que isso ia ser bom — ela fala.

Sei que ela só está brincando, mas também tem um pouco de razão, e não quero ser a amiga que só sabe pensar no namorado. Guardo o celular.

Como no primeiro dia de aula, a diretora sobe no palco quando todos estão sentados. Temos que ficar de pé e fazer uma reverência para ela, e depois nos acomodamos novamente. Ela começa falando sobre as expectativas para o segundo bimestre e termina com a logística da mostra do final de ano. Todos teremos que fazer uma audição individual de acordo com nossas especializações. Por exemplo, na prática de orquestra, cada instrumento tem que fazer um teste para conseguir uma posição.

Também podemos inscrever uma peça para apresentações solo ou em grupo, mas apenas algumas serão escolhidas, a diretora nos lembra, e o nível de competitividade é alto. Ela reitera que representantes das melhores faculdades, agências e empresas de entretenimento estarão presentes na plateia.

Além da nossa família. Preciso convidar minha mãe e *halmeoni*. Pela primeira vez, nossos horários vão bater e ela vai estar na clínica quando eu for visitar minha avó neste domingo.

Na saída do auditório, Sori me dá o braço e me lança um olhar de soslaio.

— Eu andei pensando numa coisa... depois de assistir à performance de Nathaniel e Gi Taek, que achei ridícula, só pra deixar claro, tive uma ideia...

— Desembucha, Sori.

— E se a gente se apresentar juntas? Você ainda poderia fazer a audição pro seu solo — ela acrescenta depressa —, mas, tipo, achei que seria legal. Lembro que quando você me mostrou sua performance de "Le cygne", eu logo pensei no balé. A gente podia fazer algo assim. Que tal?

— Acho que... — digo, fingindo ser uma decisão difícil. Ela morde o lábio, cheia de expectativa. — É uma ótima ideia! Eu adoraria me apresentar com você!

Nunca me apresentei com ninguém antes, e só de me imaginar fazendo uma performance com Sori, uma dançarina tão incrível, fico toda empolgada. Também vai ser divertido ensaiarmos juntas.

Ainda vou me preparar para a audição solo, mas quero mesmo entrar nessa com ela.

— Estou tão feliz! — Sori abre um sorriso radiante.

De braços dados, atravessamos o pátio e chegamos na hora para a tutoria.

* * *

Jaewoo não aparece na segunda aula, e não falo com ele até o almoço, quando meu celular vibra no bolso.

> Me encontre na escada do 5° andar do prédio de artes cênicas.

— Vejo vocês depois — falo sem nem levantar os olhos do aparelho.

— Divirta-se. Não engravide — Gi Taek diz.

Saio praticamente correndo e pego o elevador para o quinto andar. Acho que eu poderia ter ido de *escada*, já que vou me encontrar *ali* com Jaewoo, mas não quero chegar toda suada e sem fôlego.

Quando a porta se abre, fico surpresa ao encontrar pessoas no corredor. Caminho até a saída de emergência um pouco constrangida, como se de algum jeito elas *soubessem* que tenho um encontro. A porta é uma daquelas industriais e abro-a com dificuldade, então finalmente estou na escadaria do quinto andar.

Solto um gritinho quando uma mão agarra meu pulso, me puxando para o canto. Jaewoo envolve os braços em mim.

— Por que aqui? — pergunto. — E por que estamos espremidos no canto assim? — Não é uma reclamação.

— Olhe para cima — ele fala.

Há uma câmera diretamente acima de nós no teto.

— Elas estão pela escola toda, mas é claro que tem pontos cegos.

— E você conhece todos eles. Você é tipo um espião, ou um bandido.

— Sim, por favor, continue me comparando a foras dablei.

Coloco os braços em seu pescoço.

— O que você vai me roubar? — Sinto o sorriso de Jaewoo nos meus lábios.

— Seu tempo? — ele fala.

Ele deve estar brincando, mas, na verdade, é exatamente o que estamos tentando roubar um do outro. Momentos como esse são tão raros e espaçados. E, quando o xoxo começar a promover o segundo *single* na semana que vem, o tempo que eu tiver com ele vai ser ainda mais precioso.

Talvez o medo da separação iminente torne cada beijo desesperado.

Quando enfim nos afastamos, Jaewoo pergunta, ofegante:

— Está livre no sábado?

— Sim — respondo, também ofegante. — Por quê?

Ele sorri.

— Quer sair comigo?

Trinta e um

Eu nunca tive um encontro romântico. Percebo isso no sábado, quando estou me preparando para encontrar Jaewoo e todas as roupas que tenho parecem velhas ou nada especiais para a ocasião.

— Este é o meu momento de brilhar — Sori diz.

— Isso aí! — Angela concorda, sentada de pernas cruzadas na cama de Sori com Gi Taek. Ele está lendo um dos *manhwa* obscenos do estoque escondido na última gaveta da mesa lateral de Sori.

— Sori... — digo quando ela pega um vestido justíssimo. — A gente não vai pra balada.

— Você não sabe — ela fala, colocando-o de volta no armário.

— Duvido que ele vá escolher um lugar em que provavelmente seria reconhecido no minuto em que chegar.

— Vocês não iam conseguir entrar, de qualquer jeito — Gi Taek comenta, sem tirar os olhos do quadrinho. — São menores de idade.

— Bae Jaewoo não te falou nada sobre onde vocês vão? — Sori pergunta, exasperada.

— Não falou aonde vamos, mas contou o que vamos fazer: assistir a um filme.

— Que chato — Gi Taek e Sori declaram.

— Eu adoro filmes! — Angela, minha única amiga de verdade, sorri.

— Bem, o que *você* quer vestir, Jenny? — Sori pergunta. — Em parte, você vai se vestir pra Jaewoo. Quero dizer, é seu primeiro encontro e você quer deixá-lo louco. Mas você também vai se vestir pra você mesma. Que tipo de roupa está imaginando? O que te deixa confiante?

O ritmo das nossas vidas

São boas perguntas, e penso bem antes de responder:

— Quero algo que eu não usaria normalmente, mas que ainda tenha a minha cara.

— Hum... — Ela me olha reflexiva. — Que tal isso? — Ela se afasta da sua prateleira de roupas extravagantes e pega um vestidinho preto no armário. Ou melhor, marrom-escuro. — Experimenta esse.

Tiro a roupa e Angela solta um gritinho, apesar de já ter me visto pelada. Gi Taek cobre o rosto com o quadrinho. Coloco o vestido, que tem mangas curtas drapeadas e uma gargantilha, que fecho com um gancho, e um decote coração. Quando termino, viro-me para o espelho de Sori, mas ela me para.

— Ponha isso, para ter o efeito completo. — Ela me oferece um par de botas de cano alto.

Calço as botas na entrada, para não sujar o piso do quarto. Gi Taek e Angela se levantam da cama para se juntar a Sori e observar a minha reação ao me ver no espelho pela primeira vez.

— Uau — digo, e é tudo o que há para dizer. O vestido se ajusta perfeitamente aos meus ombros e peito, se alargando ligeiramente na cintura. As botas ressaltam minhas pernas compridas. — Tem certeza de que não estou exagerada?

— Você está gostosa, Jenny. E devia exagerar mesmo. Você tem um encontro marcado com um cara gato. Tem que anunciar para o mundo.

— Na verdade, não — Gi Taek fala. — Se publicarem no *Bulletin* uma foto de vocês dois juntos, já era.

— Sou eu quem tenho experiência em namorar em segredo um garoto xoxo — Sori diz —, e sei que você vai estar segura com Jaewoo. Ele é o cara mais responsável de todos. Tenho certeza de que ele vai te levar a algum lugar que já conferiu.

Sinto um arrepio de empolgação ao pensar em passar tanto tempo com Jaewoo. Estou nervosa não só com o encontro, mas também se vamos ou não conseguir ter um encontro de verdade sem medo de sermos descobertos. No entanto, afasto essas preocupações porque quero ir nesse encontro, e quero usar este vestido.

— Você está linda, Jenny — Angela fala, e sorrio para ela pelo espelho. Gi Taek suspira.

— Que horas vocês combinaram?

— Jaewoo vai me pegar aqui no dormitório às duas.

Fico surpresa com a expressão de choque em seus rostos.

— O que foi? O que aconteceu?

Sori grita:

— Só temos meia hora pra fazer seu cabelo e a maquiagem!

* * *

Às duas em ponto, estou esperando no meio-fio.

Às duas e cinco, Jaewoo ainda não apareceu. Decido ir até a esquina para verificar se ele está vindo dali. Ele avisou que não estaria com o celular de Nathaniel, então nem tenho como mandar uma mensagem.

Um minuto depois, um elegante carro azul para ao meu lado; Jaewoo está no banco do motorista. Abro a porta e entro.

Fico radiante ao perceber que ele está me olhando embasbacado.

— Você está linda.

— Obrigada! Mas tenho perguntas.

— Ah, desculpe pelo atraso. Peguei trânsito...

— Primeiro: você sabe dirigir? Segundo: você tem um carro?

Ele dá risada.

— Sim e sim. Tirei minha carteira este ano. Eu geralmente deixo o carro estacionado na garagem do nosso dormitório, mas preciso dirigir de vez em quando pra manter o motor funcionando.

Ele dá a partida. Ele não está tão bem-vestido quanto eu, de moletom e jeans preto, mas dá para ver que ele se esforçou. Ele passou gel no cabelo e está usando pequenos brincos de strass vermelho-escuros que até que combinam com o meu vestido — o que é só uma coincidência, mas adorei.

— Quer colocar uma música? Você pode conectar seu celular no carro.

— Claro. — Pego meu telefone e abro o bluetooth. — Posso colocar o que eu quiser?

— Vai nessa.

Percorro as opções. Tem algo nessa conversa que me deixa com uma sensação de déjà-vu.

— Naquela noite do karaokê, quando eu estava procurando uma música pra você cantar... tinha uma do xoxo no livro, não tinha?

— Tinha. A gente lançou aquela antes do álbum completo.

— Imagine se eu tivesse te pedido pra cantar *aquela* música.

— Eu teria arrasado, claro.

Não tenho aquela música no celular, então coloco "Don't Look Back", que é a minha favorita.

Jaewoo balança a cabeça e eu começo a rir.

— Fico feliz que você curta.

— Não me diga que você não ouve suas próprias músicas pra cantar as suas partes.

— Pra ser sincero, não... — Ele faz uma pausa. — Gosto de cantar as partes de rap do Sun e do Youngmin.

— Ah, meu Deus. Agora você vai ter que fazer isso.

— Só se você cantar as outras partes.

— Fechou!

Recomeço "Don't Look Back" e canto o primeiro verso. Na parte do rap de Youngmin, fico encorajando Jaewoo.

Levamos cerca de uma hora, que passamos cantando e conversando, para chegar ao nosso destino, uma cidadezinha fora de Seul. Quando não há tanto trânsito, Jaewoo apoia o braço direito no console entre nós para que eu brinque com seus dedos.

É louco pensar que precisamos ir tão longe só para assistir a um filme — sendo que tem um shopping com um cinema a uma estação de metrô da escola —, mas também faz sentido. Aqui, é improvável encontrar os paparazzi.

— Já comprei os ingressos pro filme — Jaewoo diz —, e temos meia hora pra matar.

— Beleza. O que quer fazer?

— Você escolhe. Podemos ir pro cinema e ver o que tem por lá.

— Perfeito — digo, enquanto ele entrelaça os dedos nos meus.

Por sorte, para um sábado, até que o shopping onde o cinema está localizado não está tão cheio, e a maior parte das pessoas são mais velhas ou estão com suas famílias. Ninguém presta atenção em nós. Sem querer e sem combinar, seguimos para o pequeno fliperama do lado de fora do cinema.

Passamos um tempo matando uns zumbis, chegando até o nível quatro antes de sermos mortos em uma explosão de sangue. Jaewoo tenta pegar um bichinho de pelúcia para mim em uma das máquinas. Ele gasta cerca de ₩10.000 em dez tentativas e nada.

— Está viciada! — ele grita, depois que a boneca de pelúcia cai bem ao lado da rampa.

— Não tem problema — falo para tranquilizá-lo, segurando a risada e achando graça por ele estar tão exasperado e ser tão fofo.

Quando nos afastamos da máquina, uma menininha se aproxima e coloca ₩1.000. Ela aperta os botões rapidamente e inicia o jogo. A garra desce, pega o bichinho de pelúcia e o deposita na rampa. A menina então estica o braço, pega o seu prêmio, pisca para nós e sai correndo.

— Pra ser justa — digo depois de uma longa pausa —, tenho certeza de que ela vai curtir esse bichinho mais que eu.

— Talvez eu possa fazer uma oferta pra ela.

— Jaewoo!

Ele me dá o braço e caminhamos para a lanchonete do cinema.

— Como você comprou os ingressos e pagou o fliperama, eu fico com a comida — declaro.

— Não tem problema, é por minha conta.

— Eu insisto.

— Jenny, acabei de assinar um contrato com a Samsung. — Ele sorri. — Deixe eu te mimar com pipoca.

— Uau, isto é... maravilhoso. Parabéns!

— Obrigado. Não fui só eu. Todos os membros assinaram o contrato... É o maior, até agora.

Ele se aproxima do balcão, verificando as opções na tela de pedidos.

Fico atrás dele, de repente me sentindo meio esquisita.

Ele é, tipo, milionário aos *dezessete* anos. Ele tem um carro que parece bem caro.

Preciso dizer a mim mesma que não é como se a gente estivesse em uma relação do tipo Gata Borralheira. Não sou miserável. Apesar de minha mãe ser mãe solo, ela é *advogada*, e eu sempre pude comprar as coisas que queria, especialmente depois que comecei a trabalhar meio período para o tio Jay. Mas é difícil não sentir que nossas vidas são dramaticamente diferentes.

— Você quer um combo? — Jaewoo pergunta. — Daí a gente pode experimentar todos os sabores de pipoca.

— Beleza — respondo, sem prestar muita atenção.

O desconforto não vai embora nem quando já estamos sentados e o filme começa. No início, acho estranho ver um filme em inglês com legendas em coreano, mas depois fico tão absorta com o que está acontecendo na tela que nem percebo a legenda.

Então o filme termina e eu já estou me sentindo normal de novo. E daí que ele é rico e famoso? Não vou ficar me comparando com ele, e não é como se eu não fosse digna de namorar um cara como ele.

Dou uma olhada no celular e vejo que já passou das seis. O plano era voltarmos antes das dez, o que significa que só temos mais algumas horas juntos.

— Quer comer alguma coisa? — Jaewoo pergunta. — Tem uns restaurantes no último andar.

— Pode ser — digo, segurando sua mão.

— *Oppa* — alguém fala atrás de nós. — Bem que eu achei que era você. O que está fazendo aqui? E quem é *ela*?

Trinta e dois

Viramos e nos deparamos com uma garota de cerca de treze ou catorze anos, com um celular na mão. Que erro. Eu nunca devia ter concordado com esse encontro. Sabia que era bom demais para ser verdade. Agora seremos expostos, e nosso relacionamento vai acabar antes mesmo de ter tido a chance de começar pra valer.

— Joori-yah — Jaewoo diz. — O que está fazendo no shopping a essa hora?

Estou tão perdida em pensamentos que levo um tempo para perceber que ele a chamou pelo nome, o que significa que ele a *conhece*.

— Jenny, esta é minha *yeodongsaeng* — Jaewoo fala, colocando a mão na cabeça dela —, Bae Joori.

É a irmãzinha dele. Agora que sei o que procurar, vejo que eles têm o mesmo nariz afilado e a mesma mandíbula estreita. Os traços bonitos dele são marcantes no rostinho dela.

— Prazer — digo.

— Prazer! — ela devolve. Então ela se vira para Jaewoo com a mão na cintura. — Você vai pra casa? É por isso que está aqui no bairro?

Este é o *bairro* dele? Por isso ele estava tão confiante de que podia me trazer aqui. Ele deve conhecer bem a região. Mas pensei que ele fosse de Busan...

Devo parecer confusa, porque ele explica:

— Minha mãe e Joori se mudaram pra cá um ano atrás. Eu ia te contar.

Semicerro os olhos e ele esfrega a nuca, tímido. Joori balança a cabeça e estala a língua.

— Deve ser bom ter a família mais perto — concedo.

Ele suspira de alívio e se volta para a irmã.

— Não sei, Joori-yah. Mamãe provavelmente não preparou nada...

— Ela pode pedir comida! Por favor, diz que vai!

Jaewoo hesita, então Joori apela para mim.

— *Eonni* — ela usa o tratamento que usaria com uma irmã mais velha. — Você quer jantar na nossa casa? Por favor?

Sorrio, encantada.

— Eu adoraria.

* * *

Decidimos caminhar os três quarteirões até o apartamento da família de Jaewoo, que fica no vigésimo quinto andar de um prédio residencial. Temos que apertar o passo nos últimos metros, porque começa a chover.

Joori mandou uma mensagem para a mãe para avisar que estávamos indo, então, quando chegamos, a cozinha já está emanando deliciosos aromas — alho, óleo de gergelim e shoyu.

Joori segue Jaewoo para a cozinha enquanto eu tiro as botas de Sori. Abaixo um pouco a saia — eu teria escolhido algo mais conservador, se soubesse que ia conhecer a *mãe dele* hoje — e vou atrás deles.

— *Eomma* — Jaewoo fala para a mulher de avental, alta e elegante, que o abraça. — Não precisava ter preparado nada.

A pequena mesa da cozinha está coberta de acompanhamentos, e há um espaço vazio no meio.

— Claro que precisava — ela disse. — Temos *visita*.

Ela se vira para mim cheia de expectativa.

— Essa é a Go Jooyoung — Jaewoo fala, e olho para ele surpresa por ele ter lembrado meu nome coreano. Só o mencionei uma vez, em Los Angeles. — Ela atende pelo nome inglês, Jenny. É minha namorada.

— *Yeochin!* — Joori grita. — Sabia!

Fico o encarando de olhos arregalados. Não pensei que ele me apresentaria como sua namorada, mas como uma colega. Como mantivemos nossa relação em segredo na escola, com exceção dos nossos amigos, que descobriram sozinhos, acho surpreendente que ele seja tão aberto com a mãe. Mas, pensando bem, essa é a família dele, essas são as pessoas que ele ama e em quem confia.

— Seja muito bem-vinda, Jooyoung-ah — a mãe de Jaewoo diz. — Ah, quero dizer, Jenny. — Ela sorri. — Só estamos esperando... — A campainha toca. — O que acabou de chegar!

Ela abre a porta e faz uma reverência para o entregador, que lhe oferece um pacote embrulhado. Ela o leva para a cozinha, tira a embalagem e revela um frango assado, dispensando Jaewoo quando ele faz menção de ajudá-la.

— Por que não mostra o apartamento pra Jenny enquanto eu termino de colocar a mesa do jantar?

O lugar é espaçoso, com cerca do dobro do tamanho da casa da minha avó.

— Aqui é o meu quarto! — Joori diz, abrindo a porta mais próxima da cozinha.

O cômodo não é grande, nem pequeno, com uma cama de casal, uma escrivaninha cheia de lição inacabada, livros abertos e um computador. Pôsteres de animes cobrem as paredes e um videogame está conectado a uma pequena TV.

— Meu irmão me mima — ela comenta ao me perceber olhando. Fico me perguntando se a enorme TV de tela plana na sala de estar também é presente dele. Talvez o apartamento todo seja.

Pulamos o quarto da mãe de Jaewoo e vamos direto para o dele, perto da entrada. Quando entro, ele fecha a porta atrás de nós, pois Joori não veio com a gente. Me afasto dele, de repente me sentindo nervosa.

Este é o menor quarto da casa, o que faz sentido, já que ele mora com os outros membros do XOXO a maior parte do tempo. Ele tem poucos móveis, incluindo uma cômoda, uma estante de livros e uma cama de solteiro. Desvio os olhos da cama, corando, e me concentro na estante. Há vários álbuns nas prateleiras, alguns livros e duas fotos. Pego a primeira, toda granulada, mostrando a família na praia, com ele entre a mãe e a irmã. Joori está adorável sorrindo com uma janela nos dentes — não devia ter mais que seis anos, o que significa que Jaewoo tinha dez ou onze. Ao contrário delas, ele não está sorrindo.

— Esse verão a gente tinha acabado de voltar pra Busan — Jaewoo conta. — Depois que meus pais se divorciaram, moramos nos Estados Unidos por uns anos, para que minha mãe escapasse das fofocas, mas tivemos que voltar pra Coreia, porque ficamos sem dinheiro. Não foi nada fácil. Me meti em um monte de brigas quando era pequeno, mas nada muito sério. Eu só ficava bravo de ouvir as outras crianças falando coisas sobre a minha mãe. Você não errou tanto quando me chamou de bandido. — Apesar de suas palavras serem brincalhonas, sinto uma certa cautela nele.

Levanto a mão e corro os dedos pela foto. Observando com atenção, vejo que seu olho está roxo. E seu braço está inclinado em um ângulo estranho. Olho para ele.

— Isso foi...? — Na cabine fotográfica de Los Angeles, eu perguntei se tinha doído quando ele quebrou o braço, e ele disse que não tanto quanto da primeira vez.

Ele assente.

— Logo depois que essa foto foi tirada, fui descoberto pela Joah. Primeiro, eu recusei. Mas eles voltaram no ano seguinte, e minha mãe me obrigou a ir. Eu não sabia se estava fazendo a coisa certa ao me mudar pra Seul. Sempre amei música, mas não queria deixar minha mãe e Joori.

Devolvo a foto para a estante. Deve ter sido complicado para ele deixar a mãe e a irmã para trás tendo passado boa parte da infância protegendo-as. No entanto, pelo que ele contou, é possível ver que sua mãe também estava tentando protegê-lo ao mandá-lo para Seul.

Pego a segunda foto da estante. São os garotos do xoxo, só que mais novos: Jaewoo e Nathaniel, desajeitados garotos de quinze anos; Sun, bonito e elegante já aos dezessete; e Youngmin com treze, fazendo o sinal da paz. Em contraste com a foto na praia, Jaewoo está sorrindo de orelha a orelha, com um braço em volta de Sun e Youngmin e o outro em Nathaniel.

— Na verdade, foi Sun quem me convenceu a ficar — Jaewoo diz — quando pensei em ir embora. Ele me disse que era pesado mesmo ser o irmão mais velho, mas que, com ele por perto, eu não precisava mais ser o mais forte. Daí quando Nathaniel chegou, passei a ter um amigo da minha idade, alguém que me desafiava a ser melhor, e depois veio Youngmin... Ele me faz querer ser um exemplo, um *hyeong*.

Coloco a foto de volta na prateleira. Estou ao mesmo tempo triste pela sua infância e feliz porque ele encontrou apoio e amor nos membros do xoxo, e sinto vontade de protegê-lo, de mantê-lo seguro.

— Uau — ele fala, esfregando a nuca. — Pelo visto, não consigo parar de me abrir com você. É assim desde o começo. Você mexe comigo. É parecido com quando estou compondo, só que melhor.

— Não, acontece o mesmo comigo. — Faço uma pausa. — Não acredito que vou te contar isso.

Ele dá risada.

— O quê?

— Na noite em que a gente se conheceu, eu tinha acabado de receber os comentários dos jurados do meu último concurso. Eles disseram que me faltava uma faísca. Então, quando te conheci no karaokê, estava irritada com o que eles disseram, mas também com você, porque você era irritante.

Ele dá risada, balançando a cabeça.

— Mas daí a gente se encontrou de novo no ônibus e acabou no festival e, mesmo que fosse apenas por uma noite, quanto mais tempo eu passava com você, mais eu queria que o tempo parasse.

— Está me dizendo — Jaewoo fala devagar — que eu fui a sua faísca?

— Estou dizendo que houve uma faísca entre a gente! — Acerto-lhe um soquinho de brincadeira, e ele segura o meu pulso.

— E agora?

— Continuo querendo que o tempo pare.

Ele abaixa a cabeça. Seus lábios estão a um hálito de distância.

— *Oppa?* — Joori bate na porta. — O jantar está na mesa!

Ele pousa um beijo na minha testa, pega minha mão e abre a porta. Na cozinha, sua mãe está colocando no centro da mesa uma grande travessa de frango desossado.

Joori me olha do outro lado da mesa, onde está sentada.

— *Eonni*, senta aqui do meu lado.

Sento-me ao lado esquerdo dela e Jaewoo se senta à minha direita, na frente dela, com a mãe deles diante de mim. A última vez que me sentei para comer com a minha família foi logo quando cheguei em Seul. Estar aqui com Jaewoo e as pessoas que o amam me faz sentir saudade das pessoas que me amam. Da próxima vez que eu encontrar minha mãe, vou pedir para que ela se sente à mesa comigo e com *halmeoni*.

A mãe de Jaewoo é uma cozinheira fantástica. Tirando o frango que ela pediu, que aparentemente é uma das comidas favoritas dele, ela preparou todos os acompanhamentos do *banchan*.

Uma hora, viro-me para Joori e pergunto:

— Você também quer ser uma *idol*, como o seu irmão?

— Claro que não! — ela responde, franzindo o nariz. — Quero ser designer de videogame.

Jaewoo dá uma piscadela para ela.

Depois do jantar, a mãe de Jaewoo corta um melão e ficamos assistindo a um especial da BBC sobre pinguins, já que a chuva aumentou lá fora.

— Você estacionou no shopping? — ela pergunta.

— Sim. Se não parar em meia hora, vamos pegar um guarda-chuva pra ir lá.

Ela franze o cenho.

— Não sei se é uma boa ideia dirigir nessa chuva, especialmente com a Jenny. Eu me sentiria muito melhor se vocês dormissem aqui. Jenny, tudo bem pra você? Posso te emprestar um pijama, e te dou uma escova de dente.

— Ah — falo, sem saber o que dizer. Nunca pensei que viveria uma situação como essa, com a mãe do meu namorado famoso me pedindo para passar a noite na casa dela depois do meu primeiro encontro com ele, e do primeiro encontro com ela. — Tudo bem.

— Perfeito! Você avisa a sua mãe?

— Eu moro no dormitório da escola. Vou avisar minha colega de quarto.

Pego o celular e escrevo para Sori.

> Vou ficar no Jaewoo. Pode me cobrir?

A residente assistente verifica os quartos por volta das dez, mas Sori pode fingir que já estou dormindo.

Ela responde imediatamente.

> Claro.

E depois:

> APROVEITA, GAROTA!!!!

Olho para cima depressa, mas Jaewoo e sua família estão vendo os pinguins caindo e se levantando na TV.

Digito rapidamente:

> A mãe dele não quer que ele dirija na chuva.
> E a família dele é muito legal!

Sori responde:

> Vou querer saber os detalhes quando você voltar.

Mando um emoji de zíper na boca.

Depois do documentário, a mãe dele vai para o quarto e volta com um daqueles vestidos compridos e, na minha opinião, nada favoráveis, mas muito confortáveis, que as mulheres coreanas mais velhas costumam usar. Ele tem estampas florais coloridas. Quando me vê, Joori solta uma risadinha.

Jaewoo brinca:

— Deusa.

Passamos o resto do tempo jogando Mario Kart. Lá pelas onze, nos separamos e Jaewoo vai para o seu quarto, e eu e Joori para o dela.

— Obrigada por dividir o quarto comigo — digo, me deitando na cama depois dela. Preciso mover alguns bichinhos de pelúcia para me acomodar.

— Fico feliz. Você é, tipo, minha futura cunhada, não é? — Ela dá risada, vira para a parede e começa a roncar.

Fico com inveja de seu torpor tranquilo.

Demoro muito mais tempo para dormir, com os eventos do dia se agitando na minha mente.

Finalmente pego no sono, mas acordo assustada quando um trovão retumba na janela. O relógio na mesinha de cabeceira de Joori mostra que são três da manhã. Tomando cuidado para não despertá-la, levanto da cama e vou para a cozinha. Encho um copo d'água e vou até a varanda da sala. A porta está destrancada, então deslizo-a suavemente e saio. Há vários vasinhos de plantas e um varal de chão, dobrado e apoiado contra a parede. A varanda não é aberta, mas fechada por vidro, e a chuva bate nele feito música.

— Não está conseguindo dormir? — Jaewoo vem até a varanda e fecha a porta atrás de si.

— Pois é. — Dou as costas para ele para olhar a vista. Apesar da tempestade, é possível ver a cidade. As luzes cintilam difusas, como centelhas de vida na escuridão da névoa azul. Além dos prédios formando um belo pano de fundo, vejo uma cordilheira aparentemente infinita. — A Coreia é tão linda.

— É — Jaewoo fala baixinho.

— Vou sentir saudades.

— Você vai voltar.

Palavras não ditas ficam suspensas entre nós. Eu vou embora. Nosso tempo juntos é limitado.

— Jenny... — ele começa.

— Vamos entrar — interrompo-o. Uma hora vamos ter que ter essa conversa, mas não precisa ser hoje. — Antes que a gente acorde sua mãe e sua irmã.

Ele hesita, como se quisesse dizer mais, mas depois cede.

— Tudo bem.

Entramos no apartamento sem falar nada, e seguimos para o quarto dele.

Subo na sua cama, e ele me envolve em um abraço.

Não fazemos nada, o que é tanto uma decepção quanto um alívio. Eventualmente, acho que pego no sono, porque pouco mais de uma hora depois, ele me acorda com gentileza.

— Jenny. — Ele me beija no pescoço, logo abaixo da orelha.

Acordo meio grogue, e volto para o quarto de Joori, me enfiando na cama quente e adormecendo até a luz penetrar pela janela. O sol abriu depois da chuva.

Trinta e três

Na manhã seguinte, Jaewoo e eu vamos para o shopping assim que ele abre para que eu compre meias, tênis e um moletom para colocar por cima do vestido. Acabamos comprando moletons "de casal" com desenhos fofos. Sei que Gi Taek e Sori vão tirar sarro, mas a verdade é que ficamos lindos neles.

Como é domingo, em vez de me levar para o dormitório, Jaewoo dirige até a clínica, pois quero visitar *halmeoni* enquanto ele faz terapia.

Quando entro no quarto dela, fico surpresa ao ver minha mãe sentada ao lado da cama. Tinha esquecido que ela viria hoje, mas, depois de ter tido uma ótima noite e uma ótima manhã com a família de Jaewoo, estou empolgada para passar mais tempo com a minha.

— *Eomma* — minha mãe diz enquanto me aproximo da cama. *Halmeoni* me olha com uma expressão apologética. Parece que interrompi alguma coisa. Minha mãe nem se vira para mim. — Pare de ser teimosa. O médico me disse que você podia ter feito a cirurgia uma semana atrás, mas se recusou.

Halmeoni faz biquinho.

— Você não estava aqui na semana passada.

— Mas estou aqui agora. Podemos marcar pra semana que vem.

— Por quê? — *halmeoni* pergunta. — Você vai ficar mais três meses aqui. Por que não podemos esperar?

— Porque vai levar um tempo pra você se recuperar. E... — Ela suspira, pressionando os dedos nas têmporas, em um claro sinal de que está estressada. — Preciso voltar pra minha vida. *Jenny* precisa voltar pra vida dela. Pensei que, se você fizesse a cirurgia logo, a gente poderia voltar pra Los Angeles no final de junho.

Meu coração dá um solavanco. Nunca pensei que pudéssemos ir embora mais cedo.

— Minha apresentação é no final de junho — digo.

— Posso fazer a cirurgia depois — *halmeoni* fala depressa. — Se eu fizer agora, não vou estar bem pra ver Jenny tocar.

Esperamos cheias de expectativa enquanto minha mãe reflete.

— Tudo bem — ela finalmente diz, e eu solto um suspiro de alívio. — Você vai assistir à apresentação de Jenny, e vamos embora na data planejada, logo depois que você se recuperar.

Enquanto minha mãe lê uma mensagem no celular, *halmeoni* e eu trocamos um olhar cúmplice. Claro que queremos passar mais tempo uma com a outra, mas também sei que ela quer passar os três meses com a filha. E eu quero ter esse tempo com Jaewoo e com meus amigos.

Passamos uma manhã agradável, apesar de minha mãe estar ocupada respondendo uns e-mails. Ela me conta um pouco do caso em que está trabalhando, que parece absurdamente complicado. Meu coração infla de orgulho pelo bom trabalho que ela está fazendo.

Para o almoço, ela nos leva para um restaurante de *naengmyeon* perto da padaria. Enquanto come seu delicioso macarrão de trigo sarraceno com caldo gelado, *halmeoni* me pede para falar sobre o espetáculo.

— Vou tentar um solo. E também vou me inscrever para um dueto com a Sori, minha amiga.

— Sori, sua colega de quarto? — ela pergunta. — Fico tão feliz por vocês serem amigas agora!

— Como assim, dueto? — minha mãe fala abruptamente.

Olho para ela, nervosa.

— Ela vai dançar e eu vou tocar uma peça para violoncelo. Ela está se especializando em dança e...

— Então você vai fazer três audições? — minha mãe interrompe. — Orquestra, solo e dueto?

— Sim?

— Jenny, as audições não são daqui a menos de duas semanas? Como é que você vai se preparar para três audições diferentes? Já falou com Eunbi?

— Soojung-ah — *halmeoni* a repreende. — Acho que vai ser ótimo Jenny se apresentar com a amiga.

— Isso não é só sobre guardar boas lembranças, *eomma*. É sobre o futuro de Jenny. — Ela olha para mim com a decepção estampada na cara. — Estou começando a me arrepender de ter concordado em deixar você vir comigo para a Coreia. Você devia estar se concentrando na sua música, não se distraindo com amigos.

Se Sori é uma distração, estremeço só de pensar o que ela diria se soubesse de Jaewoo.

Do outro lado da mesa, *halmeoni* aperta minha mão.

— Ela só está brava com você por minha causa.

Pode até ser verdade, mas ela também não está errada. Três audições serão mais complicadas que apenas uma. Mas estou determinada a fazer as coisas darem certo.

* * *

Na semana seguinte, faço tudo o que posso para que todas as minhas peças sejam um sucesso. Agendo mais tempo na sala de prática, e Sori e eu seguimos com os ensaios da madrugada no estúdio de dança. O único porém de tudo isso é que não consigo ver tanto Jaewoo, mas ele também está com o cronograma cheio desde que o XOXO começou a promover o segundo *single* do álbum.

Na quarta-feira, o programa do espetáculo é divulgado. Encontro meu nome na lista de solistas e fico com os joelhos bambos.

— Jenny! — Sori grita.

Ela está apontando para a lista das colaborações.

— Conseguimos? — pergunto.

— Conseguimos! — ela grita de novo.

Nos abraçamos e damos pulinhos de alegria. Nosso dueto foi o único aceito. Fico aliviada de ter conseguido o solo, mas o dueto tem gosto de vitória — uma vitória mais doce ainda, porque posso dividi-la com a minha amiga.

— Ai, meu Deus. Precisamos pensar no nosso figurino! — ela diz.

A primeira pessoa para quem dou a notícia é Jaewoo. Uma das vantagens do contrato com a Samsung foi que eles exigiram o último modelo de smartphone para cada um dos membros, pago pela empresa. E, o mais importante: *não* monitorado pelo empresário deles.

Escrevo:

O ritmo das nossas vidas

> **Adivinha?**

Ele responde no mesmo instante:

> Você conseguiu?

> **Sim!**

> Parabéns. Mal posso esperar pela sua apresentação. Você vai arrasar.

> **Você vai anunciar o meu nome, claro.**

Como Jaewoo e Nathaniel já estrearam, eles escolheram não se apresentar e serem os MCs da noite.

> **Jenny Go, a mais incrível violoncelista e namorada do mundo todo.**

> Sim, vou falar assim mesmo. O que vai fazer depois da escola na sexta? Quer fazer alguma coisa?

> **SIM!**

> Me encontra na Joah depois? Vou passar seu nome pro segurança.

Vou ter que cancelar o agendamento da sala de prática, o que é levemente doloroso porque está bem difícil conseguir uma vaga, agora que o espetáculo está a pouco mais de um mês, mas eu mal vi Jaewoo desde o nosso encontro. Uma horinha a menos de estudo não vai me matar.

Pego um táxi para o endereço que Jaewoo me enviou logo depois que a aula acabou na sexta. Não sei o que eu estava esperando ver no prédio da Joah Entertainment, mas ele é bem discreto, com uma fachada industrial cinza-ardósia. Pago o taxista e saio do carro. Enquanto me direciono para a entrada, as jovens perambulando do lado de fora, também de uniforme, me olham com curiosidade.

O segurança da guarita levanta a cabeça quando me aproximo, e depois volta a atenção para o seu laptop, exibindo algum programa de auditório.

Aceno para ele da janela.

— Com licença.

Com um suspiro pesado, ele se levanta da cadeira.

— O que você quer? — ele fala através do vidro.

— Eu...

Será que só digo que vim ver Jaewoo? Tenho certeza de que todas essas garotas na calçada também vieram vê-lo.

— Você...? Fale logo, garota.

— Acho que meu nome está na lista? Jenny Go. J-E-N-N-Y-G-O — soletro.

Fico aliviada ao descobrir que realmente existe uma lista quando ele pega uma prancheta debaixo do laptop. Os nomes estão escritos na vertical, em coreano, e o último é o meu, em inglês. Ele aponta para o papel e eu assinto.

— Diga para quem te chamou aqui para te encontrar no saguão.

— Obrigada. — Faço uma reverência.

Entro no prédio depressa, endireitando os ombros para afastar os olhos invejosos das garotas atrás de mim.

O interior do edifício é muito mais bonito que o exterior. O saguão é espaçoso, iluminado pela luz natural das janelas dos andares de cima. Há uma lanchonete do lado direito da entrada.

— Jenny! — Jaewoo sai correndo do elevador. Ele parece ter acabado de sair do banho, com o cabelo molhado e uma camiseta larga que mostra suas clavículas.

Aperto as mãos nas costas para me impedir de pular nos seus braços. Para quem vê de fora, sou apenas uma colega fazendo uma visita. Por conta da relação entre a AAS e a Joah, visitas como essa são tão comuns que ninguém estranharia minha presença aqui.

— Oi — falo. — Acho que fiz todas as fãs que estão te esperando do lado de fora morrerem de inveja.

— Tem gente lá fora? — Jaewoo olha para as portas. — Preciso pedir pra recepção oferecer água pra elas. Hoje deve ser o dia mais quente do ano.

Sigo-o para o balcão da recepção para que ele faça sua solicitação, e vamos para o elevador.

— Pensei em te mostrar o prédio e depois pedir uma comida — ele diz, apertando o botão. — Está com vontade de comer alguma coisa?

— Hum... — Apoio as costas na parede do elevador. — Quais são as opções?

— Pode escolher qualquer coisa.

Bato um dedo nos lábios.

— Quero um *sundae* com calda dupla, waffle e *jjajangmyeon*.

— Ótimo.

O elevador para no terceiro andar e abre a porta. Um pequeno saguão dá acesso a um grande estúdio de dança com espelhos do chão ao teto. A parede dos fundos estampa o logotipo da empresa: Joah Entertainment.

— Já vi essa sala antes nos seus vídeos de dança.

— Você assiste?

— Você é meu namorado. Vejo todos os seus vídeos, até aqueles em que os fãs listam as evidências de que você e Nathaniel são um casal.

— Que constrangedor. E eu achando que estávamos sendo discretos.

Visitamos salas parecidas com essa no mesmo andar, só que menores. Algumas estão ocupadas por jovens suados de idades entre treze e dezesseis anos. Quando Jaewoo e eu entramos, eles param e fazem uma reverência, chamando-o de *"seonbae"*.

Eles também fazem reverências para mim, e eu imito Jaewoo, assentindo educadamente.

— *Trainees* — ele explica.

Depois, descemos um lance de escadas até o segundo andar, onde ele me mostra uma sala de reunião com uma longa mesa. A última parada é o estúdio de gravação. Jaewoo sai para pedir nossa comida e volta logo. O estúdio é bem pequeno, com um sofá de couro e uma mesa baixa. A maior parte da sala é ocupada por um painel de controle em frente a uma sala separada por vidro com um microfone de gravação pendendo do teto.

— Quando não estou praticando, geralmente estou aqui, ou na sala ao lado, que tem todos os nossos instrumentos. Logo antes da turnê do verão, vamos lançar um álbum especial com algumas faixas novas. Posso te mostrar um *sample* de uma delas, se quiser.

— Eu *adoraria* ouvir! — falo, e ele sorri.

Ele se senta em uma das enormes cadeiras diante do painel de controle e eu me acomodo ao seu lado, virando-me para ele.

— Aqui — ele diz, me entregando fones com cancelamento de ruído. Ele mexe em alguns botões do painel e então a música preenche meus ouvidos.

Reconheço as notas graves e belas de um violoncelo. Olho para ele e ele assente, sorrindo. O violoncelo logo é acompanhado por toda uma orquestra; violinos tocam um poderoso acorde e uma guitarra elétrica entra ao mesmo tempo que a bateria. Meu corpo inteiro estremece, e essa é só a introdução. Depois, fica melhor ainda.

A música é brilhante. Quando os vocais forem acrescentados, vai ser disruptiva, e só posso imaginar quão incrível vai ser a coreografia.

O *sample* chega ao fim, e eu tiro os fones.

— Amei — declaro.

— Mesmo? Que bom saber disso. É meio diferente do que normalmente fazemos. Acho que é porque cada um teve uma parte na criação dela. Sun compôs a melodia, eu estou escrevendo a letra e Youngmin, o rap, enquanto Nathaniel está trabalhando na coreografia. Incluímos as referências de rock de Sun, o amor de Nathaniel e Youngmin pelo k-pop dos anos 1990, e o meu experimentalismo com a mistura de gêneros. É coisa demais em uma música, mas...

— Ficou maravilhoso.

Jaewoo morde o lábio.

— Você acha mesmo?

— Sim! Já está ótima assim. Queria que você pudesse sentir o que eu estou sentindo agora. Estou impressionada. Meu coração está acelerado. Mal posso esperar pra ver como vai ficar quando você acrescentar a letra.

— Ainda estou escrevendo.

— Posso dar uma olhadinha?

Ele dá risada.

— Acho que prefiro esperar um pouco até terminarmos a música e você poder ter a experiência completa. Você vai ser uma das primeiras pessoas a ouvir, prometo.

Normalmente, eu ficaria feliz com isso, mas minha mente volta para o que ele disse antes, que o álbum vai ser lançado *logo antes da turnê do verão*. Será que estarei aqui para ouvir? Ando tão ocupada com os ensaios, e vai ficar pior quando nos aproximarmos do espetáculo. E agora ele tem que se preparar não só para um álbum especial, mas também para uma turnê? Como vamos ter tempo para ficar juntos?

— Pra ser sincero — Jaewoo fala, mexendo no painel de controle —, fiquei um pouco preocupado, já que foi ideia minha incluir uma música assim. Estava com medo de ter escolhido a direção errada pro grupo, mas... — Ele me encara. — Confio na sua opinião. Se gostou da música, fico mais seguro de estar fazendo a coisa certa.

Respiro fundo, tomada por uma avalanche de emoções. Quero estar ao lado dele quando ele precisar de apoio, e quero testemunhar mais momentos como esse, com ele prestes a fazer algo genial.

Assim como quero que ele esteja ao *meu* lado, nos meus altos e baixos, sejam quais forem.

Mas como vamos conseguir, se moramos em países diferentes? Quando buscamos sonhos tão diferentes, ele como *idol* em um grupo que vai se tornar mundialmente famoso, e eu como violoncelista de orquestra? Aliás, não sei nem se vou conquistar esse sonho, já que estou deixando meus estudos de lado para ficar com ele.

— Onde é o banheiro? — pergunto abruptamente.

Ele pisca, se recostando na cadeira. Ele estava inclinado para a frente, como se não pudesse evitar se aproximar de mim, mesmo com as câmeras na sala.

— No final do corredor à esquerda.

— Já volto.

Giro a cadeira e fico de pé em um pulo, seguindo as orientações dele.

No banheiro, lavo o rosto e fico olhando para o meu reflexo com uma expressão vazia.

O que há de errado comigo? Por que estou desse jeito?

Acho que só estou me sentindo cada vez *mais* apaixonada por Jaewoo, ao mesmo tempo que já estou em contagem regressiva para o espetáculo, para a cirurgia de *halmeoni* e para a minha partida da Coreia.

Quando volto, Jaewoo não está mais na sala. Em vez dele, é Sun quem está no sofá de couro.

Hesito, sem saber se devo sair.

— Por que está parada aí na porta? Entre, sente-se — ele fala em *jondaemal*, de maneira formal, mas seu tom é mais imperativo que um convite.

Sento-me em uma das cadeiras giratórias na frente dele.

— Jaewoo desceu para pegar a comida — ele fala.

Assinto, colocando as mãos nos joelhos. Um silêncio se segue, e ele só fica me olhando com uma expressão que não consigo ler. De todos os membros do grupo, ele é o que conheço menos.

— Meu nome é Jenny — digo, me esforçando para preencher o silêncio. — Nunca nos apresentamos. Sou colega do Jaewoo.

— Jaewoo nunca trouxe nenhuma colega aqui. Você deve ser importante pra ele.

Em geral, palavras gentis como essa deveriam ser acompanhadas por um sorriso, mas a expressão de Sun continua neutra.

— Ele é um bom amigo — falo, cautelosa. — Vim transferida para a AAS de uma escola em Los Angeles por causa de uma situação familiar. Teria sido muito difícil me adaptar na escola nova se não fosse por ele.

— Jaewoo é um bom garoto. Responsável, bondoso, além de incrivelmente talentoso.

Assinto vigorosamente.

— Ele significa muito para muitas pessoas — Sun prossegue —, não só para a família dele, claro, mas para todos aqui na Joah. Ele começou como *trainee* quando tinha doze anos. Tem sido difícil para ele ficar longe da família por todos esses anos. Mas ele seguiu trabalhando duro. Ele passava horas no estúdio treinando corpo e voz. Tudo o que ele tem agora é devido a esforço e dedicação. Ele conquistou um bom espaço, e seu talento só vai lhe trazer mais oportunidades, mais fãs para apoiá-lo. Ele tem um futuro brilhante pela frente. Seria uma pena se ele perdesse tudo agora. O que pode acontecer, se ele não tomar cuidado. Um único erro seria suficiente.

Mal consigo respirar. É como se meu corpo inteiro tivesse congelado.

— Alguns meses na Coreia... — Sun diz. — Que divertido para você, que aventura. Você vai levar boas memórias quando voltar para casa.

Ele fica de pé e acena a cabeça para mim.

— A gente deveria ter gravado um programa de rádio hoje, sabia? Mas tivemos que cancelar porque Jaewoo disse que não poderia ir. Que estranho ele ter desistido de algo que agendamos semanas atrás. Preciso pedir desculpas em nome do grupo. Claro que isto faz parte do meu trabalho como líder, tenho que proteger os membros. E eu sempre vou protegê-los, mesmo que deles mesmos.

***

Quando Jaewoo volta, Sun já saiu. Sigo-o para a cozinha, onde ele dispôs a comida na mesa. Ele pediu tudo o que eu queria: *jjajangmyeon, sundae* de chocolate e waffles de café da manhã e de sobremesa, já que não sabia qual tipo eu queria.

Alguns *trainees* se juntam a nós. Ouço-os, dou risada e finjo que está tudo bem.

Depois, Jaewoo me acompanha até o saguão.

— Obrigado pela companhia hoje. Adorei te ver. Desculpe por não estar tão presente...

— Jaewoo — interrompo-o, com as palavras de Sun ainda ressoando na minha mente. — Não quero que você... dispense oportunidades por pensar, sei lá, que não está sendo um bom namorado.

— Do que está falando?

— Tipo hoje. Você devia ter gravado um programa de rádio.

Ele franze o cenho.

— Como você sabe disso?

— Eu só não quero que você... coloque sua carreira em risco por minha causa.

— O que você está... Isso não tem...

Ele pega minha mão, mas a solta depressa ao perceber o que está fazendo. Do outro lado do saguão, as recepcionistas nos observam. Vejo frustração em seu rosto.

— Não sei por que você está falando assim, mas não precisa se preocupar com a minha... carreira. Sei o que estou fazendo. Sei o que quero.

Meu coração está acelerado, e estou à beira das lágrimas.

— Te escrevo quando chegar no dormitório, está bem?

Ele me encara por um segundo, então finalmente assente.

— Tudo bem.

Saio antes que ele fale alguma coisa, pego um táxi e choro o caminho todo.

Trinta e quatro

Depois de tomar um banho longo e quente, mando uma mensagem para Jaewoo a caminho do meu quarto.

> Desculpe por ter saído daquele jeito. Me diverti muito com você hoje.

Ele responde imediatamente:

> Não se preocupe. Obrigado por avisar que chegou bem.

Nas semanas seguintes, Jaewoo fica mais atencioso que o normal, escrevendo sempre para saber como estou e me ligando de noite. Tento esquecer o que Sun me falou, mas continuo preocupada de pensar que Jaewoo está estragando as oportunidades que surgem para ele por minha causa. Também cancelei algumas horas de prática para ficar com ele. É só que, com o espetáculo e a agenda dele, é como se eu tivesse que escolher entre Jaewoo e meu futuro. Estou exausta.

Como minha professora de violoncelo da escola precisa dividir sua atenção com outros alunos, marco uma aula particular com Eunbi por videochamada. Toco o meu solo para ela — "Vocalise", do compositor russo Sergei Rachmaninoff —, e ouço atentamente suas correções e comentários sobre o que preciso aprimorar.

Quando a aula está acabando, ela diz:

— Antes de você ir, queria te falar de um e-mail que chegou esta manhã. A Filarmônica de Los Angeles está interessada em ter solistas de escolas locais. A audição é só para convidados, e todos os professores da área foram avisados. Vai ser no último sábado de junho.

É uma semana depois do espetáculo.

— Estava querendo te inscrever — Eunbi diz, claramente animada atrás da tela. — Acho mesmo que você deveria tentar. É uma grande oportunidade. Jenny, aconteceu alguma coisa?

— Não, eu... — Me obrigo a sorrir. — Obrigada por me avisar. Posso pensar um pouco?

No jantar, Sori e Angela notam minha falta de apetite.

— O que houve, Jenny? — Angela pergunta. — *Tteok-bokki* é a sua comida favorita.

Estamos no restaurante do lado da AAS, compartilhando o bolinho picante de arroz.

Quando conto o que Eunbi disse, elas ficam em silêncio por um tempo. Então Sori pergunta:

— Você vai tentar?

— Eu teria que ir embora de Seul um mês antes.

— Mas é, tipo, uma oportunidade única.

— Eu não preciso audicionar para a Filarmônica se for bem no espetáculo.

Só que não é a mesma coisa. O solo do espetáculo vai ser ótimo para o meu currículo, mas uma vaga na Filarmônica de Los Angeles para o verão todo não se compara. É *mesmo* uma oportunidade única.

— É por causa do Jaewoo? — Angela pergunta baixinho.

Sei o que ela está perguntando: É porque não quero deixá-lo?

Algumas semanas atrás, eu falei para ele que não queria que ele perdesse oportunidades por minha causa. Será que isso não deveria valer também para mim mesma?

Suspiro e pego a carteira para pagar.

— O que é isso? — Angela pergunta.

Uma pontinha de plástico está escapando de um dos bolsos internos da carteira.

Pego a foto que tirei com Jaewoo na cabine em novembro. Coloco-a no meio da mesa e Angela e Sori se aproximam para observá-la.

— Ah, meu Deus, é você e o Jaewoo! — Angela exclama.

— Onde vocês tiraram? — Sori pergunta.

— Em Los Angeles.

— E você a guarda na carteira? — Angela sorri. — Que fofo!

— *Emo!* — alguém grita atrás de nós, chamando a funcionária do restaurante.

Assustada, levanto a cabeça e vejo Jina e um amigo sentados duas mesas abaixo de nós. Estava tão perdida em pensamentos que não prestei atenção no que estava acontecendo à minha volta.

Se Jina ouviu nossa conversa, não demonstra, e pede uma travessa de *tteok-bokki* para a sua mesa.

— Jaewoo também tem essa foto? — Angela pergunta. — Elas não são impressas em pares?

— A impressora da máquina quebrou na hora de imprimir as nossas, então só eu tenho uma. O que me lembra que preciso mandar outra foto pra ele.

Aponto a câmera para a foto. Quando vou capturá-la, uma mensagem aparece.

> Está livre? Estou estacionado atrás da biblioteca.

— É o Jaewoo — falo, pegando a foto da mesa e enfiando-a no bolso. — Não esperava vê-lo essa semana. Ele anda tão ocupado...

— Você esqueceu? — Sori pergunta. — Reservei uma das salas de prática pra gente ensaiar.

Droga. Esqueci.

— Podemos remarcar?

— Está falando sério? Você sabe que é impossível conseguir uma vaga.

— Não fique brava, Sori-yah — Angela intercede. — Jenny mal tem tempo de ficar com Jaewoo.

— Meu Deus, isso me lembra tanto como era quando eu estava com Nathaniel. Você não vive em função dele, sabia? Não precisa largar tudo só porque ele apareceu.

— É ele quem tem a agenda cheia — falo, na defensiva.

— *Você* também tem. A gente precisa ensaiar, senão não vamos conseguir nos preparar pro espetáculo. Você disse que queria apresentar algo incrível para compor o seu currículo. Vai mesmo comprometer o seu futuro por um garoto que nunca, e eu digo *nunca*, te coloca em primeiro lugar?

A voz de Sori vacila na última frase, e ela não desvia os olhos dos meus. Sei que parte de sua frustração é porque ela se preocupa comigo, mas outra parte é pelo que aconteceu com Nathaniel.

— Está tudo bem — Angela fala baixinho. — Quando é que você vai ter outra chance? Você devia ir, sim. Cada momento com ele é precioso.

Lanço a Sori um olhar de desculpas e me levanto da mesa.

A culpa por abandonar Sori me corrói conforme atravesso os portões da escola correndo e cruzo o pátio na direção da biblioteca. Ela não está errada. Eu *devia* estar ensaiando para o espetáculo, já que essa apresentação pode fazer meu portfólio se destacar dos outros candidatos que vão se inscrever para as faculdades de música no ano que vem. É nisto que eu deveria estar me concentrando: no próximo ano, no meu futuro, e não *neste momento*, correndo para um garoto que eu sei que nunca vai poder ser meu. Mas não consigo evitar. A gente quase nunca consegue se ver, e depois do espetáculo só vou ter mais um mês em Seul. Preciso aproveitar cada minuto que tivermos juntos.

Encontro o carro de Jaewoo no local que ele descreveu, parado no meio-fio da rua atrás da biblioteca. A porta do passageiro está destrancada e eu entro. Ele já está virado para mim, com um sorriso caloroso no rosto. Eu me inclino no console e o beijo profundamente nos lábios.

Ele dá risada quando nos afastamos.

— Também estou feliz de te ver.

— Quanto tempo temos?

Ele faz uma careta.

— Não muito. Vamos gravar um episódio de *Prenda-me se for capaz* este fim de semana. Já gravamos as partes de Seul, mas vamos sair logo pra gravar o resto. Se eu sair em meia hora, acho que chego a tempo.

Uma van de entregas passa perto de nós na rua, buzinando para alguns alunos imprudentes.

— Acha que estamos expostos demais aqui? — pergunto.

— Acho que sim. — Ele dá a partida e percorremos algumas ruas laterais. Ele deixa o carro em um pequeno estacionamento e pega um boné no banco de trás.

A rua da garagem está vazia, mas alguns estabelecimentos estão abertos: uma casa de frango, uma loja de cosméticos e três karaokês com placas neon.

Jaewoo e eu nos entreolhamos, claramente tendo a mesma ideia.

Escolhemos qualquer um e descemos uma escadaria para o porão do prédio. O lugar tem metade do tamanho do karaokê do tio Jay, com seis salas pequenas de ambos os lados do corredor mal iluminado, supervisionadas por uma mulher que lembra uma bruxa, sentada em um banquinho baixo assistindo a um k-drama.

Ela estreita os olhos para nós quando Jaewoo lhe entrega o dinheiro, pagando pela hora apesar de termos menos de trinta minutos.

Quando entramos na sala, ele tira o boné e pega o controle para adicionar algumas músicas na fila. Olho para a porta, que tem uma janelinha decrépita pelo tempo e pela sujeira. Então a música começa, e não sei quem se mexe primeiro, mas de repente estamos nos braços um do outro, nos beijando como se não houvesse amanhã. Acerto a parte de trás dos joelhos na ponta do assento, e nos separamos apenas para que eu me ajeite no couro falso. Então Jaewoo sobe em cima de mim.

Ele se inclina para trás e me observa atentamente para ver se estou bem.

Assinto de leve, dobrando o braço para agarrar seu antebraço. Seus músculos estão tensos, pois ele está tentando não me sobrecarregar com o seu peso. Fecho os olhos quando seus lábios macios, gentis e dolorosamente doces tocam os meus. Toda a minha apreensão e nervosismo se derretem com o beijo.

O aparelho avança para a próxima música conforme eu o beijo de volta, um pouco mais ávida, envolvendo seu pescoço com os braços, apertando sua cintura com as pernas. Suas mãos estão tremendo quando ele desabotoa minha camisa, e eu solto a camisa dele do cós da calça.

No instante em que seus dedos tocam minhas costelas, dou um suspiro, e ele me olha.

— Está tudo bem?

Nunca chegamos tão longe, e apesar de estar nervosa, a resposta é sim. Abraço-o.

— Sim.

Só paramos ao perceber que a sala está silenciosa, pois as músicas que ele colocou na fila já tocaram.

Olho para o monitor e vejo que já se passaram 29 minutos.

— Precisamos ir — digo, me sentando. Meu rosto está todo vermelho. Assim como o dele.

— Posso me atrasar — ele fala, resmungando. — Vou me atrasar.

Me levanto.

— *Eu* não quero que você se atrase. E... quero mais tempo pra gente fazer isto — falo, corada.

— É. — Ele fica de pé e diz, com um sorriso torto: — Eu também.

Ajeitamos a roupa um do outro. Ele abotoa a minha camisa e eu arrumo o cabelo dele e coloco o boné na sua cabeça, virando a aba para a frente para esconder seus olhos.

Do lado de fora, a supervisora do karaokê nos observa atentamente, mas acho que passamos no teste, porque ela não fala nada.

Cinco minutos mais tarde, Jaewoo me deixa no dormitório.

Vou para o quarto e vejo que Sori ainda não voltou. Tento fazer a lição de história, mas não consigo me concentrar, repassando os momentos com Jaewoo sem parar.

Quando ela finalmente chega, não diz uma palavra, se senta na escrivaninha e coloca os fones de ouvido.

Quero conversar com ela para entender o que aconteceu, mas ela está emanando uma energia assustadora. Às dez, ela se levanta e apaga a luz. E dorme virada para a parede.

Trinta e cinco

Nas semanas seguintes, me dedico aos preparativos para o espetáculo, incluindo ensaios extras com a orquestra e várias horas com Sori. Estamos tentando aprimorar nosso dueto. Já trabalhamos em todos os aspectos técnicos da peça, mas, quando nossos orientadores — o diretor da minha orquestra e o professor de dança dela — avaliaram nossa performance, ambos disseram a mesma inegável verdade: não estamos em sintonia. O que não é nenhuma surpresa. É bem difícil encontrarmos alguma sintonia quando não estamos nos falando.

No último sábado antes do espetáculo, estou atravessando o pátio quando uma voz familiar chama o meu nome.

Viro-me.

— Mãe? — Levo um tempo para entender que ela está mesmo aqui no campus. Em todos esses três meses e meio de AAS, ela nunca me visitou. Sei que ela anda ocupada, mas queria que ela tivesse me visitado pelo menos uma vez.

Bem, ela está aqui agora. Caminho até ela, sorrindo.

— Quando você chegou? Devia ter me avisado que vinha.

— Jenny, precisamos conversar. — Sinto meu coração na garganta. — Tem algum lugar calmo onde podemos nos sentar?

— Tem umas mesas do lado de fora da biblioteca. — Levo-a até uma mesa de frente para o pátio, na sombra de uma grande árvore. — Eu geralmente fico aqui quando tenho horário dedicado a estudos, especialmente agora que está mais quente.

Ela se senta na ponta do banco circular.

— Quer que eu pegue alguma coisa? Tem uma máquina de café...

— Por que não me contou sobre a Filarmônica?

Fico pálida. Eunbi deve ter falado com ela. Eu não comentei porque estava esperando me sair tão bem no espetáculo que eu não *precisaria* da Filarmônica. E eu poderia passar mais um mês em Seul, como planejado.

Minha mãe me encara, esperando uma resposta.

— Não achei que fosse possível — minto. — A escola só termina daqui a um mês.

— É porque você tem um namorado?

Devo parecer surpresa, porque ela diz:

— Sua *halmeoni* deixou escapar sem querer. — Ela fica de pé, abanando a sujeira imaginária da saia. — Já falei com os seus professores da AAS, e eles disseram que você pode fazer as provas finais on-line. Assim que você entregar seus trabalhos de inglês e história, você vai ter cumprido todos os requisitos da Escola de Artes do Condado de Los Angeles. Você pode ir embora de Seul na semana que vem, a tempo da audição da Filarmônica.

Semana que vem?

— Mas... mas e o espetáculo?

— É na próxima sexta, não é? Seu voo de volta é no domingo.

Fico olhando-a boquiaberta.

— Você já comprou as passagens?

— Já. Você vai se apresentar no espetáculo, pois Eunbi acha que será decisivo para o seu portfólio, e depois vai embora, como eu expliquei.

Não acredito que isso está acontecendo. Hoje é sábado. Só tenho mais uma semana na Coreia.

— Eu não posso simplesmente *ir embora*. *Halmeoni* ainda nem fez a cirurgia.

— Não use isso como desculpa — ela fala severamente. — Ela é minha mãe, não sua.

— Então por que não passa mais tempo com ela? — Penso na tristeza que vi em *halmeoni* das últimas vezes que a visitei. — Ela está sentindo a sua falta.

Eu sinto a sua falta.

— Não vim discutir com você. Vim comunicar os nossos planos.

— Você veio me comunicar os *seus* planos pra mim. — Estou me sentindo tão confusa que levanto a voz. Minha mãe olha em volta, fazendo cara feia para a atenção que estamos recebendo. — Você nem me perguntou o que eu quero.

— O que você quer?

— Quero ficar na Coreia.

Ela estreita os olhos.

— Por causa do seu namorado?

— Porque eu amo esse lugar. Tenho uma vida aqui. Amigos. — *Família*. Mas não digo isso.

— Jenny... — Minha mãe suspira, parecendo genuinamente cansada. — Não comprometa seu futuro por causa de uns poucos e maravilhosos meses em Seul. Entendo que novas experiências são empolgantes, mas elas são temporárias. Não torne os momentos efêmeros mais importantes que seus objetivos de longo prazo. Sei que você está infeliz agora, mas, quando voltar para Los Angeles, vai ver que foi o melhor.

***

Corro até o quarto e ligo para Jaewoo assim que minha mãe vai embora.

Ele não atende, então mando uma mensagem:

> Onde você está? Preciso falar com você.

Ele responde imediatamente, o que significa que viu minha chamada, mas não pôde atender:

> Desculpa, tenho uma gravação daqui a pouco. Te ligo mais tarde.

Às seis, escrevo:

> Quando você vai me ligar?

Às sete, ele responde:

> Desculpa. Estamos sendo empurrados pra outro evento. Posso te ligar quando acabar, mas talvez fique tarde.

> Certo. Tudo bem.

Não quero que ele fique preocupado. Mesmo assim, enquanto mando a mensagem, sinto as lágrimas se acumulando no canto do olho.

Às oito, ouço alguém digitando o código da fechadura eletrônica e a porta se abrindo. A luz do corredor invade o cômodo, e vejo o contorno de Sori.

— Jenny? — ela fala, acendendo a lâmpada. — Por que está aí no escuro?

Quando ela me vê, larga a mochila no chão e corre para se sentar comigo na cama. Ela me envolve em seus braços como se não tivesse passado semanas me dando um gelo, como se nada disso importasse mais.

— Desculpa. Tenho sido infantil. Isso deve ser tão difícil pra você. Foi difícil pra mim e pro Nathaniel também, mas eu já sabia o que esperar.

Ela acha que estou chorando por Jaewoo — o que é parcialmente verdade, mas não é tudo.

Ela me afasta com gentileza e me olha nos olhos.

— Precisamos te tirar deste quarto.

Assinto. Neste momento, eu faria qualquer coisa para parar de sentir o que estou sentindo.

— O que acha de ir a um show de k-pop?

* * *

Será que é traição ir a um show de um grupo que não o do seu namorado?

Eu nunca imaginei me fazer essa pergunta. E aqui estou eu, diante de uma casa de concertos, olhando para o pôster de nove garotos bonitos.

O grupo se chama 95D, ou 95 the Dream, que aparentemente significa 9 High-Five the Dream.

— Já vi eles na EBC. Eles estavam no saguão.

— Algum deles chamou sua atenção? — Sori pergunta, séria.

Aponto para o do meio que, de todos os nove, é alguém que eu poderia ver na rua.

— Ele é bem gato.

— Jo Jisoo — ela fala. — Ele era *trainee* da Joah, mas mudou de agência e estreou com o 95D como o mais novo membro. Ele é gato, mas não é o meu favorito. *Esse aqui* é. — Ela aponta para o segundo cara à direita, de cabelo vermelho. — Jun-oppa. Amo ele.

Me viro para ela. Sori sempre está linda, mas hoje caprichou. Ela prendeu o cabelo em um rabo de cavalo alto, que balança conforme ela caminha, e está usando corpete de couro com calça de vinil.

— Você ama ele — repito só para esclarecer. Ela nunca falou isso de Nathaniel, que era seu namorado de verdade.

— Sim, eu amo ele — ela fala com firmeza, como se realmente sentisse isso. E... acho que, quando se é fã de alguém, você sente pra valer.

Jo Jisoo olha para mim como se, com ele, eu realmente pudesse alcançar os meus sonhos. Viro as costas para o pôster.

— Então eu também amo Jisoo.

Quando me volto para Sori, ela assente.

— Certo.

Compramos bastões de luz na lojinha do estádio. Devidamente paramentadas, entramos na arena, que já está lotada. Como Sori teve que mexer uns pauzinhos para conseguir nossos ingressos, nossos "lugares" não são cadeiras, mas acesso para a pista em uma das áreas próximas ao palco. O show ainda não começou, e uma música alta ressoa das caixas de som. Dos dois lados do palco há enormes telões mostrando videoclipes do grupo. Sori agita seu bastão toda vez que o rosto de Jun aparece, mesmo que por um breve segundo.

Às 9h05, as luzes diminuem e a multidão começa a gritar:

— Nive! Five! Dream! Nine! Five! Dream! Nine! Five! Dream!

Dou uma volta no lugar, observando o mar de cores do estádio enquanto as luzes dos bastões sincronizam, mudando de branco para rosa e então para azul-claro.

Em seguida, o palco explode fogo e os nove membros do grupo surgem como num passe de mágica, provavelmente trazidos por um elevador. Reconheço a música que eles apresentaram no *Music Net*. Eles assumem a coreografia e eu me permito ser absorvida pela experiência.

Volto a mim duas horas mais tarde, quando o 95 the Dream toca a última música, retornando ao palco para o bis.

— Foi incrível! — falo para Sori enquanto saímos do estádio para a noite úmida.

Meu coração está acelerado, ainda vibrando com as batidas da música debaixo dos meus pés.

Me aproximo de Sori e confesso:

— Acho que você é a melhor amiga que já tive. Fico tão feliz por dividirmos o quarto.

— Eu também. E também adoro dividir o quarto com você. Vou morrer de saudade quando você voltar pros Estados Unidos.

— Te amo, Sori. Mais que o Jo Jisoo.

— Te amo, Jenny! — Ela faz uma pausa. — Não tanto quanto amo o *oppa*, mas quase.

Trinta e seis

Na manhã do espetáculo, recebo uma mensagem de Jaewoo. Ele passou os últimos dias no Japão e, apesar de nos escrevermos todos os dias, os textos são esporádicos e só coisas curtas como "boa noite".

> Estou voltando agora, mas acho que não vou conseguir chegar na escola antes do início do espetáculo. Se eu não puder te dizer pessoalmente: vai dar tudo certo!

Gi Taek e Angela estão no quarto, porque dormiram aqui: Gi Taek e Angela na cama de Sori, e Sori e eu na minha. Falei para eles que ia embora mais cedo que o previsto e eles grudaram em mim feito cracas.

— Não pode tentar conversar com a sua mãe de novo? — Gi Taek pergunta.

— Você não a conhece. Quando ela acha que tem razão, ninguém pode convencê-la do contrário.

— Qual foi a reação de Jaewoo? — Angela pergunta, enrolando uma das minhas camisetas e entregando-a para Gi Taek, que a guarda com as outras na minha mala.

Não respondo na hora, pegando os livros da minha prateleira e colocando-os em uma caixa. Vou mandá-la junto com as coisas mais pesadas direto para os Estados Unidos.

— Você ainda não contou pra ele, não é? — Gi Taek fala.

— Ele está no Japão. Eu não queria... que ele ficasse preocupado.

O ritmo das nossas vidas

— Jenny, seu namorado precisa saber que você vai embora do país dois dias depois de ele voltar.

— Eu vou contar. Depois do espetáculo. Só não quero estragar a noite.

A fechadura eletrônica da porta faz barulho, e Sori entra com uma sacola de sanduíches do Subway. Ela entrega um para cada um de nós e se senta na escrivaninha, girando a cadeira para mim.

— Kim Jina te falou alguma coisa?

Franzo o cenho. Não penso em Jina há um tempo. Quando nosso grupinho se formou, ela nos deixou em paz. Gente como ela não gosta de alvos difíceis.

— Não, por quê?

— Alguém me disse que ela estava no banheiro falando merda. Não sei direito o quê.

— Por que as garotas sempre fofocam no banheiro? — Gi Taek pergunta, tirando os tomates do seu sanduíche.

— Eu não faço isso — Angela diz. — Uso o banheiro pra fazer outro tipo de merda.

— Angela! — falamos ao mesmo tempo.

— Hum... — Sori bebe seu refrigerante diet no canudo biodegradável enquanto gira a cadeira devagar. — Acho que, se a gente ficar de olho nela e eliminar qualquer boato logo no começo, vai ficar tudo bem.

— Ninguém mexe com a minha Jenny! — Angela grita, abrindo a minha gaveta de roupa íntima.

— Angela, não precisa dobrar essas — digo.

— Acho que essa é a vantagem de voltar pros Estados Unidos — Gi Taek pensa em voz alta. — Você não vai precisar mais encanar se vai sair na primeira página do *Bulletin*.

Damos uma risada desconfortável e Sori balança a cabeça.

— Tenho certeza de que vai ficar tudo bem.

* * *

Uma hora antes do espetáculo, visto meu macacão preto. É minha roupa favorita para usar em apresentações que exigem figurino preto. As calças largas combinadas com salto parecem uma saia quando ando. E o mais importante é que não tenho que me preocupar em não mostrar a calcinha com o violoncelo entre os joelhos. Gosto de usar só um acessório: uma fita vermelha, presente do meu pai. Quando eu era pequena, ele costumava prender a fita no meu cabelo, mas hoje a amarro no pulso como se fosse um amuleto.

A orquestra abre o espetáculo, então vou na frente de Sori e dos outros. As portas da sala de concertos já estão abertas para o público, e as pessoas estão atravessando os portões e o pátio. Procuro minha mãe e *halmeoni* na multidão, mas não as vejo.

— *Eonni!*

Uma garota grita do pátio e, apesar de o termo significar apenas "irmã mais velha", viro-me na direção da voz.

A irmã de Jaewoo sai correndo e para de repente na minha frente.

— Joori, oi! — Olho para além dela, e vejo a mãe de Jaewoo se aproximando. Faço uma reverência. — Que legal que vieram ver Jaewoo.

— Viemos ver Jaewoo... mas você também! — Joori grita. — Jaewoo disse que você vai tocar três vezes! — Ela mostra o programa, que realmente apresenta meu nome três vezes: na orquestra, ao lado do nome de Sori, e como solista, no final.

— Seus pais estão aqui? — a mãe de Jaewoo pergunta.

— Somos só minha mãe e eu. Ela deve chegar logo, se é que já não está lá dentro. Ela vai trazer minha *halmeoni*.

— Ah, sim. Jaewoo disse que vocês são próximas.

— Sim. — Sorrio. — Ela vai fazer uma cirurgia em breve.

— Que ótimo! A sua mãe deve estar aliviada.

— Eu... É. — Não tinha pensado nisso.

Pensei em como minha *halmeoni* se sente em relação à minha mãe, e sei como eu me sinto, mas nunca considerei como *ela se sente*. É que ela nunca parece ter sentimentos, o que é um pouco injusto da minha parte. Ela também é filha.

Talvez eu *possa* convencê-la a me deixar ficar na Coreia por mais um mês. Não tentei porque sabia como ela ia reagir. Mas talvez seja diferente se eu falar com honestidade sobre o que eu sinto — que nunca estive tão feliz na vida, me sinto mais jovem, uma pessoa e uma violoncelista melhor.

Estou decidida. Depois do espetáculo, vou conversar com ela.

Abro um sorriso largo e faço uma reverência para a mãe de Jaewoo.

— Vejo vocês lá dentro!

Elas sorriem de volta e se despedem.

O ritmo das nossas vidas

Atrás do auditório, os estudantes estão levando os instrumentos para os fundos. Encontro Nora, que vai dividir a partitura comigo. Ela trouxe meu violoncelo junto com o dela.

— Obrigada — falo, pegando o instrumento.

Nós entramos, subindo no palco pela ala direita; os assistentes já posicionaram as cadeiras e os suportes de partitura em um semicírculo, com o pódio do maestro na frente.

Nos acomodamos em nossos lugares, e o maestro pede para o primeiro oboé tocar uma nota lá, e todos afinamos nossos instrumentos com o dela.

É possível ouvir o burburinho da plateia falando em voz alta atrás das cortinas fechadas.

Pela centésima vez, Nora estende a mão para mexer na partitura. Então tudo fica em silêncio. Todos se sentam mais eretos. A cortina se abre e Jaewoo e Nathaniel entram no palco.

Tenho que ficar de olho no maestro, mas não consigo evitar espiar Jaewoo. Ele está vestindo um terno com um caimento perfeito no seu corpo magro, com uma gravata fina e clássicos sapatos de couro preto. Ele deixou seu cabelo crescer nas últimas semanas, e embora esteja quase todo penteado para trás, uma mecha balança levemente sobre seus olhos.

— Jenny — Nora sibila. Desvio o olhar de Jaewoo e foco no maestro, que está batendo levemente sua batuta contra o pódio.

Atrás dele, Nathaniel e Jaewoo começam o discurso, dando as boas--vindas à plateia e destacando alguns nomes entre as pessoas que vão se apresentar. Quando eles mencionam Nora, ela se levanta e faz uma reverência para a multidão. Eles estão lendo o texto em um teleprompter, mas suas brincadeiras e sua leveza parecem naturais, e o público dá risada nos momentos apropriados.

— E agora... a Orquestra Sinfônica da Academia de Artes de Seul vai tocar "O pássaro de fogo" de Stravinsky — Nathaniel diz.

O maestro levanta a batuta, e Nora e eu levamos nossos arcos às cordas.

* * *

Vinte minutos mais tarde, saio correndo do palco. Tenho meia hora até minha próxima apresentação, e preciso trocar de roupa e fazer o cabelo e a maquiagem.

Encontro Sori no corredor, que trouxe a minha roupa.

— Fiquei assistindo no fundo da plateia, você foi incrível.

— Era uma orquestra, você não conseguiria me ouvir.

— Não, você foi mesmo incrível. Aceite meu elogio. — Ela me entrega a roupa. — Faltam vinte e seis minutos cravados.

Disparamos para o banheiro. Nem nos damos ao trabalho de entrar na cabine, e nos trocamos ao lado das pias mesmo. Ela está usando o figurino por baixo das roupas, então só precisa tirá-las com um floreio de mágico. Em seguida, ela me ajuda com o meu vestido de gala que ela pediu ao estilista da Joah para conseguir com a empresa. Enquanto a saia se abre até o chão, a parte superior é bem ajustada ao meu peito, deixando meus braços e ombros nus. Ela cuidadosamente junta todo o meu cabelo e o prende em um coque de bailarina combinando com o dela. Cada uma faz a própria maquiagem e nos viramos para o espelho, lado a lado, eu no meu vestido de gala vermelho com strass enfeitando a saia, ela em um collant vermelho com uma saia transparente, também enfeitada com strass.

Estamos lindas de verdade.

Sori levanta o braço devagar com o celular na mão e tira uma foto do espelho.

***

Nos apresentamos no palco cinco minutos antes da hora. Pego meu violoncelo e afino-o rapidamente antes de seguir para a ala esquerda.

Quando o trio de violino diante de nós termina e aplausos entusiasmados se seguem, as luzes diminuem e um assistente de palco sobe para colocar uma cadeira e um suporte de partitura no lado esquerdo. Os aplausos silenciam conforme me aproximo, com uma mão no violoncelo e a outra segurando a saia para evitar tropeçar.

Eu me sento, ajeito o vestido e coloco o violoncelo entre os joelhos com cuidado.

— E agora vamos ouvir nosso único dueto do programa — a voz de Nathaniel ressoa, nos apresentando —, em uma colaboração entre duas alunas do terceiro ano. Min Sori cursa especialização em dança e é *trainee* da Joah Entertainment. Ela é campeã nacional de ginástica rítmica, jazz clássico e debate competitivo. Embora pareça friamente bela por fora, por dentro, ela é um balde de marshmallows.

A plateia dá risada. Do lado oposto, vejo alguns professores trocando olhares. Pelo visto, Nathaniel saiu do roteiro.

— Nossa segunda estudante — Jaewoo continua com uma voz firme e calorosa —, Jenny Go, é uma coreana nascida nos Estados Unidos. Transferida da Escola de Artes do Condado de Los Angeles, ela cursa especialização em violoncelo. — Posso ver o teleprompter daqui. O texto se encerra assim, mas ele continua: — Jenny também é uma aluna dedicada, uma neta carinhosa e uma dançarina fenomenal, apesar de ela discordar.

A plateia dá risada, e alguém, provavelmente Gi Taek, solta uma gargalhada.

— Ela planeja se inscrever para as faculdades de música depois daqui, onde vai seguir desenvolvendo seu incrível talento e compartilhando sua música com as pessoas.

Vejo que os professores estão tentando chamar a atenção de Jaewoo, mas ele prossegue, e sua voz ressoa pelo auditório:

— Apesar de seu tempo na AAS ter sido curto, ela deixou uma impressão duradoura em muitos de nós, especialmente naqueles que têm a sorte de tê-la como amiga.

Um holofote suave me ilumina no palco. Desvio os olhos de Jaewoo e respiro fundo. Posiciono a mão esquerda no braço do instrumento e levo o arco às cordas.

Quando começo a tocar, outro foco de luz surge ao meu lado. Pelo murmúrio da plateia, sei que é Sori. Ela se move e salta ao som da música, um arranjo de uma canção famosa de k-pop. É uma mistura dos nossos interesses, uma verdadeira colaboração. Dou tudo de mim na performance, porque ela não é só para mim, mas também para Gi Taek e Angela, cujas amizades significaram o mundo, e para a minha mãe e *halmeoni* ouvindo em algum lugar da plateia, e para o meu pai, que não pôde estar presente, mas está *aqui* comigo.

Também toco para Jaewoo, que não tira os olhos de mim, enquanto todos observam Sori extasiados.

E, por fim, também toco para Sori, que nesses poucos meses se tornou minha melhor amiga.

Quando a música termina, o auditório inteiro explode em aplausos estrondosos.

— Jaewoo? — Nathaniel diz. — Não foi incrível? Tem alguém aí, Jaewoo? Olá, Bae Jaewoo!

— Ah, desculpe — Jaewoo fala, voltando a si, e a multidão dá risada.

Pego meu violoncelo e vou em direção a Sori, caminhando na minha direção. Nos encontramos no meio do palco. Ela pega minha mão, dá um apertão, e nos viramos para fazer uma reverência para a plateia, deixando o rugido dos aplausos nos banhar. Então saímos de mãos dadas, segurando a risada, com a adrenalina correndo em nossas veias.

Seguimos para os bastidores, e assim que coloco o violoncelo no suporte, ela me puxa para um abraço apertado.

— Conseguimos! A gente arrasou!

Abraço-a de volta com toda a minha força.

— Obrigada. Eu não conseguiria sem você.

Ficamos assim por um tempo, e depois ela me solta.

— Você precisa se preparar pro seu solo!

— E você precisa se preparar pra sua apresentação em grupo. — Ela e Angela vão participar de um número de dança contemporânea.

Enquanto me viro para pegar o violoncelo, sinto uma vibração no bolso do vestido. Enfio a mão na saia volumosa e pego o celular.

— Você levou o celular pro palco? — Sori fala, horrorizada.

— Pra ser sincera, coloquei aí só pra fazer graça quando descobri que tinha um bolso no meio da saia, e esqueci totalmente — digo, olhando para o celular. — É uma mensagem da minha mãe.

— Talvez ela queira te parabenizar pela performance.

Abro a mensagem:

> Jenny, me desculpe. Tive que sair mais cedo. Estou no Hospital Severance em Sinchon. Halmeoni teve uma emergência...

Não termino de ler. Seguro a saia e saio correndo pela porta.

Trinta e sete

Atravesso o campus em disparada, tendo dificuldade para correr com a saia volumosa do vestido de gala. Assim que cruzo os portões, vejo um táxi deixando pessoas atrasadas para o espetáculo. Abro a porta do carro e entro. Não trouxe nem a minha carteira, mas o taxista fica com pena quando digo o meu destino: Hospital Severance em Sinchon.

Ele para na frente do hospital e sigo depressa para as portas automáticas. O saguão está caótico, mas todos param para ver a chegada de uma adolescente em um vestido de gala vermelho. Levanto as saias e vou direto para a enfermaria.

— Meu nome é Jenny Go. Vim ver minha avó. Ela foi trazida às pressas para uma cirurgia de emergência.

— Como é o nome dela?

— Kim Na Young.

A enfermeira pega um tablet e fica olhando para a tela.

— Oitavo andar. Os elevadores estão à esquerda depois do balcão.

Nem a espero terminar de falar e me viro, segurando as saias. Enquanto espero o elevador, vejo que há uma chamada no meu celular. Jaewoo. Atendo o telefone bem quando as portas se abrem.

— Jenny? — Jaewoo fala. É difícil ouvi-lo com a música alta no fundo. — Está tudo bem? Aonde você foi?

Antes que eu possa responder, a ligação cai e o elevador para no oitavo andar.

Logo que saio, meu celular notifica uma enxurrada de mensagens, a maioria de Gi Taek:

> Jenny, onde você está?

Digito rapidamente:

> No hospital.

— Go Jenny-ssi? — uma mulher de uniforme verde-água pergunta. — A enfermeira me avisou que você estava subindo.

Guardo o celular no bolso.

— Estou procurando minha *halmeoni*, Kim Na Young. Ela está bem? O que aconteceu? Me disseram para vir imediatamente.

Ela arregala os olhos.

— Ah, sim, ela está bem. Sua *halmeoni* já saiu da cirurgia.

— Ela está... bem?

Meus joelhos amolecem e eu desabo no chão. A enfermeira se agacha ao meu lado, colocando uma mão no meu ombro.

— Pobrezinha, você deve ter ficado preocupada.

Fungo.

— Ela está podendo receber visita? Posso vê-la?

— Sim, sua mãe está com ela.

Ela me ajuda a levantar.

— Quarto 803 — ela diz.

Eu assinto, e dou os últimos passos sozinha. Paro diante da porta ligeiramente aberta. Posso ouvir *halmeoni* e minha mãe falando baixinho lá dentro.

Coloco a mão na maçaneta, mas hesito quando percebo que alguém está soluçando. Levo um tempo para notar que é minha mãe. Ela está... chorando. Nunca mais a vi chorar depois que meu pai morreu.

— A senhora não foi — ela fala. — Eu precisava da senhora, e a senhora não foi.

— *Nae saekki* — minha *halmeoni* diz —, minha querida. *Eomma* sente muito. Eu devia ter estado ao seu lado. Eu errei. Me perdoe, me perdoe.

Minha mãe está chorando copiosamente. Nunca a vi chorar desse jeito.

— A senhora... a senhora não tinha como ir, e eu não a ajudei. Mas tem sido tão difícil, *eomma*. Eu não tinha ninguém.

— Você tem a mim. Você sempre vai ter a mim. E a sua filha, sua linda filha.

— Estou com tanto medo, *eomma*. Quero que Jenny seja forte, mas às vezes acabo a afastando. Só quero protegê-la.

— Assim como eu te protegi? Você sabe que não fiz um bom trabalho. Manter distância das pessoas que você ama não é proteger, Soojung-ah. Só ofereça o seu amor. Confie nela com o seu coração. É tudo o que você pode fazer.

Dou um passo para trás.

Meu celular vibra dentro do bolso pela milésima vez, e eu finalmente o pego. *Por que* meus amigos estão me mandando tantas mensagens? Sei que eles estão preocupados, mas estou *ocupada*.

Gi Taek: Jenny, por que não está atendendo seu celular?

Angela: Você está bem?

Sori: Qual hospital?

Jaewoo: Liguei para a clínica, estou a caminho.

Gi Taek: Jenny, isso é sério. Você está segura?

Franzo o cenho. Do que ele está falando? Então vejo uma sequência de links enviados por cada um deles.

Angela: "NOTÍCIAS DE ÚLTIMA HORA: A namorada secreta do *idol* do k-pop Bae Jaewoo."

Gi Taek: "O escândalo do XOXO Bae Jaewoo."

Sori: "*Bulletin* revela que Bae Jaewoo, do XOXO, está em um relacionamento com uma colega da escola."

Com dedos trêmulos, abro o último link. É o artigo mais lido de um site famoso de fofocas, exibindo uma foto gigante nossa.

Eu esperava ver alguma foto tirada quando saímos em público — na viagem da escola, no shopping ou naquela tarde no *noraebang*. Mas em vez disso...

Vejo a foto que tiramos na cabine de Los Angeles.

Ao contrário da reportagem sobre Nathaniel e Sori, meu rosto não está borrado, mas plenamente visível. Só não está tão nítido por causa da qualidade da imagem.

Meu celular notifica uma mensagem de Jaewoo.

> Cheguei. Onde você está?

Vou até o elevador e aperto o botão para descer. Por sorte, ele não para em nenhum outro andar, e vou direto até o saguão. A porta se abre para o caos. Seguranças estão gritando para uma dúzia de fotógrafos apontando enormes câmeras para a única pessoa parada no meio do saguão.

Jaewoo.

Ele se vira quando a porta do elevador se abre. Quando me vê, ele abaixa o celular que estava segurando na orelha.

Os paparazzi acompanham seu olhar como cães farejando suas presas, avançando. Eles são contidos pelos seguranças do hospital.

Jaewoo caminha rigidamente na minha direção. Ainda está usando o terno do espetáculo, mas sua gravata está frouxa, e seu cabelo, todo bagunçado, como se ele tivesse passado a mão por ele várias vezes.

Ele me puxa para um abraço apertado, que eu devolvo. Atrás de nós, a porta do elevador se fecha, silenciando o barulho do saguão. Ele me solta e pressiona o botão para o último andar.

— Você está bem? — ele pergunta, me encarando. — Como está sua *halmeoni*?

— Ela está bem. Teve que fazer uma cirurgia de emergência, mas correu tudo bem.

Ele suspira de alívio e se apoia na parede.

Os números dos andares vão aumentando conforme vamos subindo. Trinta e cinco. Trinta e seis. Trinta e sete.

— Sinto muito — falo depressa, despejando as palavras. — A foto estava na minha carteira, devo ter derrubado. Fui descuidada. É tudo culpa minha.

— Não é sua culpa — Jaewoo diz. — Nada disso é sua culpa.

O elevador para. Estamos no último andar do hospital. Jaewoo pega minha mão e me leva para as escadas. Subimos um lance e saímos na cobertura.

O ar fresco da noite é agradável. Um vento seco sopra pelo espaço aberto, agitando as mechas de cabelo que se soltaram do meu coque.

Jaewoo tira o terno e solta a gravata, arrancando-a por cima da cabeça.

Ele vai até a borda, protegida por um muro e um corrimão. Me junto a ele, olhando para as vans estacionadas lá embaixo no meio das ambulâncias e de outros veículos.

— Era de se esperar que eles tivessem mais respeito — Jaewoo fala com uma voz amarga.

— Como os paparazzi conseguiram chegar aqui tão rápido?

— Eles estavam esperando na escola e me seguiram assim que eu saí. Quase consegui despistá-los, porque meu taxista pensou que estava em um filme de ação, mas eles nos alcançaram perto do hospital.

Ele levanta os olhos da confusão lá embaixo para me encarar.

— Tem certeza de que está bem?

— Eu... — A resposta não é fácil. Minha mente está toda nublada, minhas emoções são uma confusão... e então me ocorre uma coisa. — Era pra eu ter tocado um solo hoje.

Jaewoo parece abalado.

— Ainda dá tempo.

— Não, não posso. — Eles devem ter pulado a minha apresentação, e as pessoas devem ter lido a reportagem durante o intervalo. O solo representava o meu passaporte para a Escola de Música de Manhattan. Agora, vou *ter* que voltar pros Estados Unidos. A Filarmônica é minha última chance. — Já era.

— Jenny...

— O que vamos fazer agora? — pergunto.

Ele acompanha meus pensamentos, porque responde:

— Minha agência vai publicar uma declaração.

— Eles vão negar, não é? Assim como fizeram com Sori e Nathaniel.

— Eu... não tenho certeza. Mas vou fazer tudo o que puder pra te proteger.

— Não precisa — digo bruscamente.

Proteger. De novo essa palavra. Não quero que as pessoas com quem me importo me protejam, não às custas delas próprias. Jaewoo. Minha mãe.

Ele estava se aproximando de mim, mas parou, e agora me encara com uma expressão de confusão e sofrimento.

— Não quero que me proteja às custas das pessoas que você deveria proteger, como seus colegas de grupo, sua família, você mesmo. Pense naqueles que estiveram com você no passado e que vão continuar com você no futuro.

— Jenny, você *está*...

— Estou indo embora, Jaewoo. Em dois dias. Na verdade, agora menos que isso.

Ele fica em silêncio, então fala baixinho:

— Quando você ia me contar?

De repente, sei o que devo fazer e o que eu estava tentando negar com todas as minhas forças. *Estou* indo embora; se vai ser em dois dias ou daqui um mês, o resultado é o mesmo.

Jaewoo é bom demais. Ele nunca vai terminar comigo, especialmente não depois desse escândalo. Ele vai fazer tudo o que puder para me proteger.

Se tem alguém capaz de fazer o que é melhor para ele — e para mim mesma —, sou eu.

— O que importa? — falo friamente. — A gente teria que terminar mesmo.

Ele estremece.

— Tem certeza?

— Jaewoo, existe um motivo pra gente ter demorado tanto pra ficar junto. Nossas vidas são diferentes demais. Você é famoso, um *idol*, e eu quero ir pra uma faculdade de música em Nova York. — Penso no que minha mãe falou alguns dias atrás. Ela estava certa, eu só não queria ouvir. — Vou voltar pra minha vida. E você devia voltar pra sua.

— Você faz parecer tão fácil — ele fala com dureza.

Agora é a minha vez de estremecer.

— Sinto muito pela foto. Se sua agência puder negar e não houver outra evidência...

— Que droga, alguém devia ter me falado que nosso término seria inevitável desde o começo. Talvez não doesse tanto.

— Jaewoo...

— Não te pedi em namoro pensando que nosso relacionamento terminaria em alguns meses. As pessoas não começam a namorar pensando que vão terminar.

— Não, as pessoas terminam relacionamentos quando sabem que não deveriam nem ter começado.

— Você acha isso?

O que eu quero dizer é: não. Quero lhe dizer que esses dois meses com ele, que esses quatro meses que passei em Seul com os nossos amigos foram maravilhosos.

Mas não vejo saída... Sinto que estou rasgando meu coração para falar essas palavras, mas sei que preciso, porque estou indo embora e é melhor machucá-lo agora que dizer o que realmente quero: que estou apaixonada por ele.

— Acho.

A porta da cobertura se abre.

— Jaewoo. — A silhueta de seu empresário se destaca contra a luz de dentro. — Te procurei em todo lugar. Por que não me atendeu? Está um circo lá embaixo. Os seguranças do hospital vão nos escoltar até os fundos. Precisamos ir.

Quando Ji Seok me nota, ele anuncia:

— É melhor deixá-lo em paz.

Jaewoo pega o terno no chão. Ao passar por mim, ele para. Encaro-o, segurando as lágrimas.

— Queria te falar — ele diz com um último sorriso devastador, embora eu tenha acabado de partir seu coração e o meu — que você estava linda hoje.

Alguns segundos mais tarde, a porta se fecha com um estrondo, e ele se vai.

Trinta e oito

Nos k-dramas, a penúltima cena geralmente envolve perseguição e o abandono de todas as inibições e temores quando a heroína e seu grande amor ficam juntos, e tudo fica bem no mundo.
Mas ninguém vem correndo me parar no aeroporto.
E no domingo entro no avião para voltar para casa.

Trinta e nove

Recebo uma mensagem de Gi Taek às duas da manhã, que são seis da noite na Coreia.

> Ainda chocado por você não ter perfil nas redes sociais
> Se bem que talvez seja uma coisa boa...

Voltei há uma semana, e já teria superado o *jet lag* se não fossem as mensagens no grupo que Gi Taek criou com Angela e Sori no minuto em que pousei em Los Angeles, batizado de DSJ, que significa "Diversão Sem Jenny".

> **Sori:** Eu acabaria com qualquer um que te atacasse nas redes. Eu responderia todos os comentários xingando as pessoas.

> **Gi Taek:** Você só pioraria as coisas.

> **Sori:** Como ousa?

> **Angela (rindo):** ㅋㅋㅋ

Talvez seja pelo fato de eu não estar em nenhuma rede social, mas a repercussão do escândalo não foi tão terrível assim, pelo menos para mim. O fato de ninguém saber a identidade da suposta namorada de Bae Jaewoo também ajudou. A foto divulgada mostra meu rosto, mas meus traços estão desfocados, e eu meio que pareço uma versão alternativa de mim mesma que, quando se libertar da imagem, vai vir me assassinar e tomar o meu lugar.

Quem me conhece sabe que, bem... sou eu. Mas nenhuma informação pessoal minha foi publicada, muito menos meu nome.

Acho que parte é porque sou menor de idade, mas principalmente porque os advogados da Joah estão trabalhando incansavelmente para proteger Jaewoo — e, por extensão, para me proteger.

Na segunda-feira depois do escândalo, enquanto eu me encontrava em algum lugar do Pacífico, a Joah publicou um comunicado afirmando que as vidas privadas dos membros do xoxo eram exatamente isso: privadas. Foi uma posição bastante dura, e eles não admitiram nem negaram nada. Mas a mensagem foi bastante clara: Jaewoo teria o apoio total de sua agência. Fiquei surpresa, pensando que eles negariam tudo, como fizeram com Nathaniel e Sori. Talvez Sori tenha convencido a mãe a estabelecer um novo precedente.

Nas páginas oficiais do xoxo nas redes sociais, Jaewoo publicou um pedido de desculpa pelo inconveniente causado para os funcionários e pacientes do hospital na noite em que a reportagem saiu. Ele não explicou o motivo de sua presença ali, mas se responsabilizou pelo transtorno que pode ter causado. Os comentários de sua postagem foram de apoio, e os fãs condenaram os paparazzi por tê-lo seguido até o hospital, colocando a vida dele em risco na perseguição.

Mas também há alguns comentários hostis de gente dizendo que ele não tem gratidão pelo que tem, que é egoísta por ter prejudicado seu grupo e hipócrita por ter "agido feito um príncipe" mas "se comportado feito um indigente".

Ao ver esses comentários, fico com vontade de encarnar Sori e deixar respostas à altura, mas sei que, no final das contas, isso não vai ajudar.

Sori: As coisas vão se apaziguar. De qualquer forma, a sua fofoca é meio entediante. Viram que Lee Jae Won e Lee Tae Ra estão noivos? Casal Lee-Lee! Sabia que a química deles em Rebel Heart era de verdade.

Angela: Estou tão feliz por eles!!!

Gente, são 2 da manhã aqui. Vou dormir.

> **Angela:** Estamos com saudade!

> Eu também.

Fecho as mensagens, porém, em vez de ir dormir, abro o navegador por força do hábito. Faz apenas uma semana e meus movimentos são mecânicos. Abro os perfis do xoxo em todas as redes sociais para verificar se há alguma atualização, e entro em seus fóruns de fãs para ver suas programações diárias.

Não sei dizer direito, mas, ao que parece, eles continuam tão populares depois do escândalo quanto eram antes, se não mais. Eles divulgaram as datas da turnê "All the World's a Stage", que vai estrear com dois shows em Seul e depois seguir para a Ásia, Europa e terminar nos Estados Unidos.

Eles vão fazer um show em Nova York.

No mesmo dia da minha audição para a Escola de Música de Manhattan, que já está planejada.

Verifico a disponibilidade dos ingressos novamente, mas nada mudou desde a minha última tentativa — eles venderam tudo nas primeiras vinte e quatro horas do lançamento. Os únicos ingressos que restam são de revenda e custam uma fortuna.

Solto um resmungo e fico remexendo no celular. Por que é que estou *procurando* esse ingresso?

Não é como se eu realmente fosse ao show.

Ou talvez eu vá. Vou comprar um assento tão nos fundos que vou precisar de binóculos para ver o palco, e vou ficar só olhando de longe. Me parece um castigo bastante específico e cruel, e eu mereço isso.

Meu celular brilha com uma mensagem, e pego-o depressa, sabendo que não é de Jaewoo, mas ainda assim... na esperança de que seja.

É minha mãe:

> Visitamos o hospital hoje e disseram que halmeoni se recuperou totalmente, o que significa que vou voltar pra casa na data prevista! Me desculpe por tudo. Acho que precisamos ter uma longa conversa quando eu chegar. Te amo, Jenny.

> Também te amo, mãe.

> Por que está acordada ainda? Vá dormir!

Dou risada, largo o celular na cama e fico olhando para o teto. Minha mãe precisou que *halmeoni* enfrentasse uma cirurgia complicada para conseguir se abrir comigo. Ela só ficou um *pouquinho* brava por eu não ter conseguido a vaga na Filarmônica. Ah, e por eu ter me envolvido em um escândalo com um *idol* do k-pop. Por sorte, em vez de descontar em mim, ela ligou pra todos os seus colegas especialistas em leis de privacidade e só sossegou quando viu que a Joah estava cuidando das coisas.

Nossa relação não é a mesma de antes de meu pai morrer, mas estamos conversando, o que é um começo.

Fecho os olhos, sabendo que vou ter dificuldade para dormir, então faço o que venho fazendo desde que voltei da Coreia: abro o aplicativo de música e fico ouvindo o álbum do xoxo sem parar.

A música deles é a única coisa capaz de me calmar e me fazer dormir.

Não sei por que tem sido tão difícil me readaptar.

Talvez seja o *jet lag*. Mais provável que seja saudade mesmo.

***

Uma semana antes de o último ano letivo começar, tio Jay e eu atravessamos o país para que eu visite várias faculdades na Costa Leste. Agendo uma audição em cada uma. Eu podia simplesmente marcar uma videochamada, mas queria muito vir pessoalmente.

Tio Jay generosamente se ofereceu para cobrir os custos da viagem, como um "presente de formatura adiantado". E, como minha mãe está se preparando para pegar um caso grande, foi ele quem me trouxe. Ele disse que não teria problema, porque queria "dar uma olhada na cena do karaokê nos bairros coreanos de Nova York".

— Tenho certeza de que é a mesma coisa de Los Angeles — digo.

— Não, não. Os coreanos da Costa Leste são diferentes.

É o terceiro e último dia da nossa viagem e estamos almoçando em um restaurante com vista para a Times Square. Já visitei as faculdades de Boston e a Julliard esta manhã. A audição para a Escola de Música de Manhattan é em uma hora — e é a audição que vai determinar se vou estudar na escola com a qual venho sonhando a vida toda.

Mas está difícil me concentrar.

O xoxo está aqui.

Em Nova York.

Eles passaram uma semana na Europa e chegaram no Aeroporto Internacional John F. Kennedy em algum momento das últimas vinte e quatro horas. Sei disso porque sigo uma das dançarinas do grupo e ela está sempre atualizando seu status. É assim que os fãs conseguem localizar os garotos.

— Por que não está comendo? — tio Jay me pergunta, dando batidinhas na minha bandeja de hambúrguer e fritas. — Está tão nervosa assim? Não precisa se preocupar. Você arrasou nas audições das outras escolas.

Ele está certo. Já até recebi uma aprovação verbal da Berklee.

— Não estou nervosa — falo, olhando pela janela, de onde posso ver centenas de pessoas caminhando para um cruzamento movimentado, com anúncios publicitários brilhando acima delas mesmo à luz do dia.

Um deles chama minha atenção. É uma propaganda da Broadway divulgando seu mais novo musical. Tio Jay e eu não tivemos tempo de ver nenhum, mas, *quando* eu voltar para Nova York, vai ser a primeira coisa que vou fazer.

Então a propaganda muda para um comercial. Alguns pedestres param para assistir: xoxo apresenta a turnê "All the World's a Stage" esta noite no Madison Square Garden. Abertura dos portões às 7.

— Não é aquele garoto que você namorou?

— Tio Jay! — sibilo, olhando ao redor depressa, mas ninguém está prestando atenção em nós.

— Ele está aqui nos Estados Unidos?

— Ele tem um show no Madison Square Garden.

Tio Jay assobia.

— Nossa. Vocês realmente se conheceram no meu karaokê? Eu devia ter pedido pra ele assinar alguma coisa. Teria sido ótimo pra atrair clientes.

— A gente se conheceu na noite em que você me disse pra viver um pouco.

— O quê? — Tio Jay tem a audácia de parecer ofendido. — Eu nunca diria isso.

— Essa frase foi literalmente o gatilho de todas as minhas inseguranças!

— Ops. — Ele dá de ombros. — Foi mal.

Ele dá uma mordida no seu hambúrguer. Do lado de fora, a propaganda da turnê começa a passar em outro painel. Fico com vontade de pegar o celular para fazer um vídeo só para mim, especialmente quando Jaewoo aparece na tela, junto com seu nome e a posição no grupo.

Abaixo do painel, algumas adolescentes param e apontam para a tela, gritando.

— Então você seguiu o meu sábio conselho? Você ficaria brava se eu desse outro?

Olho para ele desconfiada.

— Fala logo.

Ele se recosta no assento.

— Na verdade, é meio que uma história.

Suspiro.

— Contanto que não seja citação de nenhum filme, tudo bem.

— Não é tão longa assim. Vai comendo enquanto eu falo.

Faço o que ele diz só porque não gosto de desperdiçar comida.

— Quando seu pai e eu tínhamos a sua idade, uma garota se mudou pra cidade.

Estreito os olhos, sem saber se quero ouvir meu tio falar sobre mais uma de suas muitas ex-namoradas.

— Espera, presta atenção. Ela era aluna nova na nossa escola, de Seul. Era muito linda, e claramente não daria a menor bola pro seu pai nem pra mim, esses adolescentes desajeitados de um bairro coreano qualquer de Los Angeles. Eu desisti depressa, pois tinha muita gente querendo minha atenção.

Reviro os olhos.

— Mas seu pai estava determinado. Ele escrevia cartas pra ela e a acompanhava até em casa depois da escola. Então ele ficou doente... — Eu soube. Ele adoeceu pela primeira vez na faculdade, depois teve uma recaída. — Daí ele começou a fingir que não estava interessado na sua mãe... — Ele faz uma pausa. — Aliás, estamos falando da sua mãe.

Dou risada, com lágrimas nos olhos.

— Eu sei.

— Aos pouquinhos, ela foi se apaixonando por ele. Quanto mais ele tentava afastá-la, mais ela se aproximava, visitando-o no hospital, escrevendo cartas *pra ele*. Quando ele melhorou, eles se formaram, se casaram e tiveram você, e foram felizes por muito tempo.

— Tenho tanta saudade dele — sussurro.

Tio Jay não precisa nem falar. Ele também sente saudade.

— Você é igualzinha aos seus pais, Jenny: teimosa, leal e bondosa. E, quando você ama, você ama pra valer.

Fico encarando meu tio, que não é meu pai nem meu parente de sangue, mas que tem estado ao meu lado todos os dias da minha vida.

— Por que está me contando isso, tio Jay? Você precisa falar na minha língua.

— Estou dizendo que as pessoas fazem coisas estranhas pra proteger seus corações. Quando você fica com medo, seu coração se fecha, e nunca parece ser a hora certa. Mas quando seu coração se abre e você está disposta a ser corajosa e se arriscar, sempre é a hora certa.

— Acho que cometi um erro, tio Jay, e não sei como consertar.

— Não é verdade. Você sabe exatamente o que precisa fazer. Você só precisa... fazer.

* * *

— Jenny, depois da sua audição e de revisarmos seu portfólio, temos o prazer de lhe oferecer uma aprovação verbal na Escola de Música de Manhattan.

Fico olhando boquiaberta para a diretora de admissões, que, por sua vez, me observa com um sorriso caloroso e compreensivo. Ela certamente está acostumada a ver expressões de perplexidade parecidas nos estudantes para quem dá essas boas notícias. Este é o ponto alto de todo o meu esforço, de tudo o que eu sempre quis.

— A professora Tu, de violoncelo, vai levar alguns alunos para jantar em alguns minutos — ela continua. — Se quiser se juntar a eles, está convidada.

— Eu... Que horas são?

Ela pisca, dando uma olhada no relógio de pulso.

— Cinco e meia.

— Então eu ficaria honrada de jantar com a professora.

* * *

O jantar é em um restaurante italiano estilo familiar no Upper West Side, para a minha alegria. Já estou encantada com a professora Tu, que, além de ter lecionado na Ásia e na Europa, também fez parte de grupos premiados.

Os outros alunos parecem bem legais, especialmente a garota sentada ao meu lado, que está no segundo ano de violoncelo contemporâneo, e o garoto na frente dela, que quer ser compositor.

A conversa com eles flui bem e, sinceramente, eu teria perdido a noção do tempo se não estivesse tão consciente dele. Logo são seis horas, sete horas. Às sete e meia, estou comendo um pão de alho, ansiosa. Todos estão se divertindo. Os poucos maiores de idade já estão na segunda garrafa de vinho. Quando o garçom se aproxima, a professora pede para ver as opções de sobremesa.

— Você está bem? — a garota me olha preocupada.

Fico de pé de repente. Todos se voltam para mim.

— Desculpem, mas preciso ir.

— Claro, Jenny — a professora Tu diz. — Quer que alguém te acompanhe até o seu hotel?

— Não vou voltar pro hotel — digo. Sem saber por quê, continuo: — Vou a um show de k-pop.

— Você devia ter falado antes! — a professora exclama. — Shows não esperam ninguém.

— Vai ver o xoxo? — a garota do segundo ano pergunta. — Adoro eles.

Fico olhando para ela, e depois para os outros, me olhando com ternura ou curiosidade. Lembro de Ian e de como ele deu a entender que meu gosto por música popular coreana significava que eu não levaria a sério os estudos na Escola de Música de Manhattan.

— Não acham... estranho? — pergunto.

— Estranho? — A professora parece genuinamente perplexa. — Não, por que seria? É música, e todos adoramos música. É melhor você se apressar. Senão pode acabar se atrasando!

— Não, você está certa. — Sorrio para ela e para os outros alunos. — Não quero me atrasar.

Sigo até a porta depressa, aceno energicamente para um táxi e pulo para dentro assim que um carro para.

Um único pensamento fica martelando na minha cabeça sem parar.

Por favor, que não seja tarde demais.

Quarenta

O trânsito está parado do lado de fora do Madison Square Garden, então desço do táxi no cruzamento da 36th com a 7th e atravesso os últimos quarteirões correndo.

Dentro do carro, mandei uma mensagem para o grupo DSJ:

> A caminho do Madison Square Garden. Desejem-me sorte.

Meus amigos respondem me incentivando:

> **Gi Taek:** FORÇA!

> **Angela:** JENNY! Arrasa!

> **Sori:** Conquiste seu homem!

Confiro as horas no meu celular. São 19h40, o que significa que o xoxo vai entrar em vinte minutos.

Tento ligar para Jaewoo, mas seu telefone deve estar desligado, porque cai direto na caixa postal.

Ligo para Nathaniel depressa. Não falo com ele desde que terminei com Jaewoo.

> Estou no Madison Square Garden. Você consegue me liberar?

A vinte minutos do show, a fila para entrar no estádio está enorme, avançando lentamente pelos portões, onde os funcionários verificam os ingressos e os guardas revistam as mochilas.

Nunca vou conseguir entrar sem um ingresso.

Pego o celular para ligar para Nathaniel, mas o aparelho apaga no mesmo instante. Estava tão exausta da viagem de ontem que esqueci de carregá-lo.

Acho que agora tenho uns quinze minutos até o show. Ou pelo menos até a hora marcada para o show, porque, se for como o show do 95D em Seul, eles não vão entrar na hora.

Fico dando voltas no prédio, procurando alguma coisa, qualquer coisa.

Ali! Uma área lateral isolada vigiada por um único segurança. A porta está visível atrás da corda — deve ser a entrada da equipe.

Saio correndo para lá.

O segurança, um homem corpulento e barbudo, me olha desconfiado.

— A fila para entrar é do outro lado do prédio.

— Preciso ver o xoxo.

— É, você e as outras vinte mil pessoas que estão aqui.

— Não, tipo, eu *conheço* eles. Sou amiga deles.

— Sei.

— Sério, pergunta para o Nam Ji Seok. Ele é o empresário.

— Boa tentativa. Agora, com licença...

Não, isso não pode acabar desse jeito. Olho para além dele.

Não posso desistir *agora*. Preciso ver Jaewoo, preciso pedir desculpas, dizer que eu errei e que eu tive medo e que...

— Jenny?

Alguém se aproxima por trás do segurança, de onde saiu uma daquelas vans pretas caras. Meu coração dispara e desacelera logo em seguida.

É Sun.

— O que está fazendo aqui? — ele pergunta.

Ele já está com seu figurino, uma jaqueta brilhante azul-escura que deve custar um milhão de dólares, e seu cabelo comprido cai elegantemente sobre os ombros. Ele está lindo, e é a última pessoa que eu gostaria de ver.

— Vim falar com Jaewoo.

— Ah.

Ele morde o lábio, refletindo.

— Sei que não gosta de mim — solto, e ele levanta uma sobrancelha bem desenhada. — Sei que acha que só vou distraí-lo, que ele vai prejudicar a carreira estando comigo. Mas acho que você está errado. Jaewoo não consegue não cuidar das pessoas, ele é bondoso demais, mas ele não precisa cuidar de mim. Porque a verdade é que eu não preciso dele. Tenho toda uma vida independentemente dele e, ainda assim, *quero* ficar com ele. Quero estar ao lado dele quando ele estiver triste, assim como quando ele estiver feliz. Mas espero que ele nunca fique triste, porque me dói de verdade vê-lo sofrer, sabe?

— Sei.

Fico tão surpresa com sua resposta que imediatamente fecho a boca.

Sun se vira para o segurança, que nos observa com uma expressão intrigada. Se ele não fala coreano, não entendeu uma palavra do que eu disse.

— Com licença, senhor. — Sun levanta um cartão em um cordão enrolado em seu pulso. Ele fala em seu inglês macarrônico: — Sou um dos artistas. Ela é... — ele faz um gesto vago na minha direção — VIP.

Um grito agudo ressoa atrás de mim:

— Sun-oppa!

Ele foi visto. Logo, mais gritos se seguem a esse, e o chão parece literalmente tremer com o estrondo de vários pés se aproximando.

— Merda. — O segurança pega seu aparelho para chamar reforços. — Leve-a para dentro. Rápido.

Passo pela corda e sigo Sun pela entrada lateral. Os gritos de "Sun-oppa!" podem ser ouvidos atrás de nós quando a porta se fecha.

— Obrigada — digo, recuperando o fôlego. Não fomos muito longe, mas meu coração está acelerado pela adrenalina. — Eu não... achei que você me ajudaria.

— Não estou ajudando — ele diz, tranquilo. — Só escolhi não ficar no caminho.

— Isso é ajudar.

Ele encolhe os ombros. Dá meia-volta e desce um corredor. Vou atrás dele depressa. Passamos por algumas pessoas da equipe, que fazem reverências e lhe desejam boa sorte, me olhando com curiosidade.

— Você e eu temos visões diferentes sobre o que é melhor para Jaewoo — Sun diz, olhando para o corredor para ver se não há ninguém, e em seguida voltando a atenção para mim. — Mas a vida é dele. É ele quem deve escolher o que considera o melhor para si, não acha?

— Alguém já te chamou de sábio?

Ele sorri, então se vira, jogando o cabelo para o lado e falando por cima do ombro enquanto se afasta:

— Não é à toa que sou o líder do xoxo.

Atravesso o corredor a passos rápidos. Não sei que horas são, mas Jaewoo deve estar em algum lugar. Só preciso encontrá-lo.

— Ei, pare aí mesmo! — É outro segurança, desta vez, do grupo, pois fala coreano. — Você tem permissão para estar aqui?

Merda! Estou tão perto. Já estou no final do corredor. Será que posso só sair correndo?

— Não se preocupe com ela — alguém diz. Reconheço a voz. — Ela trabalha aqui.

Olho para trás.

Youngmin começa a conversar com o homem. Seu cabelo está vermelho-vivo e seu figurino é todo preto, cheio de correntes. Ele me olha por cima do ombro do segurança e dá uma piscadela.

Aproveito a chance e disparo pelo corredor, dobrando a esquina e topando direto com Nathaniel.

— Oi, Jenny, que surpresa! — Nathaniel está usando um casaco estampado com calças largas. Ele descoloriu o cabelo, que tem agora um tom luminoso de branco, contrastando com seus olhos escuros. — O que está fazendo aqui? Que eu saiba, não estamos em Los Angeles.

— Vim fazer testes pra várias faculdades de Nova York.

— Legal, como se saiu?

— Consegui uma vaga na que eu queria.

— Parabéns! — Ele levanta a mão para comemorar, e eu instintivamente levanto a minha.

— Espera. — Faço uma careta. — Não vim aqui pra ficar de conversinha com você. Onde está Jaewoo?

Uma pequena ruga se forma entre suas sobrancelhas.

— Sei lá.

— Como assim você não sabe? O show não está prestes a começar?

Ele suspira e coça as bochechas, tomando cuidado para não estragar a maquiagem.

— Você conhece o Jaewoo. Ele gosta de ficar sozinho toda vez que fica estressado. Aff, que hora pra desaparecer. Na verdade, eu estava indo perguntar a Sun se a gente não devia adiar o show por meia hora. Já são 20h05. A gente teria que entrar em dez minutos.

Jaewoo *desapareceu*. Um sentimento se aloja no meu peito — não é preocupação, mas determinação.

— Vai falar com o Sun. Eu vou encontrar o Jaewoo.

Nathaniel me observa por uns segundos, então concorda com a cabeça.

— Vou deixá-lo sob os seus cuidados.

Seguimos em direções opostas, ele pelo corredor por onde vim, eu pelo corredor que se ramifica para a esquerda, em frente ao local onde o encontrei.

Onde é que uma estrela do k-pop poderia se enfiar dez minutos — agora *nove* — antes da hora que deveria se apresentar ao vivo para uma multidão de pessoas?

Todas as portas do corredor estão fechadas. Vou até a mais próxima e abro-a. Quatro pessoas da equipe, com as bocas abertas e segurando Cup Noodles, se viram para mim.

— Desculpa! — falo, fazendo uma reverência e fechando a porta.

Nunca vou encontrá-lo desse jeito. *Pensa, Jenny!*

As luzes do corredor são fracas, e o rugido do estádio reverbera pelo chão. A luz escapa por baixo das portas, revelando movimento dentro das salas.

Exceto pela última porta à direita. Nenhuma luz passa pela fresta. Caminho em direção a ela, depois aperto o passo, e logo estou correndo.

Você conhece Jaewoo.

Sim, eu conheço Jaewoo. Da primeira vez que o vi, ele estava sozinho em uma sala do karaokê, sentado no escuro com os olhos fechados.

Forço a maçaneta, que está destrancada. Quando abro a porta, a luz do corredor invade a escuridão. Jaewoo, sentado em um sofá no fundo do cômodo, levanta a cabeça para mim.

— Jenny? — Ele se levanta. — O que está... — Ele vacila. — O que está fazendo aqui? Está tudo bem?

Atravesso a porta.

— Tudo bem.

Agora que ele está aqui, na minha frente.

Assim como os outros, parece que ele saiu direto de uma revista de moda, em um blazer escuro por cima de uma camisa de gola V. Preciso me concentrar para manter os olhos fixos em seu rosto, e não em seu peito. Seu figurino também tem algumas correntes, combinando com o de Youngmin, e uma gargantilha enfeita seu pescoço.

— Jenny?

— Desculpe, me distraí. Você está... chamando a atenção.

Sua confusão suaviza um pouco, e seus lábios se contorcem em um sorriso melancólico. Então percebo que ele está segurando algo.

— Isso é...?

A foto da cabine. Pensei que ela estava perdida para sempre.

Ele faz que sim.

— Alguém da nossa escola a achou na grama e a vendeu para a revista de fofoca local, só que ela só vendeu a foto que tirou da original.

— Jina?

Ele franze o cenho.

— Kim Jina? Não, foi uma garota do primeiro ano. Ela só queria descolar um pouco de grana. Ela me devolveu a foto e pediu desculpas. Eu aceitei. A essa altura, o escândalo já tinha estourado mesmo.

— Sinto muito. — E então repito deliberadamente: — Sinto muito.

Jaewoo não fala nada, só espera que eu continue, paciente.

— Sinto muito por ter ido embora daquele jeito, assim que as coisas aconteceram. Eu estava... com medo. Parece meio bobo agora, mas fiquei assustada com o quanto me importava com você, e com o quanto eu ficaria arrasada quando a gente terminasse. O irônico é que fiquei mesmo arrasada, e foi culpa minha.

Respiro fundo.

— Eu errei ao começar um relacionamento com você já pensando que ele ia acabar. Eu deveria saber, sou violoncelista. Não se ensaia pensando que você vai tocar mal na apresentação. É preciso se esforçar, dedicar tempo, energia e paixão para fazer uma bela performance.

Jaewoo me observa por um segundo com uma expressão indecifrável. Então ele diz, sério:

— Posso ser seu parceiro na sua bela performance.

— Ai, meu Deus! — resmungo. — Você está estragando a minha metáfora.

Ele começa a gargalhar, sacudindo o corpo todo, com lágrimas nos olhos.

Faço uma careta.

— Que horas são? Você não tem uma bela performance para fazer agora mesmo?

Ele para de rir.

— Ah, merda, você tem razão. Esqueci dessa parte.

— Você esqueceu!

Ele sorri, o que é completamente injusto, porque com essa maquiagem e esse figurino, é como se um cupido acertasse uma flecha direto no meu coração.

— Minha namorada, por quem eu estava apaixonado e que terminou comigo na cobertura de um hospital três meses atrás em Seul, acabou de aparecer antes do meu show em Nova York. É, eu esqueci.

Ele estava apaixonado!

— Você quase me fez esquecer por que eu vim parar aqui, pra começo de conversa... — ele fala.

— Ah, é. Por que você está aqui? — pergunto.

Ele sorri timidamente.

— Eu estava nervoso. Estou nervoso. Este é nosso maior show, o primeiro nos Estados Unidos.

— Vai ser incrível. Você se preparou pra isso. E seus amigos vão estar lá pra te apoiar, mesmo se você cometer algum erro, o que não vai acontecer — acrescento depressa —, mas você entendeu o que eu quero dizer.

Nossa, eu sou uma merda com discursos motivacionais.

— Você está certa — Jaewoo fala. — Acho que estou pronto agora. — Estico a mão para ele, e ele aceita. Juntos, saímos da sala depressa, seguindo para a bifurcação onde vi Sun pela última vez.

Os outros membros do xoxo estão todos lá, esperando.

— Jaewoo-hyeong! Jenny-nuna! — Youngmin grita.

— Ah, olha só — Nathaniel diz com um sorriso provocador. — Jenny trouxe o Jaewoo de volta pra nós.

— Eu só precisava de um tempo — ele fala, esfregando a nuca com uma mão, ainda segurando a minha com a outra.

— É, a gente sabe — Nathaniel diz, suavizando as palavras com uma piscadela.

— Você está bem? — Sun pergunta. — Podemos adiar o show um pouco.

— Estou bem.

— Se ficar nervoso lá em cima, Jaewoo-hyeong — Youngmin fala —, é só fazer este sinal. — Ele levanta o dedo indicador e coça o queixo. — Vou fazer algo bobo pra distrair as pessoas.

Jaewoo sorri.

— Obrigado, Youngmin-ah.

Começo a chorar. Como não se emocionar ao testemunhar esse momento?

É tão lindo o jeito como eles se importam uns com os outros. A confiança, o amor, a fé. É extraordinário e *saudável*.

— Jenny-nuna? — Youngmin fala. — O que foi? Por que está chorando?

Jaewoo solta minha mão para que eu possa enxugar as lágrimas.

— Eu só... sou muito *fã* de vocês.

Eles dão risada.

Jaewoo se vira para os amigos.

— Estão prontos?

— Sim! — Youngmin ergue o punho no ar.

Nathaniel sorri.

— Vamos dar a esse povo o melhor show da vida deles.

— Coloquem as mãos aqui — Sun diz, e todos esticam suas mãos direitas, começando pelo mais velho e terminado pelo mais novo. — Quem somos nós?

Eles pressionam as mãos para baixo, e depois a levantam de uma vez.

— xoxo!

O ritmo das nossas vidas

Destinatário: Jenny Go, Escola de Música de Manhattan

Jooyoung-ah,
Feliz Ano Novo!

Obrigado pelos presentes que você mandou pra minha mãe e pra minha irmã. Joori está se gabando pra todas as amigas da escola dizendo que ela tem uma eonni legal nos Estados Unidos. Tanto ela quanto minha mãe estão ansiosas pra sua visita a Seul no verão. Elas só falam disso. Mas tudo bem, eu também só sei falar disso.

Boa sorte nas provas finais (acho que esse cartão-postal vai chegar antes). Você vai arrasar. Porque você ensaiou muito.

Eu também ensaiei muito. Vamos ensaiar muito juntos quando a gente se encontrar.

Sei que nos falamos ontem à noite e sei que tudo o que eu disser aqui você já vai saber antes de receber, mas ainda assim queria escrever as palavras que vou te dizer pessoalmente no verão.

사랑해.

XOXO, Jaewoo

Agradecimentos

À minha agente, Patricia Nelson, de quem sou dependente no que diz respeito a qualquer assunto editorial e que me incentiva e me desafia a ser a melhor escritora que posso ser — obrigada.

Às três Cs que tornaram este livro possível: Camille Kellogg, sou muito grata por você ter acreditado em mim desde o começo; Catherine Wallace, este livro não seria o que é hoje sem seus comentários brilhantes; e, por último, Carolina Ortiz, fico muito feliz por ter você no meu time!

A todas as pessoas que me fazem parecer tão boa: minha editora, Jill Freshney; minha revisora, Lisa Lester Kelly; minha editora de produção, Nicole Moreno; meu gerente de produção, Sean Cavanagh; e todos os outros que trabalham nos bastidores — vocês são verdadeiros tesouros.

À equipe da HarperTeen e Team Epic Reads, agradecimentos especiais para Shannon Cox, Sam Benson, Keely Platte, Aubrey Churchward, Jennifer Corcoran e Cindy Hamilton. É uma honra trabalhar com todos vocês!

Aos talentosos artistas por trás dessa capa fofa e romântica: a designer Jessie Gang e o ilustrador Zipcy. Obrigada por me dar a capa dos meus sonhos de comédia romântica!

Aos autores que regaram este livro de palavras tão bonitas — Gloria Chao, Maurene Goo, Sarah Kuhn, Lyla Lee, Emery Lord, Emma Mills, Aminah Mae Safi, Kasie West e Julian Winters — obrigada!

Às companheiras de bate-papo que escreveram comigo durante aqueles primeiros meses turbulentos da primavera e do verão de 2020:

Akshaya Raman, Erin Rose Kim, Katy Rose Pool, Maddy Colis e Amanda Foody. Sem seus incentivos diários, este livro não teria sido escrito.

Ao meu talentoso grupo de crítica: Alex Castellanos, Amanda Haas, Ashley Burdin, Christine Lynn Herman, Claribel Ortega, Janella Angeles, Mara Fitzgerald, Meg RK, Melody Simpson e Tara Sim — é uma honra chamá-los de parceiros e amigos.

A todos os amigos que continuam me apoiando em tudo, obrigada: Kristin Dwyer, Stephanie Willing, Candice Iloh, Michelle Calero, Devon Van Essen, Gaby Brabazon, Olivia Abtahi, Cynthia Mun, Sonja Swanson, Ashley Kim, Michelle Kim, Ellen Oh, Karuna Riazi, Nafiza Azad, Lauren Rha, Veeda Bybee, David Slayton e Michelle Thinh Santiago.

À minha melhor amiga, Lucy Cheng — não me arrependo de levá-la para as aulas ao som de "Ring Ding Dong", do SHINee.

Por fim, gostaria de agradecer à minha família: à minha mãe, que sempre me acompanhava às lojas e locadoras coreanas para que eu comprasse CDS e alugasse fitas VHS de shows dos meus grupos favoritos; e ao meu pai, que sempre apoiou meu vício em k-pop com todo o coração! À minha prima mais velha e descolada Jennifer, que vai me lembrar de H.O.T. para sempre, e ao meu primo mais velho, bobo e amoroso, Adam, que sempre me manda os melhores presentes com temática do BTS! A Katherine, também conhecida como a autora Kat Cho, mas a quem chamo de *eonni*, minha melhor amiga escritora e parceira de *noraebang* — e a melhor dupla para cantar "Spring Day", do BTS. A Sara, Wyatt, Christine e Bryan — viagens para a Coreia são melhores quando vocês estão por perto. Ao *samchon* Heemong, por me comprar todos os álbuns do Fin.K.L quando eu tinha onze anos e ao *samchon* Heegum— sinto falta de visitar você em Los Angeles, mas visitas à Coreia são divertidas também! Bosung, Wusung, Eugene e Daniel — eu ainda tenho aquele moletom do G-Dragon. Emo e Emo Boo, obrigada por todos os verões maravilhosos que passei na casa de vocês em Seul. Às minhas amáveis avós — até hoje, o som de vozes coreanas na TV me traz boas lembranças dos momentos assistindo a k-dramas sobre os ombros das senhoras. A meu irmão mais velho, Jason, que despertou meu amor pela música coreana de verdade. E, por último, à minha irmã mais nova, Camille, minha companheira de shows de k-pop e minha pessoa favorita no mundo — eu te amo!

E a todos os meus primos, tias, tios, sobrinhas e sobrinhos da minha enorme, turbulenta e amorosa família: amo, amo, amo vocês!! Um salve para Seojun, como sempre.

E um agradecimento especial a Toro, meu doce cachorrinho, que tem que ficar ouvindo as mesmas músicas de k-pop de sempre toda vez que estou escrevendo.

Por último, mas não menos importante, a todos os meus leitores, obrigada! Seu apoio é tudo para mim.

Este livro foi publicado em novembro de 2022 pela Editora Nacional,
impressão pela Gráfica Impress.